I0597715

FIDARSI DI TAYLOR

Silverstone, Libro 2

SUSAN STOKER

Titolo originale: *Trusting Taylor*
Traduzione dall'inglese: Well Read Translations
Versione inglese già pubblicata da Amazon Publishing

Meritare Lara
Meritare Maisy (1 Ottobre)
Meritare Ryleigh

<u>Delta Duo</u>
La forza di Gillian
La forza di Kinley
La forza di Aspen
La forza di Jayme
La forza di Riley
La forza di Devyn
La forza di Ember
La forza di Sierra

<u>Armi & Amori: verso il futuro</u>
Soccorrere Caite
Soccorrere Brenae
Soccorrere Sidney
Soccorrere Piper
Soccorrere Zoey
Soccorrere Avery
Soccorrere Kalee
Soccorrere Jane

<u>Mercenari di Montagna</u>
Difendere Allye
Difendere Chloe
Difendere Morgan
Difendere Harlow
Difendere Everly
Difendere Zara
Difendere Raven

Ace Security

Il riscatto di Grace
Il riscatto di Alexis
Il riscatto di Bailey
Il riscatto di Felicity
Il riscatto di Sarah

Forze Speciali alle Hawaii

Trovare Elodie
Trovare Lexie
Trovare Kenna
Trovare Monica
Trovare Carly
Trovare Ashlyn
Trovare Jodelle

Delta Force Heroes

Salvare Rayne
Salvare Emily
Salvare Harley
Il Matrimonio di Emily
Salvare Kassie
Salvare Bryn
Salvare Casey
Salvare Sadie
Salvare Wendy
Salvare Mary
Salvare Macie
Salvare Annie

Armi e Amori

Proteggere Caroline

Proteggere Alabama
Proteggere Fiona
Il Matrimonio di Caroline
Proteggere Summer
Proteggere Cheyenne
Proteggere Jessyka
Proteggere Julie
Proteggere Melody
Proteggere il Futuro
Proteggere Kiera
Proteggere i figli di Alabama
Proteggere Dakota

<u>Una raccolta di storie brevi</u>
Un momento nel tempo

CAPITOLO UNO

Eagle sospirò in preda alla frustrazione. Detestava fare la spesa. Era un compito assegnato a Shawn Archer, il cuoco e tuttofare che era da poco stato assunto dall'Assistenza Silverstone, ma Shawn si era preso una settimana di ferie pagate per stare con la figlia Sandra; ne avevano bisogno entrambi, dopo quello che avevano passato. Ci sarebbe voluto un bel po' di tempo prima che Shawn si sentisse a suo agio a lasciare la piccola da sola.

Eagle non poteva certo biasimarlo. Immaginandosi nei panni di un padre la cui figlia era stata rapita e poi ritrovata, Eagle pensò che non sarebbe più riuscito ad allontanarsi dalla bambina, nemmeno per pochi istanti. Con quel Ricketts, si era davvero sfiorata la tragedia: Sandra era tutto ciò che Shawn aveva e il bastardo gliela aveva quasi portata via.

Ma il fatto che il nuovo impiegato fosse in ferie implicava che l'onere di fare la spesa per la settimana ricadesse su Eagle. Avrebbe potuto chiedere a uno dei suoi amici di farla al posto suo, ma visto che se ne era sempre occupato lui, si sentiva tenuto ad andare.

Svoltò nella strada del supermercato e parcheggiò.

Appena spense il motore, vide arrivare nel parcheggio diverse auto della polizia.

Era chiaro che era successo qualcosa di brutto. Eagle si lasciò uscire un altro sospiro: *ovviamente* non poteva nemmeno andare al supermercato senza ritrovarsi sulla scena di un incidente, o di qualcosa di peggio.

Uscì dalla sua Jeep Wrangler, lieto di aver parcheggiato lontano dal supermercato e da qualsiasi cosa avesse richiesto l'intervento della polizia; aspettò qualche minuto, poi scese lentamente dalla macchina, per lasciare ai poliziotti il tempo di svolgere il loro lavoro. Eagle e i suoi amici della Silverstone conoscevano molti degli agenti del Dipartimento di polizia di Indianapolis; la Silverstone non lavorava con la polizia, ma i ragazzi avevano aiutato le forze dell'ordine in più di un'occasione.

Mentre Eagle si dirigeva verso i due agenti più vicini a lui, notò una donna in piedi da sola, poco distante, che si teneva le mani sul ventre. Si mordicchiava un labbro e... l'espressione che aveva colpì Eagle come un pugno allo stomaco. Non che lui non avesse mai visto prima donne ansiose o spaventate; anzi, ne aveva viste molte, sia come autista di carroattrezzi all'Assistenza Silverstone, sia quando era ancora nell'esercito. Ma quella donna sembrava stesse cercando di tenere la paura sotto controllo: era chiaramente a disagio, ma Eagle vide nel linguaggio del suo corpo anche una specie di rassegnazione, come se si aspettasse un aiuto da tutti quelli che le erano intorno; ma nessuno glielo offriva.

L'espressione e la postura di quella donna toccarono

Eagle nel profondo. Non avrebbe voluto vedere nessuno che sembrasse tanto... solo.

Non l'aveva mai vista prima, altrimenti se ne sarebbe ricordato. Era in grado di ricordare ogni persona che aveva visto. Il suo cervello era programmato in modo diverso da quello della maggior parte della gente: aveva una memoria fenomenale per nomi e facce. Era una delle ragioni per cui il suo contributo era fondamentale per la Silverstone. Studiava per ore le liste dei criminali più ricercati così da poterli identificarli, quando lui e gli altri andavano in missione.

L'altezza di quella donna era nella media, probabilmente sul metro e settanta. Indossava jeans logori e una maglietta a maniche lunghe; ai piedi portava un paio di Converse consunte. Aveva lunghi capelli ricci castani, fermati da una fascia che però li tratteneva a malapena.

Eagle ebbe l'impulso irrefrenabile di toccarle la chioma, di intrappolare le dita tra quelle ciocche ribelli.

Lei alzò lo sguardo verso di lui per una frazione di secondo e Eagle, quando ritrovò nei suoi occhi quella rassegnazione, ancora più accentuata, faticò a trattenere un sussulto. Gli sembrò che la donna si aspettasse di essere giudicata da lui. Gli occhi erano di un marrone scuro che, da lontano, pareva quasi nero. Mentre la fissava, notò che continuava a mordicchiarsi il labbro, come sospesa nell'incertezza.

Stranamente, nemmeno quel gesto gli piacque. Detestava vedere che era nervosa anche dopo averlo visto. Lei non aveva modo di saperlo, naturalmente, ma lui era meno pericoloso di un sasso. Non aveva mai fatto del male a una donna... almeno non alle donne che non erano delle criminali. Eagle sentiva che quella donna aveva sofferto molto e non rappresentava una minaccia, né per lui né per nessun altro.

"Ciao, Eagle!" lo chiamò uno degli agenti di polizia. Eagle riconobbe Emmanuel Brown, un poliziotto con cui aveva collaborato in passato. Quel saluto pose fine al suo esame visivo della donna. Non aveva idea di chi fosse né del perché se ne stesse lì in piedi da sola... ma lo avrebbe scoperto.

Si voltò verso il poliziotto e gli fece un piccolo cenno con il capo. "Ciao. Che succede?"

"Lite per il parcheggio. Pare che due tizi avessero adocchiato lo stesso posto e quando uno dei due ha parcheggiato, l'altro ha avuto di che obiettare; ha detto che c'era prima lui e i due sono venuti alle mani; poi uno ha tirato fuori un coltello e tutti e due sono finiti con dei tagli addosso. Ora li portano all'ospedale, poi verranno incriminati entrambi."

Eagle fischiò. "Un bel casino." In realtà avrebbe voluto chiedere della donna, ma tenne la bocca chiusa.

"Già. E dire che c'era un parcheggio libero poco più in là. La gente è fuori di testa," disse l'agente Brown scuotendo la testa.

"Per fortuna c'erano diversi testimoni," aggiunse un altro poliziotto; la targhetta che aveva sul petto diceva che si chiamava Nelson. Eagle non lo conosceva.

"Sì?" mormorò Eagle, incoraggiando l'uomo a continuare a parlare.

"Sì. Abbiamo le dichiarazioni di cinque passanti e sembra chiaro che il primo ad alzare le mani sia stato l'uomo che si è fatto soffiare il parcheggio."

Eagle non resisteva più. Gesticolò in direzione della

donna che aveva carpito la sua attenzione. "Lei ha testimoniato?"

Entrambi i poliziotti la guardarono, poi si girarono ancora verso Eagle.

L'agente Nelson annuì. "Sì."

"E ora che aspetta?" chiese Eagle. "Non vedo altri testimoni qui in giro."

"I più se ne sono andati. Abbiamo i loro contatti, se dovesse esserci bisogno di risentirli. Ma stiamo aspettando che il capitano lasci andar via anche *quella*. Lei era proprio davanti al parcheggio in questione quando la lite è cominciata, quindi sarebbe la testimone migliore; ma c'è un problemino."

L'agente Brown sbuffò. "Chiamalo problemino... La donna afferma di avere un disturbo... non ricordo come l'ha chiamato... ma a quanto pare non riesce a riconoscere le facce. Dev'essere come in *50 volte il primo bacio*, ricordate quel film? Con Adam Sandler e Drew Barrymore... esilarante. Comunque sia, è un peccato che quella donna sia inutile come testimone. Se si finisce al processo, non sarebbe in grado di riconoscere gli accusati. Quindi stiamo cercando di capire se sia meglio includere la sua testimonianza o procedere solo con le altre."

La spiegazione del poliziotto non poté non incuriosire Eagle. Lei non riusciva a riconoscere le facce? Dannazione, c'erano state volte in cui *lui* avrebbe voluto non riuscirci. "Da quanto tempo è lì in piedi?"

Entrambi gli agenti alzarono le spalle.

La reazione dei due lo irritò, ma si assicurò che nulla trasparisse dalla sua espressione. "È un problema se vado a parlarle?"

"Nah. Il capitano dovrebbe decidere a momenti e

secondo me lei sarà fuori dai giochi. Nessun avvocato incaricato dell'accusa la vorrebbe come teste a un processo, la difesa la farebbe a pezzi."

"Come si chiama?" chiese Eagle.

"Taylor Cardin."

Eagle non aveva mai sentito quel nome, ma conoscendosi era certo che non l'avrebbe mai dimenticato. "Grazie. Siate prudenti là fuori," disse ai due agenti prima di voltarsi e dirigersi verso la donna.

Taylor lo aveva osservato mentre parlava con i poliziotti e mantenne lo sguardo su di lui mentre le si avvicinava. Gli parlò prima che lui la raggiungesse.

"Ho già raccontato tutto quello che ho visto."

"Lo so," le disse Eagle. Poi si fermò di fronte a lei e le porse la mano. "Sono Eagle. Beh, il mio vero nome è Kellan, ma nessuno mi chiama così."

La donna guardò la mano ma non la strinse, tenendo le braccia vicine al corpo.

Lui abbassò la mano e continuò a parlare. "Non sono uno sbirro. Ne conosco molti, perché lavoro all'Assistenza Silverstone e negli anni abbiamo collaborato la polizia, a volte. Stai bene?"

Lo fissò per un lungo istante, prima di rispondere con voce pacata: "Sei il primo che me lo chiede."

La risposta allarmò Eagle, che percorse con lo sguardo il corpo esile di Taylor, assicurandosi che non si fosse fatta male. "Sei ferita?"

Scosse la testa. "No." Lanciò un'occhiata ai poliziotti, poi tornò con lo sguardo a lui. "E *non sono* come Drew Barrymore in *50 volte il primo bacio*," disse, sempre pacata ma con fermezza.

Eagle fu sorpreso dalla fierezza nel tono della sua voce,

specialmente quando considerò l'aspetto fragile della donna.

Lei proseguì prima che lui potesse commentare. "Soffro di prosopagnosia, un disturbo anche noto come 'cecità facciale'. Ma non c'è nulla che non va nella mia memoria. Domani mi ricorderò tutto quello che è successo qui, solo che non sarò in grado di riconoscere i due uomini che si sono azzuffati."

Eagle annuì mentre si faceva l'appunto mentale di fare una ricerca su internet per sapere di più sulla prosopagnosia. "Io ho il problema opposto. In trentasei anni di vita, non mi sono mai dimenticato una faccia. Può capitare che abbia qualche difficoltà a identificare persone che ho visto per la prima volta quando erano piccole, se le rivedo molti anni dopo. Ma non ho mai dimenticato un nome.

"Mai?" chiese lei inclinando la testa.

"Mai," confermò lui.

Allora Taylor sorrise.

E per Eagle fu fantastico. Quel sorriso le trasformò il volto. Guardandola, pochi istanti prima, non le era sembrata niente di speciale. Una ragazza nella media, avrebbe detto. Ma quel sorriso? Maledizione, le aveva illuminato tutto il volto, a Eagle parve quasi di intravedere l'anima di quella donna che scintillava. Sì, la sua era una reazione sdolcinata, alcuni avrebbero potuto persino dargli del matto, ma a Eagle non interessava.

"Quante probabilità c'erano?" gli domandò lei.

"Probabilità di cosa?" chiese Eagle, come stordito.

"Probabilità che ci incontrassimo. Io non riconosco *nessuno* mentre tu riconosci *tutti*."

"Pare ci sia lo zampino del destino," disse lui semiserio.

Taylor alzò gli occhi al cielo e lui la vide rilassare subito le braccia. Il fatto di riuscire ad alleviarle lo stress significava molto per lui. Per quanto fosse un'estranea, Eagle riusciva a scorgere nei suoi occhi una vita piena di dolore; l'aveva sentito anche dalla voce, quel dolore, quando Taylor gli aveva spiegato il disturbo da cui era affetta. Odiava l'idea che lei avesse sofferto tanto.

Eagle era talmente concentrato su Taylor che non si accorse che uno degli agenti con cui aveva parlato poco prima li aveva raggiunti. Quando sentì la voce del poliziotto, sobbalzò per la sorpresa, cosa che lo portò a ridere segretamente di se stesso; non riusciva nemmeno a ricordare l'ultima volta che qualcuno gli si era avvicinato senza che lui se ne accorgesse.

"Ho parlato con il capitano. Dice che bastano le altre testimonianze. Se dovessimo avere bisogno di parlarle ancora, abbiamo i suoi contatti," disse l'agente Brown.

Taylor annuì, poi si girò e si avviò verso l'entrata del supermercato senza dire altro.

Spiazzato dallo scatto improvviso, nonché in qualche modo divertito dal fatto che Taylor gli avesse girato le spalle senza perdere tempo in convenevoli, Eagle fece un cenno con il capo al poliziotto e le corse dietro.

"Cos'è tutta questa fretta?" le chiese appena la raggiunse.

"Detesto fare la spesa. Incontro quasi sempre qualcuno che conosco ma non *ri*conosco; è una cosa odiosa. Oggi ho cercato di venire presto per evitarmi il problema, ma il risultato è stato quello di ritrovarmi in mezzo a due idioti che litigavano per un cavolo di parcheggio. Sono stanca, ho fame e non ne posso più di gente che mi guarda dall'alto in basso per qualcosa su cui io non ho alcun controllo. Ora voglio comprare quello che mi serve, tornare a casa e divorare una dozzina di ciambelle nella speranza di dimenticare questa orribile mattinata.”

“Ti dispiace se mi aggrego?” chiese Eagle.

A quella domanda, Taylor si fermò in mezzo all'entrata del supermercato e si voltò verso di lui con aria perplessa. “Perché?”

“Perché?”

“Già.”

“Beh, perché devo fare la spesa anch'io. E anch'io odio farla, come te; non per paura che qualcuno mi riconosca, ma perché non mi piace cucinare. Ai fornelli faccio pena. Mi devo occupare di fare la spesa per la ditta e compro sempre le cose sbagliate, così quelli che lavorano con me mi prendono in giro, ricordandomi tutto quello che avrei dovuto comprare e non ho comprato, o rinfacciandomi di aver preso la farina integrale anziché quella che si usa di solito.” Scrollò le spalle, poi continuò: “Pensavo che, magari, due che odiano fare la spesa se la cavassero meglio unendo le forze.”

Taylor lo fissò così a lungo che Eagle cominciò a temere che la donna si voltasse e lo lasciasse lì in mezzo come uno scemo. Invece lei fece un respiro profondo e gli porse la mano. “Ciao, mi chiamo Taylor Cardin.”

Eagle le strinse la mano. “Kellan Trowbridge. Eagle, per gli amici.” Il palmo della mano di Taylor era caldo e liscio; il suo, invece, era coperto dai calli che gli avevano lasciato il lavoro come autista di carroattrezzi e le missioni con i suoi compagni della Silverstone.

Quando lei ritrasse la mano, Eagle sentì subito di volerla stringere ancora, di voler tirare a sé Taylor per toccarle i capelli e accertarsi che fossero così soffici come sembravano. Ma non fece nulla del genere. Era attratto da quella donna, ma era chiaro che ciò di cui lei aveva bisogno era un amico. Era presuntuoso, da parte di Eagle, pensare di averla capita tanto bene e tanto in fretta, ma quella certezza rimaneva.

"Non intenzione di condividere il carrello con te," disse con ironia mentre si avviava verso la fila dei carrelli della spesa, "dovrai spingerti il tuo da solo."

"Per me va bene," ribatté Eagle. "Ci siamo appena conosciuti... meglio che ognuno tocchi solo il proprio cibo."

Lei ridacchiò e scosse la testa, il che bastò a Eagle per volerla conoscere meglio. Voleva sapere tutto di lei: com'era stato crescere con la prosopagnosia? Chi erano i suoi amici? Dove viveva? Che lavoro faceva? Tutto.

Aveva la chiara percezione che quella donna gli avrebbe cambiato la vita... in meglio.

"Riesco quasi a sentire il rumore dei tuoi pensieri," gli disse Taylor mentre camminavano nell'area frutta e verdura.

"È che... vorrei farti mille domande," ammise lui. "Non ho mai conosciuto una persona come te."

"La prosopagnosia è una malattia rara," spiegò Taylor. "Circa il due per cento della popolazione ne soffre dalla nascita. Io non riesco a riconoscere le facce, nemmeno la mia. Se mi mostrassi una serie di fotografie, tra cui la mia, non sarei in grado di dirti qual è quella che mi ritrae. Percepisco normalmente le singole caratteristiche di un volto, per esempio il fatto che tu abbia gli occhi azzurri, ma se poi mi fai vedere dieci fotografie di occhi azzurri, non saprei indicare quali sono i tuoi. Per il resto, sono come qualsiasi altra persona. Posso prendere decisioni sensate, razionali, e storco il naso se qualcuno indossa una camicia a pois sotto una giacca a righe."

"Io sono l'opposto," disse Eagle. "Non ci capisco nulla di abbinamenti alla moda, ma se ci imbattessimo nella mia maestra di seconda elementare, sarei capace non solo di riconoscerla, ma anche di dirti come si chiama."

Eagle afferrò un casco di banane scelto a casaccio, ma Taylor lo fermò appoggiandogli sul polso una mano calda.

Eagle guardò Taylor. Sentire il calore di quella mano sulla pelle gli piacque; un po' più del dovuto.

"Non vorrai sul serio comprare quelle?" gli chiese lei vagamente perplessa.

Eagle diede un'occhiata alle banane che teneva in mano e alzò le spalle. "Sì?"

"No," ribatté lei con fermezza, poi gli tolse le banane di mano, le rimise sul banco e prese un altro casco, alzandolo perché lui lo vedesse bene. "Ecco. Fai meglio a comprare queste."

"E perché?" chiese Eagle.

"Hai detto che fai la spesa per un gruppo di persone, giusto?"

"Già. La Silverstone ha più di una dozzina di dipendenti. Non lavorano mai tutti contemporaneamente, possono stare lì quanto vogliono per rilassarsi e per mangiare; anche con le loro famiglie."

"Bene. Quindi, se compri le banane che hai scelto tu, andranno a male nel giro di un paio di giorni; se invece le prendi un po' più verdi, come queste," disse indicando con un cenno del capo il casco che aveva in mano, "dureranno di più. E poi... a chi piacciono le banane mollicce?"

"Non ci avevo pensato," le disse Eagle in tutta onestà.

Taylor scosse la testa. "Sei davvero scarso a fare la spesa."

"Te l'avevo detto," ribatté lui.

"Già, ma pensavo che ci stessi solo provando con me, o qualcosa del genere."

Eagle fece una risatina. "No, purtroppo. Voglio dire... mi sa che sei una piuttosto sveglia e sgameresti qualsiasi mio tentativo di approccio. Ma il fatto è che sono proprio *scarsissimo* a fare la spesa. Non ho abbastanza pazienza."

"Non sono una che si fa approcciare facilmente, con me non funziona," disse Taylor con voce neutra, come se stesse parlando del tempo.

E allora *cosa* funziona?" disse Eagle senza pensarci; avrebbe voluto rimangiarsi quella domanda nello stesso momento in cui gli uscì dalla bocca.

"Darmi tempo. Farmi capire che posso fidarmi, con i fatti e non solo con le parole."

Eagle fissò la donna che aveva accanto. Era una buona spanna più bassa di lui, che svettava sul metro e novanta. Sentì l'urgenza di prendere a pugni chiunque in passato avesse tradito la fiducia di quella donna.

Non riusciva a spiegarselo, ma voleva come frapporsi tra Taylor e il mondo intero. Non poteva dire se fosse perché la donna lo attraeva sessualmente, per via di quel disturbo che in qualche modo lo intrigava, o semplicemente perché lei gli sembrava estremamente vulnerabile.

Ma una cosa Eagle la sapeva: avrebbe fatto tutto il possibile per convincerla che *poteva* fidarsi di lui. Se significava esserle solo amico, non si sarebbe spinto oltre. Guadagnare la fiducia di Taylor gli sembrava più importante dell'attrazione che provava per lei... almeno per il momento.

"*Di me* ti puoi fidare," le disse.

Lei fece spallucce. "Questa l'ho già sentita."

A Eagle non piaceva che lei lo assimilasse ai bastardi che chiaramente l'avevano delusa in passato. "Davvero, puoi fidarti," insistette.

"Che altro c'è sulla tua lista della spesa?" chiese lei, cambiando argomento.

Eagle lasciò passare, visto che al momento non aveva idea né di come convincerla che lui era un bravo ragazzo, né del perché ci tenesse tanto a farlo.

Beh, in effetti non faceva sempre il bravo. Aveva la sensazione che raccontare a Taylor di come lui e i suoi amici se ne andassero in giro per il mondo a giustiziare la feccia del genere umano non lo avrebbe aiutato a guadagnare la fiducia di quella donna.

Invece di rispondere alla domanda, Eagle mostrò a Taylor la lista di cose da comprare. Con Archer in ferie, i dipendenti della Silverstone cucinavano a turno e ognuno aveva lasciato scritto di cosa aveva bisogno per prepararsi da mangiare. La lista era un gran casino, con parole scarabocchiate senza un ordine preciso su un foglio del taccuino appeso al frigorifero. Il più delle volte, quando andava a fare la spesa, Eagle seguiva l'ordine in cui i cibi erano scritti, dall'alto verso il basso della lista, metodo che lo costringeva a girare a lungo su e giù per il supermercato, tornando svariate volte nella stessa corsia. Era una vera e propria rottura, nonché una delle ragioni per cui odiava quella mansione.

"E questa cos'è?" chiese Taylor strizzando gli occhi.

"La lista di cose da comprare," rispose Eagle, senza dirle nulla che lei già non sapesse; poi spiegò: "Ogni dipendente scrive ciò di cui ha bisogno e io lo compro."

"Santo cielo, che obbrobrio," commentò lei. "Ecco perché odi venire qui."

Eagle non riuscì a trattenere una risata. "Stavo pensando la stessa cosa."

"Ok. Prima di tutto, bisogna mettere un po' d'ordine in questo caos," disse Taylor, spingendo il suo carrello verso un angolo meno affollato dell'area frutta e verdura. Mise le mani nella sua borsa e frugò un po', poi tirò fuori una penna e uno scontrino.

"Non è il massimo, ma dovrà bastare," mormorò tra sé e sé. Poi appoggiò la lista di Eagle sulla borsa, che era adagiata nel seggiolino per bambini del carrello, e si chinò sullo scontrino; l'aveva girato e si apprestava a scrivere sul lato bianco.

"Allora... hanno scritto due volte *preparato per muffin*, senza specificare di che tipo. Suggerisco di prendere quello con mirtilli e cannella; se non piacesse a chi l'ha scritto, la prossima volta sarà più chiaro. Le uova compaiono tre volte, puoi comprarne due dozzine, per una settimana dovrebbero essere sufficienti; se sono troppe, si manterranno comunque anche per la prossima settimana. Frutta? Che genere di frutta? Oddio, devono essere più precisi. Non mi meraviglia che detesti fare la spesa per loro: nessuno scrive esattamente cosa vuole... è una trappola, per forza poi ti sbagli. D'accordo... Che ne dici di mele, pesche e uva? Se preferiscono altra frutta, la prossima volta lo scriveranno. Svizzere per fare gli hamburger, petti di pollo, gamberi... qui andiamo sul facile."

Eagle osservò Taylor prendere in mano le redini della situazione. Mentre lei scriveva freneticamente sul retro dello scontrino parlottando sottovoce, lui non poté non sorridere. Era come se tutto ciò che li circondava si fosse

fermato. Era una sensazione pericolosamente adorabile...
ma in qualche modo Eagle era anche preoccupato.

"Taylor?" chiamò una voce, facendo trasalire l'interessata.

Eagle si girò e vide una donna di mezz'età che si avvicinava a loro sfoggiando un sorriso luminoso.

"Ero sicura che fossi tu... Come stai? È da un sacco di tempo che non ci vediamo!" esclamò la donna con entusiasmo.

Eagle guardò Taylor ed ebbe la conferma che non gli aveva mentito riguardo al suo disturbo... non che lui ne avesse dubitato. Lei non aveva la più pallida idea di chi fosse la donna in piedi di fronte a loro e la signora restava come in attesa di essere riconosciuta.

Per la prima volta, lui capì quanto dovesse essere frustrante e imbarazzante non riconoscere qualcuno.

Improvvisando un sorriso, Eagle si fece avanti e porse la mano alla donna. "Io sono Eagle, un amico di Taylor. Non credo ci siamo mai conosciuti prima."

Proprio come lui sperava, la donna si concentrò su di lui. "Oh, ciao. Io sono Wanda Wright."

"Piacere. E... come hai conosciuto Taylor?" chiese Eagle mentre le stringeva la mano.

"Vivevamo nello stesso complesso residenziale," spiegò la donna, che doveva essere piuttosto loquace. "Un anno fa mi sono trasferita in un appartamento più vicino a dove vive mio figlio; la moglie ha lasciato lui e i loro due bambini e io volevo dargli una mano."

"Come stanno Gail e Bobby?" chiese da dietro Taylor, con voce dolce.

Eagle lasciò andare la mano della donna e arretrò di un passo.

"Oh, benissimo!" disse Wanda con enfasi. "A scuola se la cavano alla grande e crescono a vista d'occhio."

"E tuo figlio? Come ha reagito?" le chiese Taylor.

"Subito è stata dura per lui, ma mi sembra che si stia finalmente rendendo conto che la stronza che si era sposato, andandosene, gli ha fatto un favore. Hanno divorziato e lui ha avuto l'affidamento esclusivo... non che lei si sia opposta; era troppo concentrata sul suo nuovo ragazzo ventenne per aver voglia di occuparsi dei bambini. Peggio per lei. E a te come vanno le cose?"

Eagle si isolò dalla conversazione, dedicandosi a osservare Taylor. L'avvicinamento di Wanda l'aveva innervosita, subito aveva stretto i pugni. Ma poi si era rilassata. Le due parlarono di un vicino di Taylor e si lamentarono insieme delle pene della vita da condominio.

"Ti ho già rubato troppo tempo," disse Wanda dopo un po'. "Mi ha fatto piacere rivederti. Sono felice di essermi trasferita più vicino ai miei nipotini, ma mi è dispiaciuto perderti come vicina."

"Sono contenta che le cose ti vadano bene," le disse Taylor.

Wanda fece un enorme sorriso e si congedò.

Appena la donna si allontanò spingendo il suo carrello, Taylor si voltò verso Eagle. "Grazie."

"E per cosa?" chiese lui, fingendo di non capire.

Taylor aggrottò la fronte. "Lo sai per cosa. Non avevo idea di chi fosse quella donna e tu ti sei inserito in modo perfettamente naturale e hai fatto in modo che lei si presentasse."

Eagle la guardò in quegli occhi marrone scuro e disse: "Non mi conosci e, come hai detto tu, non hai alcuna ragione per fidarti di me. Ma puoi farlo, al cento per cento. E ho intenzione di dimostrartelo."

Lei non disse una parola, ma non distolse lo sguardo da lui.

Si fissarono a vicenda per un lungo istante, poi lui indicò con il capo la lista della spesa che Taylor teneva ancora in mano. "È salvabile?"

Dopo un sospiro e un'alzata di spalle, Taylor gli rispose con una nota ironica nella voce: "Non ne sono sicura. Pensavo davvero che questa faccenda della spesa fosse solo un pretesto per provarci."

"Eh, no. Al contrario."

"Vedo. Ok, penso di essere riuscita a riorganizzare la lista originale in base all'ordine delle corsie in questo supermercato. Probabilmente dovremo comunque fare un po' di avanti e indietro, ma non molto, spero. Bisogna che tu dica ai tuoi dipendenti di scrivere la lista elettronicamente, riesco a malapena a leggere alcune delle cose che hanno scritto."

"Se ne occuperà Archer," le disse Eagle.

"Archer?"

"È il nuovo arrivato nella ditta. Shawn Archer. Questa settimana è in ferie, ma appena torna, sarà lui a occuparsi della cucina e queste liste di scarabocchi faranno parte del passato. Per non parlare del fatto che toccherà a lui fare la spesa... grazie a Dio!" "Bene. Ora procediamo. Sono già stata dentro questo maledetto posto più a lungo del previsto; se vuoi che ti dia una mano, dobbiamo darci una mossa."

Taylor stava per voltarsi con il carrello e continuare il giro, quando Eagle le appoggiò una mano sul braccio, fermandola. "Grazie. Per avermi aiutato. Sono abbastanza uomo da riconoscere quando me la vedo brutta. Alla fine, ce l'avrei fatta anche da solo a riorganizzare la lista, ma nel frattempo mi sarei rovinato la giornata. Quindi, ti devo ringraziare."

"No, sono *io* che devo ringraziarti. Per aver fatto in modo che non avessi paura di entrare qui, almeno per una volta."

E con quelle parole, lei si girò puntando in direzione delle mele. Eagle non ebbe altra scelta che seguirla... non che ammirare quel fondoschiena gli sembrasse una punizione.

———

Taylor non ricordava l'ultima volta che era stata tanto a suo agio in mezzo alla gente. Di norma, ogni minuto che passava fuori dal suo appartamento era un'agonia. All'interno del suo spazio sicuro, lei era Taylor Cardin: una donna colta e consapevole del proprio valore, un'apprezzata correttrice di bozze. Adorava guardare programmi di cucina e provare nuove ricette. Era in ottimi rapporti con colleghi e clienti ed era sempre brillante e divertente quando scriveva mail e postava sui social.

Ma nell'istante in cui metteva piede fuori casa, si trasformava in una persona che non le piaceva: remissiva, insicura e distante.

Aveva procrastinato già più volte l'uscita per fare la spesa e quella mattina si era finalmente decisa ad andare al supermercato. Avrebbe potuto ordinare online e farsi fare la spesa da un commesso per poi ritirarla, ma non le piaceva l'idea che qualcuno scegliesse il cibo per lei. Era schizzinosa riguardo a carne, frutta e verdura. E poi girare per gli scaffali pieni di cibo le dava spesso l'ispirazione per provare un nuovo piatto.

Ma odiava incontrare qualcuno che conosceva, o meglio, che *la* conosceva. Era sempre una scena imbarazzante. O fingeva di conoscere la persona in questione, o doveva ammettere di non riconoscerla. E alla gente non piaceva. Negli anni, Taylor aveva perso fin troppi amici solo perché non era in grado di riconoscerli quando li vedeva.

Scacciando quei pensieri negativi dalla testa, Taylor si concentrò sull'uomo alle sue spalle e su quanto era successo nel parcheggio.

Poteva identificare i due uomini coinvolti nella lite in base ai vestiti che indossavano, ma non appena fossero tornati a casa e si fossero cambiati, sarebbe stato come se lei non li avesse mai visti prima. Taylor era consapevole che i poliziotti erano scettici riguardo al disturbo di cui lei soffriva. Forse pensavano persino che avesse mentito per evitare di testimoniare, nel caso in cui ce ne fosse stata necessità. Si era vergognata tantissimo mentre gli agenti discutevano della sua malattia e di cosa scrivere su di lei nel rapporto; l'incidente era successo di fronte agli altri testimoni, ognuno dei quali, dopo aver rilasciato la deposizione, era stato libero di continuare la propria giornata. A lei, invece, avevano chiesto di restare.

Si era sentita come se fosse stata *lei stessa* a commettere un'infrazione, mentre in realtà tutto quello che voleva fare era andare in un cavolo di supermercato.

Poi era arrivato Eagle.

Taylor sapeva che quelli come lui esistevano; in psicologia venivano chiamati *super-riconoscitori*. Persone con un'abilità eccezionale nel riconoscere e memorizzare i volti, proprio ciò che lei non poteva fare. Si era aspettata che lui la scaricasse subito, facendola sentire stupida come aveva fatto il poliziotto quando l'aveva paragonata al personaggio interpretato da Drew Barrymore in *50 volte il primo bacio*. Non avrebbe voluto dire stizzita a Eagle che il suo disturbo era un'altra cosa; ma quando, senza volerlo, aveva reagito male con lui, lui non aveva battuto ciglio.

Il fatto che lui si fosse presentato a Wanda l'aveva stupita. Avrebbe potuto restare lì impalato a guardarla mentre lei si sforzava di ricordarsi chi fosse la donna comparsa all'improvviso. Invece si era fatto avanti per aiutarla. In effetti, Taylor aveva avuto il presentimento che lui fosse lì per aiutarla fin da quando le si era avvicinato nel parcheggio.

La conversazione che aveva avuto con Wanda era stata la più "normale" che le fosse capitata da un sacco di tempo. Le aveva fatto piacere rivederla e sentire come se la passava con i nipoti. Mentre parlavano, non c'era stata nemmeno l'ombra di un momento di imbarazzo.

Taylor non sapeva nulla di Eagle, a parte che era un disastro in cucina e a fare la spesa. Sapeva anche che lui lavorava all'Assistenza Silverstone, che lei conosceva, essendo una ditta molto nota nell'area di Indianapolis. I poliziotti chiaramente lo conoscevano ed erano in confidenza con lui.

Mmmmh... forse non sapeva poi così poco di lui.

"Perché diavolo fanno tanti tipi diversi di farina. Non ha senso," brontolò Eagle.

Taylor non poté non ridacchiare.

Eagle si girò verso di lei. "Che c'è? Guarda che roba... ripiani e ripiani di dannata farina... che cosa stupida...

farina per tutti gli usi, per torte, per pane, autolievitante, integrale, senza glutine... mah!"

Mossa dalla compassione, Taylor prese due pacchi di farina per tutti gli usi e li mise nel carrello. "Ce ne sono diversi tipi perché ci si possono fare diverse cose. Ma visto che i tuoi compari non hanno specificato quale vogliono, dovranno accontentarsi della farina normale, per tutti gli usi. Se ne vogliono un'altra, impareranno a scriverlo."

Eagle non fece altro che sbuffare.

A Taylor quella reazione parve talmente *maschile* che non riuscì a trattenere uno sghignazzo.

"Stai forse ridendo di me, ragazza?" le chiese inarcando le sopracciglia.

"Già," ammise lei tranquillamente. E tutto d'un tratto Taylor si accorse che si stava divertendo. Per la prima volta da quella che le sembrava essere una vita intera, *se la stava spassando* in pubblico.

"Prima che mi rincitrullisca in mezzo a tutte queste complicazioni alimentari, raccontami un po' di te," la spronò Eagle. "Che fai nella vita?"

Taylor avrebbe potuto cambiare argomento e sapeva che lui glielo avrebbe lasciato fare, ma non voleva. Eagle le piaceva. Era un tipo un po' brusco, ma l'aveva anche fatta ridere, cosa che lei apprezzava molto.

"Sono una correttrice di bozze."

Lui le lanciò un'occhiata perplessa. "Una cosa?"

"Correttrice di bozze. Leggo quello che gli altri scrivono e correggo gli errori. Virgole, ortografia, grammatica... sai, quel genere di cose."

"Libri?"

"Sì. Ma anche discorsi da leggere in pubblico, manuali

di istruzioni, persino libri di testo. Se c'è qualcosa di scritto, io lo correggo."

"Non pensavo ci fosse un lavoro così," ammise lui.

"Non sei l'unico. Ma saresti sorpreso dal numero di errori che trovo in un testo qualsiasi. Anche se quel testo è stato corretto già diverse volte, ci sono ancora errori annidati da qualche parte. Sono umana e non posso garantire di trovare tutti gli errori... ma ce ne sono di quelli che sfuggono alla maggior parte delle persone, per esempio gli omofoni."

Eagle la guardò perplesso, così Taylor spiegò: "Gli omofoni sono parole che hanno lo stesso suono ma grafie e significati diversi. Come *right* e *write*... hanno una pronuncia pressoché identica, ma il primo vuol dire *destra*, o *giusto*, mentre il secondo vuol dire *scrivere*, mentre il secondo è un verbo. Poi ci sono parole del tutto identiche, per suono e grafia, ma che hanno significati diversi. Come *pen*, che può indicare lo strumento per scrivere o un posto dove si tengono gli animali."

Non ci avevo mai riflettuto... a parte quando in un libro trovo *their* scritto al posto di *they're*, con l'apostrofo."

"O al posto di *there*," aggiunse Taylor.

Eagle ci penso su un secondo, poi sorrise. "Esatto."

"Già... e così faccio la correttrice di bozze."

"Sarò indelicato, ma sono davvero troppo curioso... è un lavoro che paga bene?"

Taylor non se la prese. "All'inizio, no. Accettavo qualsiasi offerta mi facessero. Ma dopo un po' mi sono fatta una reputazione da super-pignola, che è una cosa buona per un correttore di bozze. Il lavoro è aumentato e ho potuto aumentare di conseguenza anche le mie tariffe. Ho lavorato come autonoma per molto tempo, poi mi ha assunto una casa editrice di libri di testo. Ma ancora oggi correggo di tutto: siti internet, volantini, insegne, libri, discorsi..."

"Wow, sembra interessante," commentò Eagle.

Taylor fece una risatina. "A volte lo è, ma altre è davvero noioso. Ricordo quando dovevo correggere la bozza di un libro di testo di biochimica; pensavo di non arrivarci mai in fondo."

"E poi è un lavoro che puoi fare da casa," osservò lui con perspicacia.

"Già. Ho un rapporto molto stretto con alcune delle persone per cui lavoro, ma non vado mai a presentazioni letterarie o eventi del genere. Nessuno capirebbe perché quando interagisco virtualmente sono tanto amichevole, mentre di persona sono invece estremamente distaccata. Mi riterrebbero altezzosa, il che potrebbe nuocere al mio lavoro."

"Sono certo che se capissero..." provò a dissentire Eagle.

Taylor scosse la testa. "No. Pensa al tuo migliore amico," gli disse lei. "Ora immagina di trovarti faccia a faccia con lui e di non avere idea di chi sia, nonostante abbiate trascorso ore e ore insieme a bere, a cazzeggiare... a fare quello che fanno gli uomini quando escono tra di loro. Come ti sentiresti?

"Sarebbe dura," rispose Eagle senza esitazione. "Ma se è un vero amico, uno che tiene a me e mi vuole bene così come sono, allora saprebbe del mio problema e suppongo che mi direbbe semplicemente chi è, poi tutto tornerebbe normale."

"Facile a *dirsi*, ma molte persone trovano difficile farlo e rifarlo ogni volta che ci si vede."

"Ti sbagli," ribatté Eagle, avvicinandosi a lei. Il fatto che lui invadesse il suo spazio personale non metteva Taylor a disagio. Era sicura che quell'uomo non le avrebbe torto un capello in pubblico, nel mezzo della corsia dei cereali di un supermercato. "Non è difficile per niente. Tra *veri* amici s'impara come evitare l'imbarazzo, quando uno dei due ha un problema congenito, come nel tuo caso. Ci si adatta. Per esempio, d'ora in poi, tutte le volte che ci incontreremo dopo non esserci visti per un po', ti chiamerò Flower, così saprai chi sono."

"E *chi sei?*"

"Sono un uomo che ti vede, Taylor, ti vedo e noto in te sfiducia e circospezione e non mi piace vederti così, anche se ne capisco la ragione. Sai perché mi chiamano Eagle?"

"No."

"Perché ho la vista di un'aquila[1]. Vedo tutto. E quando vedo *te*, Taylor, mi piace quello che vedo."

"Ma non ne sai nulla di me," obiettò lei.

"So che sei una tosta; hai dovuto diventare tosta. Sei divertente e piena di buoni sentimenti, ma quando sei in pubblico tieni nascosta la tua vera persona. Mi piacerebbe conoscere la Taylor che sei quando non sei in mezzo alla gente, quando non ti devi preoccupare di riconoscere gli altri."

"Non sono niente di speciale," controbatté lei.

"Non ci credo."

"Mia madre mi ha abbandonato quando avevo due anni," disse bruscamente. "Devo aver pianto per un sacco di tempo. Lei non sopportava il fatto che non la riconoscessi. Sono certa che il mio disturbo ha reso la separazione meno dolorosa per lei."

"È stata colpa *sua*, non tua," commentò Eagle, "e mi

dispiace che questo ti abbia fatto guardare a te stessa in modo diverso. Dici che non sei speciale, ma io sono fermamente convinto che proprio quelli che hanno sofferto tanto da piccoli, crescendo possano diventare le persone più straordinarie. Quindi... Flower," ripeté. "Ti chiamerò così quando ti rivedrò, così saprai chi sono." Poi sorrise. "E guarda che non mi riferisco alla farina che mi hai aiutato a scegliere[2]," chiarì, alludendo a quanto avevano detto poco prima sugli omofoni. "Per come la vedo io, Flower ti si addice... perché sei come una primula. È un fiore che sboccia solo di notte, al buio. Tu ti nascondi dagli altri a causa del modo in cui ti trattano... ma sbocci comunque. Non posso certo chiamarti farina multiuso." Le fece l'occhiolino. "Quindi è deciso: Flower. Sei un bel fiore. Sarà la nostra parola in codice."

Taylor deglutì con qualche difficoltà e si sforzò di fare un passo indietro. Eagle la stava travolgendo. Le diceva tutte le cose giuste, ma lei le aveva già sentite in passato. In tanti le avevano detto che non avrebbero dato importanza al suo disturbo, ma poi, alla fine, *diventava* importante. La lista comprendeva amiche delle elementari, ragazzi con cui era uscita e persino qualche cliente con cui si era confidata... tutti, prima o poi, l'avevano delusa.

"Se vogliamo risolvere la questione della spesa in tempi brevi, è meglio che procediamo," gli disse con voce incerta, fingendo di non aver sentito il discorso di Eagle sulla loro "parola in codice".

Per un istante pensò che lui non lasciasse perdere, ma alla fine Eagle annuì. "Ok, Taylor, ho capito l'antifona. Avrai modo di scoprire che dico sul serio, quando parlo." Poi prese il controllo del suo carrello e proseguì lungo la corsia, gettandoci dentro una confezione di fiocchi d'avena e dei Cheerios.

Dopo aver fatto un profondo respiro, Taylor lo seguì.

Flower.

L'uomo che le camminava davanti era letale per lei. Intelligente. Simpatico. Gentile. Sentì che si sarebbe presto ritrovata in un gran bel pasticcio.

———

Brett Williams rientrò silenziosamente nella casa che divideva con la madre e scese subito nel seminterrato. Sentiva il piacere dell'attesa scorrergli nelle vene. Era passato molto tempo dall'ultima volta che aveva trovato una donna che suscitasse il suo interesse come aveva fatto quella che aveva visto poco prima al supermercato.

Taylor Cardin.

Aveva sentito quel nome di sfuggita mentre la donna parlava con i poliziotti.

Prosopagnosia.

Non ne aveva mai sentito parlare, ma dopo essere entrato in macchina aveva cercato su internet e aveva capito che lei era quella giusta.

Quella donna non era in grado di riconoscere i volti.

Quindi se lei lo avesse rivisto il giorno seguente, non avrebbe saputo dire chi fosse.

Non avrebbe ricordato che lui era tra i testimoni della lite tra quei due idioti nel parcheggio.

Lui sarebbe rimasto per sempre un perfetto estraneo agli occhi di lei.

Ma lui sapeva chi era *lei*.

La smania gli provocò un brontolio allo stomaco.

Quanto si sarebbe divertito con lei... Avrebbe potuto incasinarle la mente per settimane, senza che lei nemmeno sapesse chi aveva davanti agli occhi.

Erano sette mesi che non provava l'ebbrezza di avere una donna completamente alla sua mercé. L'ultima l'aveva tenuta con sé per cinque giorni. All'inizio, torturarla psicologicamente era stato uno spasso. Lei era terrorizzata. Guardarla mentre la soffocava fino a farle perdere i sensi, più e più volte, o mentre lei lo supplicava in lacrime di non ucciderla... gli aveva dato un senso di onnipotenza.

Dopo essersi liberato del cadavere, aveva dovuto assumere un profilo basso e lasciare agli sbirri il tempo di fare ipotesi su chi potesse essere l'assassino. Ma le indagini erano giunte a punto morto, era tempo di agire.

Aveva trovato il suo prossimo giocattolo.

Taylor Cardin.

Poteva prendersela comoda, mettersi a giocare al gatto col topo. Tanto lei non si sarebbe resa conto di aver a che fare con un serial killer, pur incontrandolo giorno dopo giorno.

Trepidante e sorridente, Brett guardò le foto appese al muro di quel seminterrato, che era diventato il suo santuario. Istantanee vecchio stile delle undici donne che aveva ucciso.

Era impensabile che se le dimenticasse. Poteva rivivere con la memoria ogni istante trascorso con loro: le loro suppliche; le loro promesse di fare qualsiasi cosa per lui, se le avesse lasciate andare; i rumori che facevano; le loro espressioni. Quelle facce erano come impresse a fuoco nella sua memoria. Pensava a loro quando si masturbava o semplicemente quando sentiva il bisogno di un bel ricordo che lo aiutasse a sopportare la sua monotona quotidianità.

E Taylor sarebbe stata la fortunata numero dodici.

Presto avrebbe avuto una nuova foto da aggiungere al suo memoriale. Taylor non si sarebbe mai ricordata di lui, ma lui non l'avrebbe mai dimenticata.

"Ci sarà da spassarsela," bisbigliò rivolto agli occhi vitrei che lo fissavano dalle foto sul muro. "Ora devo solo decidere dove e come cominciare a giocare con la piccola Taylor."

CAPITOLO DUE

"...e Thomas se n'è messo in bocca una grande forchettata... e ha sputato tutto sul tavolo. A Christine e a Shane è andato di traverso quello che stavano mandando giù; a quel punto, Leigh ha preso il telefono e ha ordinato pizza per tutti," disse Eagle.

Taylor sghignazzò. "Dici sul serio?"

"Te lo giuro."

"Come si fa a sbagliare un piatto di spaghetti?" osservò Taylor non appena si fu ricomposta.

Era rimasta sorpresa quando Eagle l'aveva chiamata, la sera dopo che avevano fatto conoscenza al supermercato. Lui le aveva chiesto il numero di telefono nel parcheggio, prima che si separassero; lei, stupendosi di se stessa, glielo aveva dato senza esitare. C'era qualcosa di quell'uomo che la intrigava... anche se il motivo per cui lui si interessava a lei non le era del tutto chiaro. La prima volta erano stati al telefono solo una decina di minuti, ma poi lui l'aveva richiamata la sera dopo e quella dopo ancora.

Erano passati dodici giorni e avevano parlato ogni sera.

Lei aspettava quelle chiacchierate al telefono più impazientemente di quanto non fosse disposta ad ammettere.

"Ehi, io sono un professionista quando si tratta di fare casini in cucina," disse Eagle ridacchiando. "E... lo negherei con chiunque, ma a volte cucino apposta cose immangiabili, così per mesi non mi viene più chiesto di mettermi ai fornelli."

"Sei perfido," commentò Taylor.

"Lo so," ammise lui.

"Eagle?"

"Sì?"

"Era da molto tempo che non facevo amicizia con qualcuno. Grazie." Taylor era consapevole che avrebbe potuto definire con altre parole quello che c'era tra lei e Eagle... qualsiasi cosa fosse. Ma per il momento sentiva solo il bisogno di fargli sapere che apprezzava la loro amicizia. "Mi piace parlare con te ogni sera."

"Anche a me piace," ricambiò lui. "Tu mi fai sentire più... normale."

"Di solito non ti senti normale?" domandò lei, mentre si versava un calice di vino, seduta nell'angolo del divano.

"No."

"Perché?"

Lui restò in silenzio per un po' e Taylor si chiese inquieta a cosa stesse pensando.

"Quando ti ho chiamata la prima volta, lo ammetto, ero più che altro curioso riguardo al tuo disturbo. Non ho mai incontrato nessuno che abbia la mia stessa capacità mnemonica e mi affascina il fatto che tu, da quel punto di vista, sia il mio esatto opposto. Ma dopo la prima telefonata, mi sono reso conto che non me ne fregava proprio niente di prosopagnosia, super-riconoscitori e quant'altro. Semplicemente, mi piace parlare con te."

Subito, quella confessione la innervosì un po', ma poi Taylor sentì come un tepore espandersi per il corpo. "È lo stesso per me," disse con voce pacata. "La mia malattia tende a oscurare ogni altro aspetto della mia vita. So che la gente mi giudica in base al mio problema, anche chi non lo dice apertamente. Devo ammettere che mi urta un po' sapere che quella era la ragione per cui volevi parlarmi, all'inizio; me la cavo abbastanza a capire la vera natura delle persone e so che, se quella fosse l'unico motivo del tuo interesse verso di me, non saremmo qui a parlare."

"Scusami, dirti che ero curioso riguardo alla tua malattia è stata un'uscita da cazzone," disse Eagle.

"Anche se ci conosciamo solo da un paio di settimane, per me la nostra amicizia è importante," le disse Eagle, "quindi... vorrei dirti una cosa su di me."

"Ok," acconsentì Taylor con voce calma, senza alcuna traccia di trepidazione per l'improvvisa serietà nella voce di Eagle.

"Non al telefono," disse lui con fermezza. "Se ti prometto che non cucinerò per te, pensi che possiamo vederci?"

Di primo acchito, Taylor voleva dirgli di no. A lei piaceva il rapporto che avevano così com'era: chiacchierare al telefono ogni sera, parlare del loro tran-tran quotidiano. Così era facile. Rilassante. Se avessero cominciato a frequentarsi di persona, probabilmente lui avrebbe presto trovato frustrante il fatto che lei non lo riconoscesse.

"Non mi giudicare in base allo standard dei bastardi che hai conosciuto in passato," disse lui con tono basso.

"Come hai fatto a sapere quello a cui stavo pensando?"

"Lo so perché ti conosco."

Quella risposta la spaventò, perché Eagle aveva detto la verità: lui *la conosceva*. Durante le loro conversazioni telefoniche, lei si era aperta con lui più di quanto non avesse fatto in vita sua con chiunque altro. Non aveva idea di cosa ci fosse in Eagle che la spingeva a raccontargli tutto di lei, ma quella situazione la faceva stare bene. Veramente bene.

"Ok," gli disse a bassa voce, ritenendo che se la loro amicizia non fosse stata in grado di superare l'ostacolo degli incontri faccia a faccia, sarebbe stato meglio capirlo prima che poi, quando la cosa l'avrebbe fatta soffrire di più.

Ma poi chi voleva prendere in giro? Per quanto il tutto fosse cominciato meno di due settimane prima, sentiva che avrebbe sofferto non poco anche se solo le fossero venute a mancare quelle chiacchierate serali.

"Bene. Passo a prenderti domani alle cinque. Andremo all'Assistenza Silverstone, Archer cucinerà per noi. Dopodiché ci metteremo comodi e ti parlerò di quello che faccio. Quando te ne vorrai andare, ti riporterò a casa."

Taylor doveva ammettere a se stessa che la proposta la incuriosiva. Non aveva idea di cosa volesse dirle Eagle, ma sembrava si trattasse di un qualche segreto. "Non devi per forza passarmi a prendere," gli disse, "posso venire in macchina fino alla vostra ditta."

"Nah," disse Eagle con tono perentorio. "Ho paura che, se vieni da sola, te ne andrai appena vedrai l'esterno della ditta... e non risponderai più alle mie chiamate."

"L'edificio è messo così male? Pensavo che gli affari andassero bene."

"Infatti vanno bene," confermò lui. "Ma a vedere la ditta dal di fuori sembra che siamo sull'orlo del fallimento.

È una cosa voluta... è per scoraggiare chiunque abbia la mezza idea di venire a rubare o a fare qualche altra bricconata.”

L'alone di mistero cominciava a intrigarla. “Davvero?”

“Davvero.”

“*Bricconate?* Chi usa più questa parola?” lo prese in giro; la reazione divertita di Eagle la mise a suo agio.

“Io, a quanto pare... E poi c'è un'altra ragione per cui preferisco parlartene di persona.”

Visto che lui non proseguiva, Taylor lo incalzò: “Quale?”

“Voglio dimostrarti che il tuo disturbo non mi condiziona, che non m'interessa se quando mi vedi non mi riconosci. Userò la nostra parola in codice e tra noi tutto sarà com'è stato in queste ultime due settimane. Non cambierà nulla, Taylor. Non penso che tu sia inferiore a nessuno, né ho intenzione di compatirti. Capito?”

Taylor avrebbe voluto rispondere di sì. Avrebbe voluto credergli. Ma aveva sentito quelle parole già troppe volte. La sua malattia finiva sempre per condizionare chi le stava intorno. A nessuno piaceva essere guardato come un estraneo; per un ego maschile, in particolare, era quasi sempre una situazione ingestibile.

“Io l'ho capito,” continuò lui, prendendo atto della mancata risposta di Taylor. “Devo solo farlo capire anche a te, ma posso riuscirci solo se ci vediamo. Domani alle cinque in punto. Davanti a casa tua.”

“Non sai nemmeno dove abito,” protestò lei.

Eagle fece una risatina. “Sei buffa.”

“Lo sai?” chiese lei con enfasi.

“Già.”

“Devo chiederti come hai fatto a scoprirlo?”

"Te lo dirò domani. Ora... raccontami la tua giornata di oggi. Sei uscita di casa?"

Taylor voleva sapere *in quel momento* come lui aveva potuto tanto facilmente trovare il suo indirizzo, ma anche se si conoscevano da poco, era certa che Eagle non le avrebbe detto nulla finché non fosse stato pronto a farlo. Era un tipo cocciuto. "Sì," gli rispose, "sono dovuta andare in posta. Ho una casella postale per il lavoro, è più sicura della buchetta del mio condominio. Ho spedito alcuni progetti e ne ho ritirati altri. Sono pochi i clienti che preferiscono che io lavori su copie cartacee, ma in quel caso devo spedire i testi corretti a mezzo posta. Per fortuna, sono riuscita a fare un unico giro."

"E com'è andata?" le chiese Eagle.

"Bene, in effetti. Ho scambiato due chiacchiere con un tizio che era in fila con me. Sua madre aveva bisogno di francobolli, ma visto che è disabile e non può spostarsi da casa da sola, lui era uscito a comprarglieli."

"Gentile da parte sua."

"Già. Naturalmente, quando è arrivato il mio turno e sono andata allo sportello, l'impiegato mi ha chiesto come stavo e se avevo dei nuovi clienti. Insomma... so di aver parlato del mio lavoro con diverse persone che lavorano lì, ma non ricordavo cosa avevo detto di specifico *a quello*. Quindi sono rimasta sul vago, come al solito, e grazie al cielo è stata una cosa veloce."

"Hai fatto bene."

"Sì. Poi ho fatto benzina... ho preso un hamburger da asporto mentre tornavo a casa e ho trascorso le ultime cinque ore a leggere un libro su un alieno alle prese con una sposa per corrispondenza."

"Ho paura a chiedertelo, ma... si tratta di un romanzo d'amore o di fantascienza?" domandò Eagle.

Taylor rise. "Romanzo d'amore."

"Wow. Immagino che l'alieno non se la mangi, giusto?"

"Beh..." Taylor tentennò.

Eagle scoppiò a ridere. Quando si ricompose, disse: "Me la sono cercata, vero?"

"Eh, sì."

"Sembra che per te sia stata una buona giornata."

"Non c'è male. E la tua com'è andata? Che hai fatto?"

"Stamattina ho avuto una riunione con i ragazzi, poi ho fatto qualche intervento."

"Qualcosa di eccitante?" chiese Taylor.

"Un rottame, il ritiro di un'auto il cui conducente è stato beccato a guidare con la patente sospesa e due macchine guaste," elencò Eagle.

"È affascinante che uno che lavorava nei reparti speciali dell'esercito ed era perciò abituato a notevoli scariche di adrenalina trovi stimolante parlare dei retroscena di come si mandi avanti un'attività e se la passi a guidare un carroattrezzi su e giù per la città," commentò Taylor.

Eagle tacque e lei ebbe il timore di averlo offeso. "Eagle?"

"Sì, ci sono. Il segreto è trovare un equilibrio," disse enigmaticamente.

Taylor ripeté a se stessa che in fin dei conti non conosceva quell'uomo tanto quanto le sembrava di conoscerlo, così ripiegò su un altro argomento. "Beh, comunque... da quando ti ho conosciuto ho cercato di fare meno vita da reclusa. Ultimamente esco di casa almeno una volta al giorno, anche solo per prendere una boccata d'aria fresca.

Non è come fare bungee jumping o paracadutismo, ma è la dose di emozioni forti che cerco nella vita."

Ancora una volta, la lunga pausa di Eagle le procurò una strana sensazione. Poi lui parlò: "Mi fa piacere. Il fatto che soffri di prosopagnosia non significa che tu non debba uscire a goderti quanto la vita ha da offrirti."

"Lo so."

"Ok. Ora ti lascio andare. Ci vediamo domani pomeriggio verso le cinque."

"Va bene. Grazie per la chiacchierata."

"Grazie a te," ricambiò Eagle.

"A domani."

"Sì, a domani."

Taylor chiuse la telefonata e rimase sul divano con lo sguardo fisso nel vuoto per un lungo minuto. A volte credeva di conoscere Eagle molto bene; altre volte, come in quel momento, aveva l'impressione di non sapere nulla di lui.

Pensò che la velocità con cui erano entrati in confidenza dovesse allarmarla. D'altronde, lui non le aveva chiesto niente. Durante le loro telefonate, lui non aveva detto nulla che l'avesse innervosita. Era la prima volta che le faceva pressione perché si vedessero e non le aveva mai fatto o detto nulla fuori luogo. A parte la buffa uscita sull'alieno e la sposa per corrispondenza di quella sera, non aveva fatto mai alcuna allusione sessuale.

Proprio perché le loro chiacchierate erano state tanto piacevoli, Taylor era riluttante a cambiare la natura della loro amicizia. Negli anni, lei aveva smesso di cercare di avvicinarsi agli altri, perché soffriva molto quando i suoi cosiddetti amici decidevano che, per loro, portare avanti un'amicizia con lei era troppo difficile.

Quanto ai legami sentimentali, ci aveva tirato una *grossa* riga sopra dopo che il suo ultimo ragazzo le aveva detto che trovava estenuante e deprimente doverle ricordare chi fosse ogni volta che si vedevano.

Poi, una mattina, lei si era svegliata confusa e disorientata perché aveva completamente dimenticato che avevano dormito insieme (il che la diceva lunga su quanto memorabile fosse stata quella notte di sesso); vedendo nel suo letto quello che per lei era un estraneo, Taylor era andata fuori di testa e quella per lui era stata l'ultima goccia.

Lei aveva cercato di rassicurarlo, dicendogli che *si ricordava* di lui e della notte che avevano trascorso insieme (benché in effetti non fosse stata indimenticabile). Ma lui non ne poteva più di non essere riconosciuto dalla sua ragazza.

Taylor si augurò che Eagle fosse davvero dotato di tutta la capacità di sopportazione che affermava di avere.

Avrebbe voluto avere un'amica a cui raccontare di Eagle, di come già lo sentisse vicino, più vicino, in effetti, di chiunque altro avesse mai conosciuto. Ma non l'aveva. Poteva scrivere un post sul forum di discussione sulla prosopagnosia, a cui era iscritta; ma a lungo andare si era resa conto che leggere i commenti su quel sito era più deprimente che incoraggiante.

Sospirando, recuperò il telecomando e accese la televisione. Non le piaceva guardare le serie TV: non riusciva a memorizzare i volti dei personaggi e la faccenda si complicava ulteriormente quando lo stesso personaggio indossava abiti diversi durante lo stesso episodio. Sintonizzò il televisore su un programma di cucina e si rilassò, immersa tra i suoi cuscini.

La prospettiva di rivedere Eagle il giorno seguente la

intrigava, ma allo stesso tempo la innervosiva. Cercò di ricordarne l'aspetto, ma non ci riuscì. Quando si erano conosciuti, lui indossava jeans, stivali neri e una maglietta marroncina, ma Taylor non aveva idea dei suoi lineamenti.

Del resto, a lei mancava una nozione precisa di bellezza maschile. Sapeva però, per esempio, che l'impiegato che l'aveva servita alle poste si era dato troppo profumo, o che il tizio che era lì per comprare i francobolli per la madre indossava un paio di jeans consunti con delle macchie all'altezza delle caviglie, calzava scarpe nuove di zecca e a pranzo doveva aver mangiato qualcosa con della cipolla.

Taylor aveva un olfatto molto sviluppato e una straordinaria capacità di ricordare l'abbigliamento dei suoi interlocutori, ma quando si trattava di facce, era completamente perduta. Le avevano detto più di una volta che *lei* era una bella ragazza, ma la cosa non aveva alcun significato per lei. Quando si guardava allo specchio, non vedeva altro che un'estranea. Era una sensazione stranissima, ma si era da tempo stancata di cercare di spiegarla a chi non aveva modo di provarla.

Si chiese se Eagle appartenesse a quella rara categoria di persone che potevano capire; non ne era certa, ma credeva di sì.

Con un altro sospiro, rivolse la sua attenzione al programma televisivo. L'indomani sarebbe stato un giorno lungo. Doveva finire di correggere la bozza del romanzo con l'alieno, così avrebbe potuto passare a un compito più difficile: la revisione di un testo di seicento pagine sulla storia americana, proprio il libro che aveva ritirato quella stessa mattina in posta, dopo aver spedito un altro manoscritto che aveva appena terminato. Anche rivedere Eagle sarebbe stato un compito difficile. Era tanto intimorita quanto emozionata. Un gran pasticcio.

Quando una vibrazione la avvertì che le era arrivato un messaggio, Taylor si rese conto che stava ancora stringendo il telefono nella mano sinistra. Guardò lo schermo e rise leggendo il messaggio di Eagle:

Eagle: Se c'è qualcuno che deve preoccuparsi, quello sono io, quindi stai tranquilla.

Non aveva idea di cosa potesse preoccupare Eagle. Fece un profondo respiro. Crescendo, aveva imparato che preoccuparsi non serviva a diminuire l'ansia; anzi, la aumentava. Sarebbe andata come doveva andare e lei si sarebbe regolata di conseguenza. Proprio come aveva sempre fatto.

Scrisse una breve risposta.

Taylor: Non sono preoccupata. E adesso fa' silenzio: l'eroina sta per scoprire che il suo alieno ha il pene ricoperto di aculei e si chiederà come potrà mai funzionare tra loro due.

Non sapeva perché aveva risposto in quel modo. Aveva già finito quel libro e al momento non stava leggendo nulla, ma non era riuscita a trattenersi dallo stuzzicare un po' Eagle. Non voleva che si agitasse per quello che doveva dirle l'indomani, di qualsiasi cosa si trattasse.

Sullo schermo apparvero i puntini di sospensione, a informarla che lui le stava rispondendo; quando la risposta arrivò, Taylor scosse la testa e fece una risata nasale.

Eagle: Aculei? Cavolo, come se non avessi già un complesso di inferiorità. Come posso io, da povero mortale, competere con uno che ha gli aculei??!

Taylor: Grazie per avermi fatto ridere. Sono un po' nervosa per domani, ma mi fido di te.

Eagle: Quelle ultime quattro parole mi rendono un uomo felice. Dormi bene.

Al pensiero di averlo reso felice, anche Taylor si sentì meglio.

Appoggiò il telefono sul tavolino che aveva accanto, tracannò il vino che le era rimasto e si accoccolò sotto una trapunta per concentrarsi sul programma di cucina. Era vero: si fidava di Eagle. Era un bravo ragazzo; Taylor ne era certa, era pronta a scommetterci la vita.

———

Merda. L'indomani Eagle avrebbe dovuto dire a Taylor che lui decisamente non era un bravo ragazzo. Non che si sentisse una persona spregevole, ma di certo non era nemmeno uno stinco di santo.

Non le aveva mentito. La malattia di Taylor l'aveva incuriosito; era quella la ragione per cui l'aveva chiamata la prima volta. Ma più imparava a conoscere quella donna, più provava verso di lei un interesse genuino. Taylor gli piaceva: era brillante e di animo buono, troppo buono per uno come lui; ma lui non riusciva a smettere di cercarla, voleva sentirla ogni sera.

Eagle non aveva mai avuto una vera amica. Aveva avuto diverse relazioni nella sua vita. Una volta aveva persino pensato di sposarsi, ma poi aveva scoperto che la potenziale sposa andava a letto con una mezza dozzina di altri uomini; da allora non era più uscito con una donna. Non voleva pensare a sé come a uno che, per colpa di una storia finita male, aveva perso ogni fiducia nel genere femminile; ma la verità era che si stava ancora leccando le ferite che quel tradimento gli aveva lasciato.

Ma... dannazione, certo che si fidava di Taylor. C'era in lei qualcosa che lo richiamava. Non aveva niente a che fare con il disturbo di cui lei soffriva, anche se indubbiamente era un elemento che lui *non* poteva non tenere in considerazione. L'incapacità di riconoscere le persone la rendeva estremamente vulnerabile. Eagle ci stava male, anche perché Taylor gli sembrava come tagliata fuori dal mondo; il suo era un esilio autoimposto, ma era comunque un esilio.

Lui l'aveva spronata a uscire più spesso e a ignorare chi la guardava dall'alto in basso per via del disturbo di cui lei soffriva. Ma ora che Taylor cominciava a stare in mezzo alla gente, lui non poteva non preoccuparsi che qualcuno si approfittasse di lei; aveva pensato molto a come la malattia la esponesse a tutta una serie di rischi... e quel pensiero lo allarmava.

Eagle si rese conto di essere perso e scosse la testa.

Era da tantissimo tempo che non conosceva una persona interessante e intrigante come Taylor Cardin... e l'indomani avrebbe rovinato tutto dicendole la verità su quello che lui e i suoi compagni della Silverstone facevano.

Non avrebbe commesso lo stesso errore del suo amico Bull, che dopo aver perso la testa per Skylar le aveva detto della Silverstone poco prima di partire per una missione; comprensibilmente, Skylar aveva reagito tutt'altro che bene e tutti avevano pensato che tra i due fosse finita.

Eagle non voleva perdere l'amicizia di Taylor. E se doveva essere onesto con se stesso... dannazione, sperava che il loro rapporto portasse a molto più di un'amicizia. Ma per lui era meglio sapere subito se lei fosse o meno disposta ad accettare quello che lui faceva: eliminare terroristi per rendere il mondo un posto più sicuro.

Naturalmente, la speranza di Eagle era che lei capisse, ma se non fosse stato così, lui non avrebbe potuto certo biasimarla. Taylor gli aveva già detto quanto fosse stupita del fatto che un ex soldato sopportasse un lavoro "noioso" come quello di guidare un carroattrezzi; presto avrebbe scoperto che Eagle era invece un drogato di adrenalina, proprio come lei aveva ipotizzato: amava le sensazioni forti che le missioni con la Silverstone gli procuravano, trovava eccitante entrare e uscire in incognito da paesi lontani. D'altronde, il suo lavoro ufficiale e "noioso" alla Silverstone svolgeva nella sua vita una funzione di necessario contrappeso.

Eagle non aveva discusso con gli amici del suo piano di confidarsi con Taylor, ma voleva assicurarsi che l'indomani, quando lui avrebbe portato la donna al garage, loro si comportassero bene.

I quattro erano seduti nel bunker costruito nel seminterrato dell'Assistenza Silverstone. Avevano discusso i turni della settimana, controllato i resoconti scritti dagli autisti negli ultimi giorni e scritto una relazione preliminare sull'ottimo lavoro che Archer aveva svolto da quando era stato assunto. Quell'uomo era un gran lavoratore e sia Eagle che gli altri tre compagni sapevano che, se il nuovo dipendente se ne fosse andato, la ditta ci avrebbe solo rimesso.

"Cosa ti frulla in testa?" chiese Gramps a Eagle.

Gramps era il più anziano dei quattro, il che gli era valso quel soprannome[1]; nonostante i suoi quarantacinque anni, era in gran forma, in effetti più dei suoi amici: nulla sembrava poterlo rallentare; mai.

"È da un po' che ti comporti in modo strano," aggiunse Smoke. "Stacchi prima dal lavoro, sorridi di più, sembri più rilassato. È chiaro che qualcosa bolle in pentola."

Eagle fece una risatina. Smoke aveva solo due anni più di lui, ma spesso assumeva un atteggiamento paterno nei confronti degli altri.

"Scommetto che c'è di mezzo una donna," disse Bull, appoggiandosi allo schienale della sedia. "Sì, insomma... io tutti i giorni stacco il prima possibile per passare più tempo con Skylar, quando torna a casa dal lavoro."

Quello che era successo a Skylar li aveva sconvolti tutti. Lei faceva l'insegnante e si era consegnata nelle mani di un pederasta che aveva sequestrato una delle sue alunne; il bastardo, ossessionato dalla bambina, l'aveva rapita dall'area giochi della scuola e Skylar, che era sul posto al momento del rapimento, li aveva seguiti e si era fatta imprigionare con la bambina per non lasciarla sola nelle mani di quello squilibrato. Tutto era finito bene, ma dopo quell'episodio, comprensibilmente, Bull si sentiva in dovere di lasciare sola Skylar il meno possibile.

"Sì, c'entra una donna," ammise Eagle. "Ma siamo solo amici."

Tutti e tre i suoi compagni inarcarono le sopracciglia, assumendo lo stesso sguardo perplesso.

"Dico sul serio," disse lui sulla difensiva. "Non mi dispiacerebbe se il nostro rapporto procedesse oltre l'amicizia, ma per il momento mi va bene così. L'ho vista solo una volta."

"Al supermercato," disse Gramps con notevole acume.

"È la ragazza che ha quel problema con le facce?" chiese Smoke.

"Quel problema si chiama prosopagnosia e... sì, è lei," confermò Eagle. "È divertente e brillante. Non ricordo l'ultima volta che mi è piaciuto così tanto parlare con una donna. Lei è davvero fantastica. Io non riesco nemmeno a immaginare come ci si possa sentire a non riconoscere nessuno."

"Certo, perché tu riconosci *chiunque*," disse Bull seccamente.

"È vero. Ma pensate a cosa implica convivere con un disturbo del genere. Quando da piccola i bulli della scuola la tormentavano, se qualcuno camminava verso di lei, non poteva sapere se si trattasse di un amico che voleva giocare o di un bullo che voleva maltrattarla. Alle superiori, non distingueva i teppisti dai bravi ragazzi. Persino oggi non avrebbe modo di capire se qualcuno la stesse perseguitando." A Eagle venne la pelle d'oca. "Se solo ci penso mi viene il voltastomaco."

I suoi tre amici cominciarono a provare apprensione per lui.

"Non ci avevo riflettuto," ammise Smoke. "Pensi che sia in pericolo?"

"No, niente del genere. Non mi ha parlato di alcun problema che la tormenti. In effetti, lei fa una vita quasi da reclusa. In passato c'è stato chi l'ha fatta soffrire per via della sua malattia, quindi non le piace stare in mezzo alla gente.

"Ma se vi siete visti solo una volta, come fai a sapere tutte queste cose su di lei?" gli chiese Smoke.

"Ci sentiamo al telefono tutte le sere. La prima volta l'ho chiamata solo perché questa storia della prosopagnosia m'incuriosiva, ma dopo pochi minuti che parlavamo mi ha fatto ridere e da lì in poi non ho più pensato al suo disturbo."

"*Tutte* le sere?" chiese Gramps.

Eagle annuì.

"Beh, allora... buon per voi," commentò l'amico.

"Verrà qui domani," li informò Eagle. "Ve la voglio presentare. Ma tenete presente che, quando vi rivedrà una seconda volta, non saprà chi siete. Si ricorderà di aver conosciuto i miei amici, di essere stata qui e tutto il resto, ma non riconoscerà le vostre facce. Basta che vi presentiate a lei tutte le volte che la vedete e tutto procederà normalmente. Non date troppa importanza al suo problema."

"Ma lei riconoscerà *te?*" chiese Smoke.

"Se mi presentassi a casa sua e lei mi vedesse dallo spioncino? No. Per lei potrei essere chiunque."

"Come può funzionare?" chiese Bull. "Voglio dire... secondo me sarebbe una situazione strana."

"Già," aggiunse Gramps, "nel caso in cui diventi una relazione sentimentale, cosa succederebbe se lei si svegliasse una mattina accanto a te e andasse giù di testa perché non ha idea di chi tu sia?"

"Ragazzi, non ho tutte le risposte, ma vi ripeto che non è un problema di *memoria*. Non è che lei dimentichi quello che le è successo il giorno prima. Si ricorderà il mio nome, il mio carattere e ciò di cui abbiamo parlato. E se dovessimo finire a letto insieme, sono certo che si ricorderà quello che ha provato stando con me. Immagino che sia terribile non riconoscere la persona che ti sta davanti. Ma lei mi *conoscerà*, anche se non mi riconosce. Basta solo che le dica chi sono e andrà tutto bene."

"Forse dovresti cominciare a darti il profumo, così lei potrebbe riconoscerti con l'olfatto," suggerì Smoke.

"Ho un'idea: potresti mangiare cipolla tutti i giorni,

così quando ne sentirà l'aroma, saprà che sei tu," scherzò Gramps.

"O potrei farti un enorme sfregio a forma di *E* sulla fronte, così ti riconoscerà ogni volta ti vede," disse Bull con un sorrisetto compiaciuto.

"Andate a fare in culo," ribatté Eagle, consapevole che i suoi amici lo stavano solo provocando un po'.

"No, seriamente..." intervenne Smoke, "non dev'essere una vita facile la sua."

"Infatti non lo è," confermò Eagle. "Mi ha detto che in casa non ha nemmeno una foto, visto che per lei non significano nulla. In foto non riconosce nemmeno se stessa, quindi che senso ha tenerne? Sarebbe come per noi circondarsi di foto di estranei. Così mi ha detto."

Bull fischiò. "Brutta storia."

Eagle annuì, poi disse: "Ma non dovete compatirla. Ve ne accorgerete quando la conoscerete. È fantastica, cazzo. Nonostante tutto, è una donna molto forte; per sopravvivere con quel disturbo, è diventata forte per forza. Voglio che si senta al sicuro qui alla Silverstone."

"Nessun problema," disse Gramps con decisione.

"Non vedo l'ora di conoscerla," aggiunse Smoke.

"Hai intenzione di dirle quello che facciamo?" chiese Bull.

La domanda si riferiva alle loro missioni. Ne avevano già parlato tutti insieme. Il patto era che ne avrebbero parlato ad altre persone solo se fosse stato strettamente necessario. Ma Eagle non aveva alcun dubbio: poteva fidarsi di Taylor; lei lo avrebbe sostenuto. "Ci sto pensando," disse ai suoi amici in tutta onestà.

"Credi davvero che lei sia così affidabile?" gli chiese Bull.

Eagle capì che era una domanda sincera, senza alcuna traccia di critica. "Sì."

Bull annuì. "Se vuoi che Skylar le parli, che ti aiuti a spiegarle come stanno le cose, sono certo che lo farà volentieri."

"La relazione che ho con Taylor non è come quella che avevate tu e Skylar quando le hai raccontato della Silverstone. Posso gestire la faccenda da solo," disse Eagle, senza tradire minimamente la sua agitazione.

Bull lo scrutò per un istante, poi annuì ancora. "Ok. Sai che hai la nostra piena fiducia. Io non interferirò."

Eagle allora fissò lo sguardo su Gramps, inarcando un sopracciglio.

L'amico alzò una mano. "Ehi, non guardare me. Ho imparato la lezione. Non mi impiccerò; non le dirò nulla che tu non voglia che lei sappia."

Eagle gli fece un cenno con il capo, poi si rivolse ancora a Bull. "Domani passo a prendere Taylor alle cinque e la porto qui. Ho già parlato con Archer, ci preparerà le lasagne. Pensi che Skylar avrebbe piacere di unirsi a noi? Credo che nessuna delle due abbia molte amiche e ho il sospetto che legherebbero subito."

"Sono certo che verrà volentieri," disse a Bull. "Non so se legheranno o meno, ma Taylor sarà più a suo agio se qui ci sarà un'altra donna."

"Domani ci sarà Leigh al centralino e anche Christine si farà vedere, è di turno; quindi Taylor non sarebbe comunque l'unica donna," spiegò Eagle.

"Hai pensato a tutto," osservò Gramps.

"Taylor mi piace," disse Eagle. "Ammetto che all'inizio è stato il suo disturbo a incuriosirmi, ma poi ho scoperto che è una ragazza divertente, sveglia e alla mano."

"Beh, sono felice che tu abbia rimorchiato, ma non credo che dopo toccherà a me," intervenne Smoke. "A me va benissimo restare single."

"Non l'ho rimorchiata. Siamo solo amici," ribatté Eagle.

"Bisogna assaggiare un piatto per poterlo criticare," disse Bull sorridendo, poi spinse indietro la sedia e si alzò in piedi. "A proposito, per me è ora di andare a casa e dare alla mia donna un paio di orgasmi. Mi aspetta una serata di sesso sfrenato."

Gramps fece una smorfia e si coprì le orecchie. "Al diavolo... non parlare di sesso in mia presenza. È passato talmente tanto tempo che il mio uccello deve essersi scordato come si fa. E poi domani Skylar verrà qui; non voglio pensare a te nudo quando la vedo."

Bull ridacchiò. "Ci si vede domani, ragazzi."

Gli altri se ne andarono poco dopo. Eagle chiuse il bunker e salì le scale. Nel garage c'erano alcuni degli autisti, con i quali scambiò quattro chiacchiere prima di dirigersi verso la sua Wrangler.

Si sentiva come prima di partire per una missione. Emozionato e un po' teso. Non vedeva l'ora di incontrare Taylor per la seconda volta. Non sapeva come lei avrebbe reagito quando lui le avrebbe detto la verità sulla Silverstone, ma Eagle aveva un buon presentimento. Taylor era una ragazza con i piedi per terra e di indole pragmatica; più di chiunque altro, sarebbe stata in grado di capire che la Silverstone rendeva il mondo un posto migliore.

CAPITOLO TRE

Taylor era nervosa.

La cosa le sembrava sciocca, visto che sentiva di conoscere Eagle piuttosto bene. Erano due settimane che i due parlavano ogni giorno, a lungo e di tutto; come avrebbe potuto *non* conoscerlo?

Ma lui stava per passare a prenderla e improvvisamente Taylor non era nemmeno più sicura di volere che quella loro amicizia nata al telefono si evolvesse in un rapporto faccia a faccia.

I suoi ventotto anni di vita sociale dimostravano chiaramente che non era brava a mantenere quel genere di rapporti. Ma nonostante quella consapevolezza, in quel momento stava camminando avanti e indietro per il suo appartamento, dopo essersi preparata con cura per l'incontro. Dopo aver fatto una lunga doccia ed essersi asciugata i capelli, si era data un velo di trucco e aveva indossato un paio di jeans che le fasciavano il fondoschiena; li aveva abbinati a una maglietta con un ampio scollo rotondo che metteva in risalto le sue forme. Non era certo un look scelto per sembrare una modella, ma d'altronde non voleva nemmeno dare un'impressione di trasandatezza a Eagle e agli amici che lui le avrebbe presentato.

Taylor aveva capito che i quattro proprietari dell'Assistenza Silverstone erano legati da una profonda amicizia. Eagle aveva menzionato i suoi compagni, naturalmente. Bull, Smoke, Gramps e lo stesso Eagle erano stati nell'esercito insieme; dopo esserne usciti, avevano deciso di avviare l'attività di soccorso stradale; ma lei non sapeva altro di quei quattro.

"È una pessima idea," mormorò Taylor nervosamente, sola nel suo appartamento.

Poi bussarono alla porta e lei ebbe un sussulto.

Il battito cardiaco accelerò. Il momento era giunto. Immaginò che fuori dalla porta ci fosse Eagle, ma del resto poteva anche essere un vicino di casa, un addetto alla manutenzione, o chiunque altro. Si sarebbe comunque trovata davanti a un viso che non avrebbe riconosciuto.

Si ripeté che non sarebbe stata la fine del mondo se tra lei e Eagle non avesse funzionato, se la connessione che avevano stabilito si fosse rivelata troppo debole per il passaggio dal mondo delle chiacchiere telefoniche alla vita reale; poi camminò verso la porta del suo appartamento.

Guardò dallo spioncino e vide un estraneo in piedi di fronte all'entrata. D'altronde, tutti erano estranei, per lei. Era un uomo alto, come lei ricordava Eagle, dai capelli biondo cenere. Indossava una polo blu scura, dal cui colletto si intravedeva un petto villoso. L'uomo era ben rasato e aveva gli occhi azzurri.

"Chi è?" chiese Taylor dall'interno.

"Ehi, Flower. Sono io, Eagle."

L'accento dell'uomo non le diceva nulla, né, osservando

dallo spioncino, notò qualche segno particolare che potesse aiutarla a identificarlo. Ma poi Taylor si ricordò che Eagle le aveva detto che l'avrebbe chiamata Flower, quando l'avrebbe rivista. Al telefono, non c'era stato bisogno di usare quel nome.

Sorridendo al ricordo di Eagle che cercava confusamente di orientarsi tra i vari tipi di farina, Taylor aprì la porta.

"Ciao," disse lei un po' intimidita.

"Ciao Flower," ricambiò lui, ripetendo la loro parola in codice. "So che ti stai avventurando fuori dalla tua zona di sicurezza, quindi grazie per aver accettato di cenare con me alla Silverstone."

"Vuoi entrare?" gli chiese lei, aprendo un po' di più la porta.

"No. Aspetto qui. Sempre che tu non abbia cambiato idea..." disse lui inclinando leggermente la testa in attesa di un riscontro.

Taylor si affrettò a rassicurarlo. "No, anche se... devo ammettere che questa situazione mi rende piuttosto nervosa."

"Andrà tutto per il meglio. Spero che non ti dispiaccia, ma ho parlato ai miei amici del tuo disturbo, così non dovrai spiegare niente che tu non voglia, se ti imbarazza farlo. Ma è meglio che tu lo sappia: quei tre sono dei curiosoni." La voce di Eagle si fece timida. "Un po' come lo sono stato io quando ti ho conosciuto. Ma i ragazzi sono innocui. Se ti senti a disagio, basta che lo dici e loro faranno marcia indietro e tutti amici come prima. Te lo prometto."

Taylor non gli credeva fino in fondo. In molti si offendevano quando lei si rifiutava di parlare del suo problema;

facevano domande sgarbate e se lei cercava di cambiare argomento si irritavano. Ma non ne parlò con Eagle.

D'altronde, nelle due settimane in cui si erano parlati, lui le era sembrato essere sulla sua stessa lunghezza d'onda.

"Beh, lo vedrai da te," le disse. "Ora finisci pure di prepararti, io ti aspetto qui."

Taylor annuì, poi richiuse la porta e andò a prendere la sua borsa. Si fidava di Eagle, ma chiudere sempre la porta dietro di sé era diventato un gesto automatico per lei. Recuperata la borsa, riaprì la porta e trovò Eagle appoggiato al muro di fronte all'ingresso. Lo riconobbe grazie alla polo blu e si rese conto di essere stata un po' scortese.

"Scusami," disse lei con una lieve alzata di spalle, "è l'abitudine."

"È una buona abitudine," ribatté lui, scostandosi dal muro e avvicinandosi a lei. "Sei pronta?"

"No, dico sul serio, è stato maleducato da parte mia," insistette lei. "Non avrei dovuto chiudere la porta. Non è che non mi fido di te, è solo..."

"Taylor, è tutto a posto," disse Eagle con fermezza. "Sono davvero convinto che sia una buona abitudine. Non sono offeso; tutt'altro, sono piacevolmente colpito. Non dovresti mai girare le spalle a un estraneo senza chiudere la porta, nemmeno se si tratta del ragazzo delle consegne. A un malintenzionato basterebbe una frazione di secondo per entrare in casa tua e chiudere la porta a chiave; a quel punto tu ti ritroveresti chiusa in casa con uno che con ogni probabilità vuole farti del male. Nella nostra società ci si preoccupa troppo di essere carini e salvare le apparenze, quando invece dovremmo tutti concentrarci di più sulla nostra sicurezza."

Taylor era perfettamente d'accordo. La sintonia tra lei

e Eagle quasi la spaventava. Gli rispose con un piccolo sorriso. Si sentiva un po' fuori fase, ma per lei non era una sensazione insolita. Le ci voleva sempre un po' di tempo per sentirsi a suo agio accanto a qualcuno che lei già conosceva: per quanto gli amici avessero per lei le sembianze di perfetti sconosciuti, parlando con loro si rendeva conto che non lo erano.

Naturalmente, Eagle riusciva a percepire l'incertezza che Taylor provava e di conseguenza evitò di fare commenti fuori luogo e di calcare la mano per provarle che lui non era un estraneo. Si limitò a indicare con un gesto la direzione da cui era venuto e ad avviarsi accanto a lei verso le scale.

Eagle restò in silenzio mentre insieme attraversavano il parcheggio verso la sua Wrangler. Le aprì la portiera e aspettò che lei prendesse posto, prima di richiuderla e girare intorno alla macchina per raggiungere il lato del guidatore.

Lei parlò solo una volta lasciato il parcheggio, dopo aver svoltato nella via principale. "Allora, cosa mi volevi dire?" Taylor se l'era chiesto tutta la notte e per buona parte della giornata. Era davvero curiosa di sapere.

"Nah."

"Nah cosa?" ripeté Taylor confusa.

"Prima ti farò vedere il garage e ti presenterò i miei amici. Poi metteremo qualcosa sotto i denti e, dopo cena, cazzeggeremo un po' con gli autisti che sono di turno stasera. Dovrebbe passare dal garage anche Skylar, la ragazza di Bull. Parleremo a fine serata, quando sarai rilassata e a tuo agio."

Eagle aveva pianificato l'intera serata senza nemmeno chiederle cosa avesse voglia di fare. Taylor pensò che la cosa avrebbe dovuto irritarla, ma non fece altro che annuire, visto che nulla di quel piano le pareva inopportuno. "Ok."

Parlarono per tutto il tragitto, poi Eagle svoltò in un vialetto d'accesso e Taylor non poté che spalancare gli occhi appena vide l'edificio che si profilava davanti a loro. "Santo cielo, Eagle, avevi ragione... sembra un covo di malavitosi, o qualcosa del genere. Recinto con filo spinato, erbacce alte, telecamere... Cosa ci tenete, là dentro? Droga? Lingotti d'oro?

Eagle ridacchiò, niente affatto offeso. "Skylar ha detto che sembra la tana di una gang di motociclisti, la prima volta che è venuta qui."

"Già, lo stile è quello," concordò Taylor.

Lo guardò mentre abbassava il finestrino e inseriva almeno dieci cifre su una tastiera fissata al muretto. Il cancello che avevano di fronte si aprì con sorprendente velocità e Taylor notò che si richiuse altrettanto rapidamente dietro di loro, non appena furono entrati con la macchina.

"Non è saggio avere un cancello lento," spiegò Eagle, vedendo che Taylor era rimasta colpita. "C'è un sensore che rileva il passaggio dell'auto e il cancello si chiude immediatamente dopo. Non c'è nemmeno il tempo sufficiente perché due veicoli entrino l'uno dopo l'altro. Questo impedisce che qualcuno s'introduca di nascosto nella proprietà quando uno dei nostri mezzi rientra."

Taylor annuì, anche se in realtà non aveva mai pensato ai rischi legati ai cancelli "lenti". Mentre si avvicinavano in auto all'edificio più grande della proprietà, notò che le erbacce alte non sembravano essere frutto dell'incuria; *anzi,* le parve che avessero piuttosto una funzione strategica: lungo le pareti degli edifici l'erba era stata tagliata da poco e non c'era alcun arbusto trascurato.

Eagle parcheggiò la jeep verso il retro dell'edificio principale, in fondo a una fila di altri veicoli, poi spense il motore e guardò Taylor. "Allora?" le chiese alzando un sopracciglio.

"Notevole," rispose Taylor in tutta onestà. "E avevi ragione: mi sarei spaventata se fossi arrivata qui da sola."

Eagle fece un sorrisetto. "Già. Abbiamo volutamente dato a questo posto un aspetto di merda. Questo è un quartiere piuttosto pericoloso e noi non vogliamo dare nell'occhio."

"Potreste trasferirvi altrove," suggerì lei.

"Ma qui siamo in una posizione perfetta," ribatté Eagle. "Siamo vicini sia alla circonvallazione esterna che alla superstrada 65 e siamo a dieci minuti dal centro. Inoltre, molti dei nostri dipendenti vivono qui vicino; se trasferissimo la ditta, per loro diventerebbe scomodo."

Eagle si apprestò a scendere dall'auto, ma Taylor lo fermò mettendogli una mano sul braccio. Lui la guardò.

"E che importanza avrebbe?" chiese lei, sinceramente incuriosita da quel commento sui dipendenti."

"I dipendenti sono la linfa vitale dell'Assistenza Silverstone. Senza di loro, noi non potremmo fare niente," rispose Eagle, prima di scendere dalla jeep.

Taylor scosse la testa, colpita da quella risposta. Non aveva conosciuto molti imprenditori che avessero tanto a cuore i propri dipendenti. Per molti, alla fine della fiera, ciò che contava erano i soldi. Nella misura in cui trasferirsi altrove fosse stato economicamente conveniente, tantissimi proprietari d'impresa avrebbero optato per trasferirsi e i loro dipendenti avrebbero semplicemente dovuti adeguarsi. Modificare l'aspetto esteriore della ditta per adattarla al quartiere in cui si trovava era stata una mossa astuta da parte dei proprietari della Silverstone; ma l'istinto di Taylor le suggeriva che la decisione di non trasferirsi aveva più a che fare con il benessere dei dipendenti che con la vicinanza alla superstrada.

La portiera accanto a lei si aprì e Taylor trasalì. Scese dall'auto e Eagle la aiutò ad alzarsi mettendole una mano sotto il gomito, ritraendola non appena lei fu in piedi. Taylor sentì un brivido partire dal punto in cui lui l'aveva toccata e percorrerle la pelle.

È solo un amico, si ripeté. *Noi sei portata per le relazioni sentimentali, ricordi?*

Ma Taylor trovava difficile controllarsi, visto che tutto ciò che Eagle aveva fatto fino a quel momento aveva colto nel segno.

Lui digitò un altro lungo codice in un'altra tastiera fuori dalla porta dell'edificio, e quella si aprì con uno scatto.

"Potremmo accedere dall'entrata principale, ma per farlo dovremmo farci a piedi tutto il perimetro dell'edificio, il che sarebbe un po' stupido. Visto da qui, il garage non fa un grande effetto, ma dopo ti farò vedere anche il davanti."

Taylor si chiese cosa ci potesse essere di tanto interessante sul davanti, ma non ebbe il tempo di domandarglielo, perché Eagle le fece strada lungo un corridoio che li portò in una stanza grande e sorprendentemente bella. Il soffitto era molto alto e l'ambiente confortevole e accogliente.

Nel salotto c'erano sedie, poltrone in pelle e un enorme televisore. Nell'aria si sentiva un delizioso profumino di cibo, proveniente dal fondo della stanza, dove c'era la cucina a vista più lussuosa che lei avesse mai visto: due giganteschi frigoriferi, un piano cottura a sei fornelli e un top in granito intorno al quale erano ordinatamente allineati dodici sgabelli.

"Benvenuta all'Assistenza Silverstone," disse Eagle a bassa voce.

Taylor lo guardò con occhi enormi. "Io... fatico a crederci," disse tartagliando.

Eagle ridacchiò. "Lo so. Dal di fuori questo posto non sembra niente di speciale, ma dentro abbiamo voluto creare un ambiente piacevole, casalingo."

"Ci siete riusciti... Wow!" esclamò Taylor.

"Ciao Eagle!" gridò un uomo entrando da un corridoio dall'altra parte della stanza.

"Ciao Robert," ricambiò Eagle, poi appoggiò la mano sulla parte bassa della schiena di Taylor, sospingendola con delicatezza.

Quel tocco la mandò in subbuglio, ma Taylor riuscì a improvvisare un sorriso mentre raggiungevano insieme l'altro uomo.

Eagle gli strinse la mano, poi si voltò verso di lei. "Taylor, questo è Robert, uno dei nostri autisti."

Robert le fece un cenno con il capo. "Piacere di conoscerti."

"C'è movimento stasera?" gli chiese Eagle.

"Finora no. Io sto facendo una breve pausa per mangiare qualcosa. Sono passato di qui qualche ora fa mentre Archer preparava il ragù per le lasagne. Prima c'era un buon odore, ma ora... cavoli, sembra di essere in un ristorante italiano."

Taylor non poteva che essere d'accordo.

"Chi altri c'è in ditta?" chiese Eagle.

"Bull, Smoke e Gramps sono di sotto nella vostra sala, Christine è al centralino e Jose monta fra un'ora; adesso sta facendo una pennichella in una delle sale relax... ah, penso che stia per arrivare anche Thomas, giusto in tempo per le lasagne."

"La figlia di Jose è ancora a letto con la colica?" domandò Eagle.

"Sì. Sua suocera è andata a casa loro a dare man forte. La moglie aveva bisogno di rilassarsi un po' ed è uscita con le amiche; Jose era a casa con la suocera, che gli ha suggerito di venire qui a dormire in tranquillità per un paio d'ore, prima di cominciare il turno," spiegò Robert.

"Ottimo," commentò Eagle con aria sollevata.

Taylor ascoltò ammirata.

"Beh, lieto di averti incontrata," disse Robert rivolgendosi a Taylor. "Ora però è meglio che vada a mangiare un boccone, prima di tornare al lavoro. Spero di rivederti qui in giro."

"Vorrei poter dire lo stesso," ricambiò Taylor, poi guardò l'uomo andare dritto in cucina.

"Vuoi che ti faccia fare un giro della ditta? O preferisci mangiare prima?" le chiese Eagle.

"Giro," rispose subito Taylor. Era davvero curiosa di vedere quel posto.

Eagle sorrise e con una mano le fece segno di precederlo. Camminarono attraverso la grande stanza, poi entrarono nel corridoio da dove era uscito Robert. Lei sbirciò nelle varie stanze: c'erano piccole camere da letto e salette dove si poteva guardare la TV o giocare ai videogame. Alla fine del corridoio c'era un enorme bagno, dotato di diverse docce.

"Robert ha detto che c'è una Christine che lavora al

centralino, ma... qui vedo solo un bagno..." osservò Taylor con voce incerta, non sapendo come fare la domanda che aveva in mente senza sembrare maleducata.

Ma Eagle capì. "Di sotto c'è un bagno privato con doccia. Chiunque non si senta a suo agio a usare il bagno comune può utilizzare quello. Qui, per quanto possibile, cerchiamo di essere tolleranti e aperti nei confronti degli altri," spiegò Eagle. "Se tutti ci rispettiamo a vicenda, possiamo coesistere senza problemi. E poi io e i miei tre soci siamo felici di venire incontro alle esigenze dei dipendenti, quando ce n'è bisogno."

"Come nel caso del bagno privato con doccia," osservò Taylor.

"Proprio così. Quando abbiamo assunto Leigh, ha detto che non voleva assolutamente usare un bagno dove avrebbe potuto trovarsi sola con un uomo. In passato, è stata aggredita e stuprata. Così abbiamo fatto costruire il bagno nel seminterrato. Era la cosa giusta da fare."

A Taylor piaceva la sensibilità che Eagle e i suoi amici dimostravano verso le esigenze dei loro dipendenti; o meglio, le sembrava una cosa *fantastica*.

"Andiamo, ti faccio vedere com'è di sotto," disse Eagle.

Scesero le scale, che portavano a un'altra stanza molto grande. Sembrava più una sala giochi che un'area relax. C'erano comode sedie sparse qua e là, ma anche un tavolo da ping pong, qualche calcio-balilla e dei videogames. Taylor avrebbe fatto volentieri una partita al flipper che vide in un angolo, ma seguì Eagle attraverso la stanza.

Eagle notò cosa aveva catturato l'attenzione di Taylor, sorrise e le disse: "Più tardi ti faccio provare un paio di giochi."

"Non ho neanche una monetina," ribatté lei.

Il sorriso sul volto di Eagle si ingrandì. "Non ne servono, funzionano gratis."

Certo che funzionavano gratis, Taylor avrebbe dovuto immaginarselo. Vide un paio di porte e pensò che dietro a una doveva esserci il bagno di cui avevano parlato; le altre potevano essere ripostigli.

Eagle si diresse a una porta più imponente delle altre, defilata in un angolo della stanza. Accanto alla porta, invece della tastiera che lei si sarebbe aspettata, c'era una specie di lettore biometrico. Lui appoggiò il pollice su un piccolo schermo nero e si sentì una serratura aprirsi.

Per un istante, ripensò a uno dei romanzi che aveva corretto, dove uno dei cattivi apriva una porta con lettore biometrico avvicinandoci la mano che aveva mozzato a una guardia.

Ma quel pensiero assurdo si dissipò nell'istante in cui Taylor entrò nello stanzone, dove trovò tre uomini in piedi. Sentendosi un pesce fuor d'acqua, deglutì con qualche fatica. Non aveva dubbi, dovevano essere gli amici di Eagle.

Sulla sinistra della stanza c'era un tavolo rotondo; vide anche diverse postazioni con computer, un angolo cucina e, in fondo, un bagno. Non aveva idea del perché i quattro avessero bisogno di un ambiente di quel tipo per discutere, ma era chiaro che non si trattava di una semplice sala riunioni.

"Eagle," lo salutò uno dei tre uomini, prima di avvicinarsi a loro e dare all'interessato uno di quegli abbracci virili nei quali, più che abbracciarsi, ci si danno forti pacche sulle spalle.

"Ciao, Smoke," disse Eagle, poi si voltò verso gli altri due, fece un cenno con il capo. "Bull. Gramps."

I due ricambiarono il saluto.

"Ragazzi, questa è Taylor. Taylor, ti presento i migliori amici che un uomo possa sperare di avere. Questo è Smoke," disse indicando l'uomo alto più o meno come lui e castano che l'aveva abbracciato.

"Quel bastardo spilungone è Gramps e il tipo con i capelli neri è Bull."

Taylor apprezzò che Eagle avesse specificato le caratteristiche fisiche dei suoi amici; lei non riusciva sempre a ricordare il colore dei capelli delle persone che conosceva, ma quelle informazioni l'avrebbero aiutata a tenere a mente chi era chi.

"Ciao," disse lei quasi sottovoce, facendo loro un debole saluto con la mano.

"Venite a sedervi," li invitò Gramps.

Mentre raggiungeva il tavolo, Taylor fece del suo meglio per memorizzare l'aspetto dei tre nuovi amici. Gramps era in effetti il più alto. Sia lui che Smoke avevano i capelli castani e piuttosto corti, il che le avrebbe reso più difficile distinguerli; doveva quindi concentrarsi sull'altezza. Bull era l'unico che non aveva i capelli castani e quel particolare poteva aiutarla. Bull indossava una maglietta rossa; almeno per quella sera, il dettaglio le sarebbe tornato utile: bastava collegare il rosso al drappo dei toreri[1]. Quanto a Smoke, poteva cercare di distinguerlo ricordandosi che era l'unico con indosso pantaloni militari.

Annuì, più che altro a se stessa, piuttosto fiduciosa nelle proprie possibilità di riconoscimento; ma quando li avrebbe rivisti (sempre *se* li avesse rivisti), la faccenda si sarebbe complicata, visto che probabilmente avrebbero indossato altri abiti.

"Allora, cos'hai escogitato?" le chiese Smoke non appena furono tutti seduti.

"Cosa?" chiese Taylor.

Nello stesso istante, Eagle si rivolse al suo amico con tono vagamente minaccioso: "Attento."

"Mi stavo solo chiedendo quale fosse la sua strategia per distinguerci," disse Smoke con serenità.

"Era tanto evidente che ne stavo elaborando una?" chiese lei.

Smoke alzò le spalle. "Siamo abituati a osservare," rispose Eagle un po' evasivamente.

Dal momento che non percepì alcuna curiosità morbosa nel tono di Smoke e che i tre uomini le sembravano semplicemente interessati, Taylor si disse *al diavolo* e parlò con sincerità. "Per stasera non dovrei avere problemi. Ma se vi rivedessi con altri vestiti, non sarei in grado di distinguervi da Robert, Thomas, o da chiunque altro. Ma, in questo momento, posso contare sul fatto che Bull abbia i capelli neri e la maglietta rossa, come il drappo che usano i toreri, che tu, Gramps, sia il più alto, e che tu, Smoke, indossi pantaloni diversi da quelli degli altri."

Tutti e tre gli interessati annuirono, come in segno di approvazione.

"Dannazione, ragazzi, non è mica un'attrazione circense," brontolò Eagle.

"Come si chiamava quella donna coinvolta in un incidente, tre settimane fa?" chiese Bull all'amico. "Sai, quella che guidava la monovolume con a bordo tutti quei bambini?"

"Meredith Oxgardenn," rispose Eagle. "Perché?"

"Su con lei non c'erano, tipo... cinque marmocchi?" intervenne un Gramps sorridente.

"Già. Billy, Carly, Riley, Aaron e Christopher," confermò Eagle, che poi proseguì con aria spazientita: "Ma che c'entra adesso?"

Taylor si sforzò di trattenere una risatina. Aveva capito l'intento degli altri. Appoggiò una mano sul braccio di Eagle e lo rassicurò a bassa voce: "Sono solo curiosi, non c'è problema."

"E che senso ha chiedermi di Meredith e dei bambini?" domandò, del tutto spiazzato.

Taylor sorrise. "Stanno cercando di dimostrare qualcosa."

"Beh, è una dimostrazione del cavolo, se io non la capisco," si lagnò Eagle.

"Tu ricordi tutti. Io non ricordo nessuno," gli spiegò lei, ancora sorridente. "Siamo diversi. Immagino che loro trovino la cosa affascinante. Insieme facciamo una strana coppia."

"Fottetevi," disse Eagle ai suoi amici. "Non posso credere che non vi siate ancora stancati di fare questi giochetti sulla mia memoria."

"Nah, non ci stancheremo mai," ammise Bull.

"Comunque non siete una strana coppia," intervenne Gramps. "Gli opposti si attraggono."

"Siamo solo amici," dissero Eagle e Taylor all'unisono.

Bull, Smoke e Gramps fecero lo stesso largo sorriso.

Taylor guardò Eagle e ridacchiò. Sembrava così seccato, ma lei trovava la cosa esilarante. Si voltò di nuovo verso i tre. "So che Eagle vi ha parlato della mia prosopagnosia. È una gran rottura, ma non posso farci niente. Quando conosco gente nuova, cerco di memorizzare caratteristiche distintive: cicatrici, tatuaggi, cose così. Qualsiasi dettaglio che mi possa aiutare a riconoscere qualcuno, se lo rivedo. Speravo che almeno uno di voi avesse un enorme neo sul viso o qualche altro segno particolare, così mi sarebbe stato più facile identificarlo, ma, ahimè, siete tre tipi perfettamente normali."

Smoke sussultò e si portò una mano al petto. "Normali? Ma dai... siamo gli uomini più affascinanti che ci siano in giro. È una vergogna che tu non te ne renda conto."

Tutti scoppiarono a ridere.

"Ora, seriamente... la tua peculiarità ci incuriosisce tanto quanto quella di Eagle. Il suo soprannome viene da lì, sai... ha la vista di un'aquila. Se ti stuzzichiamo un po' è perché ci piaci; non lo facciamo con cattiveria."

Taylor annuì. Quei tre le andavano a genio. Non li conosceva bene, ma fino a quel punto non ne avevano sbagliata una. Era disposta a dare loro il beneficio del dubbio.

"E così vi siete incontrati al supermercato, eh?" le chiese Bull. "Eagle odia quel posto."

"Lo so, me l'ha detto," confermò Taylor.

"Non sei rimasta ferita nella lite per il parcheggio a cui hai assistito, vero?" le chiese Gramps.

"No. È successo tutto davvero molto alla svelta. Il tipo con la cabriolet si è fiondato nel parcheggio tanto velocemente che l'altro non è riuscito a farsi avanti con il furgone; al che questo è saltato giù dal furgone urlando, poi hanno cominciato a picchiarsi. Roba da matti."

"Nessuno ha cercato di fermarli?" domandò Gramps.

"No. Se le stavano dando di santa ragione, poi uno dei due ha tirato fuori un coltello," rispose Taylor. "Nessuno ha osato intromettersi. Ma un paio di passanti si sono messi a riprendere la scena con il telefonino, naturalmente. Per fortuna c'erano un sacco di testimoni, così la polizia non ha avuto bisogno della mia deposizione."

"Non dire così," la esortò Eagle.

Taylor lo guardò stupita.

"Ne abbiamo già parlato. Il fatto che tu non saresti in grado di riconoscere quei due in un confronto con altre persone non significa che la tua testimonianza non abbia valore. Hai descritto chiaramente ciò che hai visto e la dinamica degli eventi; hai spiegato alla polizia chi ha alzato le mani per primo e chi era nel torto... e gli altri testimoni hanno confermato il tuo racconto. Non sminuire il tuo contributo solo perché non sai che faccia hanno quei due."

Effettivamente ne avevano parlato durante una delle loro telefonate e Eagle le aveva detto più o meno le stesse cose. Taylor aveva liquidato quelle parole come un tentativo di essere carino con lei, ma in quel momento si rese conto che era convinto di quello che diceva, il che la faceva stare bene.

"E quello sbirro ha detto una stupidaggine," aggiunse Eagle.

"A cosa ti riferisci?" chiese Gramps.

"Ha paragonato la situazione di Taylor a quella del film *50 volte il primo bacio*," disse Eagle ai suoi amici.

I tre sembravano non cogliere, così Taylor spiegò brevemente. "Deduco che non l'abbiate visto. Nel film, Drew Barrymore soffre di un disturbo della memoria: ogni giorno, al risveglio, non ricorda nulla di quello che è successo il giorno prima. Quindi ogni giorno per lei è una specie di tabula rasa. Conosce Adam Sandler e cominciano a uscire insieme, ma per lei ogni giorno è come se lo incontrasse per la prima volta, visto che non se lo ricorda. Così si generano situazioni comiche. Comunque, il problema che ha lei nel film non c'entra nulla con il mio disturbo. La mia memoria funziona bene. Domani mi ricorderò di avervi incontrato, di essere stata in questo posto fantastico e di aver mangiato le lasagne; ma, se e quando vi rivedrò, non sarò in grado di distinguervi l'uno dall'altro." Alzò le spalle. "Quel film mi tormenterà per tutta la vita."

"Immagino..." disse Bull.

"Dev'essere una gran rottura di palle," osservò Gramps.

"Ho fame," se ne uscì Smoke.

Taylor fece una risatina.

"E questi sono i miei amici," commentò Eagle con un sospiro.

"Che c'è? È tutto il pomeriggio che sentiamo il profumo del ragù," disse Smoke sulla difensiva. "È stata una tortura."

"Skylar arriverà a momenti," li informò Bull. "Ha fatto un po' tardi a scuola perché doveva aggiornare la bacheca."

"Grande. Voglio mostrare a Taylor il centralino, prima di cena. Sky dovrebbe essere qui quando finiremo il giro," disse Eagle alzandosi.

Taylor lo seguì, come pure gli altri. Avrebbe voluto dare un'occhiata alla stanza in cui erano, ma Eagle la sollecitò a uscire sospingendola con una mano dietro la schiena. Il tocco dell'uomo le diede ancora una sensazione di piacere, cosa che la fece sentire in colpa.

Eagle era un amico e basta. Non poteva essere niente di più. Lui stesso non avrebbe *voluto* essere di più.

Tutti e cinque salirono le scale. Taylor e Eagle si fermarono davanti a una porta lungo il corridoio, mentre gli altri tre entrarono nello stanzone principale, diretti in cucina.

Eagle aprì la porta e Taylor vide una donna seduta di

fronte a tre grandi monitor. La donna aveva cuffie e microfono e stava parlando con qualcuno.

"La corsia di destra è bloccata per via dell'incidente, ma dovresti riuscire ad aggirare l'intasamento se ti muovi lungo la banchina... d'accordo, fatti sentire quando arrivi sul posto."

Poi si voltò e sorrise. "Ciao."

"Sei molto indaffarata?" le chiese Eagle.

"Christine, questa è Taylor. Probabilmente la vedrai da queste parti di tanto in tanto."

"Ciao," salutò Christine con un sorriso largo e amichevole.

"Ciao."

"Sei una nuova autista?"

Prima che Taylor potesse rispondere, Eagle chiarì. "No, è una mia amica. È quella che mi ha aiutato a comprare la dannata farina l'ultima volta che sono andato a fare la spesa."

"Oh!" esclamò Christine. "Per fortuna che c'eri tu. Eagle è un grande, ma quando si tratta di fare la spesa è un disastro."

"Ehi, non sono poi tanto male..." cercò di difendersi Eagle.

"Uhm... invece sì. È un bene che Archer sia tornato. Avete già sentito le sue lasagne? Robert me ne ha portato un assaggio poco fa. Me le sono divorate! Archer è fantastico ai fornelli. Se se ne va, mi licenzio."

"Nessuno se ne va e nessuno si licenzia," disse Eagle con aria esasperata.

"Sto solo dicendo che... è davvero bravo a cucinare," disse Christine al suo capo.

"Capito," ribatté Eagle scuotendo la testa. "C'è stato qualche intoppo nel pomeriggio?"

"Nah, tutto regolare," rispose Christine con spensieratezza. "Andate pure a gustarvi le lasagne; potreste non trovarne più se Bull, Smoke e Gramps sono già passati dalla cucina. È da ore che hanno l'acquolina in bocca."

"Oh, cazzo!" imprecò Eagle, simulando panico; poi afferrò la mano di Taylor e si mosse verso la porta.

Mentre lui la tirava in corridoio, Taylor riuscì appena a dire: "Piacere di averti conosciuto!"

"Anche per me! Buon appetito!" gridò Christine quando i due erano ormai già fuori dalla stanza.

Taylor era troppo divertita per far notare a Eagle che non era carino da parte sua tirarla in quel modo. Appena entrarono nello stanzone, lui urlò: "Fermi lì!"

Gramps e Smoke, che erano in cucina, si voltarono di scatto e fissarono lo sguardo sul loro amico. Bull era in piedi dall'altra parte della stanza, intento a baciare una donna che Taylor, a colpo sicuro, immaginò essere Skylar. L'altolà di Eagle non interruppe il bacio dei due. Seduti al bancone alto c'erano altri due uomini che si erano come bloccati comicamente con le forchette cariche e sospese a mezz'aria, tra i piatti e le loro bocche.

"Allontanatevi dalle lasagne," ordinò Eagle a Smoke e Gramps.

Entrambi sorrisero.

"Calmati. Non so cosa ti abbia detto Christine, ma ce n'è in abbondanza per tutti," disse Gramps prima di completare l'operazione che stava effettuando: trasferire dalla pirofila al suo piatto il più grosso pezzo di lasagne che Taylor avesse mai visto.

"Sarà meglio," ribatté Eagle con tono pseudo-minaccioso, mentre raggiungeva la cucina; non aveva ancora lasciato andare la mano di Taylor, né lei aveva alcuna fretta di ricordargli che la stava trainando in giro per la stanza. L'uomo si avvicinò a un armadietto con l'intenzione di aprirlo e solo allora si accorse che la stava ancora tenendo per mano. "Scusa," le disse impacciato, stringendole le dita prima di decidersi a mollare la presa.

"Non c'è problema," la rassicurò lei sottovoce.

Eagle afferrò due piatti e raggiunse il bancone. Nella pirofila era rimasto solo un quarto delle lasagne; lui sistemò una porzione molto abbondante su un piatto e il pezzettino rimasto sull'altro.

"Uhm... non voglio prendere proprio l'ultimo pezzo," disse lei.

"Ce n'è un'altra teglia in forno," le disse Smoke. "Archer ha capito subito che, qualsiasi cosa cucini, deve prepararne il triplo."

Taylor tirò un sospiro di sollievo e osservò Eagle; dopo aver capito che il cibo non sarebbe mancato, l'uomo prese per sé l'ultimo pezzetto di quelle lasagne dall'aspetto squisito. "Può bastare così o ne vuoi ancora?" chiese a Taylor, indicando il forno con la spatola che teneva in mano.

Taylor non riuscì a trattenere una risata. "Credo che il mezzo chilo di lasagne che mi hai messo nel piatto basterà."

Una donna si avvicinò al gruppo in cucina ridendo e Taylor si voltò verso di lei. Bull le teneva una mano sulle spalle e lei gli si appoggiava contro. Era piuttosto minuta, ma lei e l'amico di Eagle erano una coppia bene assortita. Aveva un corpo formoso, che Taylor osservò con una punta d'invidia, sembrava perfettamente a suo agio in quella stanza piena di maschioni.

"Ciao, io sono Skylar," si presentò la donna.

"Taylor."

"È un vero piacere conoscerti," disse Skylar.

"Piacere mio," ricambiò Taylor. Eagle le aveva parlato un po' di Skylar e del rapimento di cui era stata vittima. Guardandola, in quel momento, non scorgeva alcuna traccia di quella terribile esperienza. Taylor sapeva che faceva la maestra d'asilo in una scuola di un quartiere disagiato e che era benvoluta e rispettata da alunni e colleghi.

Taylor si scoprì un po' invidiosa: l'altra donna era in gran forma e sembrava molto soddisfatta della sua vita; Taylor non aveva mai pensato lo stesso di sé.

Skylar aveva i capelli di un castano ramato, raccolti in cima alla testa in uno chignon, e indossava un semplice vestito di maglia; era un look così tipico per una maestra d'asilo che a Taylor quasi scappò una risatina.

Smoke ridacchiò e Taylor si voltò verso di lui.

"So cosa stai cercando di memorizzare," scherzò lui. "Skylar si veste così dal lunedì al venerdì. Persino io farei fatica a riconoscerla se si mettesse in jeans e maglietta."

Anziché indispettirsi, Skylar reagì al commento di Smoke con un gran sorriso. "Lo so, guardando come mi vesto è facile capire che lavoro faccio... e poi la scuola ha delle regole riguardo all'abbigliamento degli insegnanti. Comunque, dopo tanti anni di insegnamento, in classe ormai mi sento comoda solo con questi abiti lunghi, o con la gonna. Ma nel weekend anch'io mi concedo un paio di jeans."

"Beh, se ti dovessi vedere di sabato o di domenica, per favore ricordami chi sei, così non farò una scenata a Bull credendo che stia facendo gli occhi dolci a un'altra donna," disse Taylor sovrappensiero.

Skylar spalancò gli occhi. "Oh, cacchio! Aspettate!" Poi sgusciò da sotto il braccio di Bull e si fiondò verso la porta da cui Taylor e Eagle erano entrati.

"C'è qualcosa che va a fuoco?" chiese Eagle.

Bull fece spallucce. "Spero che non ti dispiaccia, Taylor, ma ho detto a Skylar del tuo disturbo. Mi ha fatto mille domande, poi ha detto che aveva un'idea."

Eagle mise i piatti sul bancone e tutti aspettarono che Skylar tornasse. Poco dopo, Skylar rientrò in cucina con un enorme sorriso stampato sul volto.

Diede qualcosa a Bull, poi anche a Smoke, a Gramps e agli altri due uomini seduti al bancone, che avevano finito di mangiare ma erano rimasti lì a rilassarsi. Poi Skylar raggiunse Taylor e Eagle e mise qualcosa in mano anche a loro.

"Ho pensato alla tua situazione e a quanto deve essere difficile... specialmente quando ti ritrovi in un gruppo di sconosciuti... intendo gente che *davvero* non conosci. Quando ho cominciato a frequentare Bull, per me è stata dura memorizzare i nomi di tutti quelli che lavorano qui... e io non ho il tuo problema con le facce. Così ho deciso di preparare targhette con i nomi per tutti." Improvvisò un sorriso incerto. "Ho pensato che magari ti avrebbe facilitato. Se qui portassimo tutti la targhetta, tu non avresti problemi a riconoscere gli altri. Sono magnetiche, così non dobbiamo nemmeno bucarci i vestiti con le spilline." Guardò Eagle. "E non danneggeranno nemmeno le uniformi. So che voi ragazzi avete deciso di non applicare le toppe con i nomi sulle tute da lavoro che usano gli autisti, ma pensavo che magari potremmo usare le targhette, almeno quando siamo qui dentro?"

Nessuno disse nulla, quindi Skylar continuò, parlando

sempre più velocemente e con voce sempre più incerta. "Posso mettere una lavagna magnetica vicino all'entrata. Tutti possiamo lasciare le targhette attaccate lì prima di lasciare il garage e riprenderle quando arriviamo. Magari gli autisti possono tenerle anche quando vanno a fare gli interventi... sì, insomma, è stato Bull a farmi notare che ho sbagliato a non chiamare in ditta per confermare la sua identità, quando è venuto a caricare la mia auto, la prima volta che ci siamo visti... e chi è al centralino può dire al cliente che l'autista che lo soccorrerà avrà una targhetta con sopra scritto il suo nome..."

Bull si spostò dietro a Skylar e la tirò a sé. Lei aggrottò le sopracciglia, come se fosse preoccupata di cosa gli altri pensassero della sua idea.

Taylor guardò la targhetta che aveva in mano. Non era niente di speciale: in plastica, di forma ovale, nera sul retro, dove c'erano le piastrine magnetiche, e bianca sul davanti, dove c'era scritto il suo nome in grassetto nero. Era abbastanza grande da essere vista da una certa distanza. Alzando lo sguardo, lesse il nome di Eagle nella targhetta che l'uomo stava esaminando.

Taylor deglutì a fatica. Sul punto di commuoversi, guardò ancora la sua targhetta, mentre cercava di controllare la sua reazione.

Eagle le alzò il mento così da poterla guardare negli occhi. "Taylor?"

Nello stesso istante, sentì Skylar dirle: "Mi dispiace! È stata un'idea stupida, fai finta che non abbia detto niente. Non volevo essere offensiva... cercavo solo di darti un aiuto."

Taylor non voleva che Skylar pensasse neanche per un secondo di averla offesa. Si voltò subito verso di lei, mentre una lacrima le rotolò lungo la guancia. "È uno dei più bei gesti che qualcuno abbia fatto per me. Grazie."

Visibilmente confortata da quelle parole, Skylar tirò un sonoro sospiro di sollievo. "Wow... non volevo intromettermi, ma ho pensato che dev'essere dura sentirsi circondata da estranei tutto il tempo."

Taylor fu colpita dalla sincerità del gesto di Skylar; non sapeva come quella donna riuscisse a capirla tanto bene, ma era chiaro che si trattava di una persona compassionevole ed empatica. Taylor pensò che dovesse essere una bravissima insegnante.

"E far mettere le targhette agli autisti quando vanno in giro è una buona idea," disse Smoke, "anche se forse ci vorrà un po' di tempo perché ci si abituino."

"Non è nulla di particolarmente complicato," ribatté uno dei due uomini che avevano già finito di mangiare. "Pensi che siamo scemi o cosa?" Lo disse sorridendo e Taylor capì subito che stava scherzando.

"Ciao, Shane," lo salutò Taylor, leggendo la targhetta che l'uomo aveva attaccato alla tuta da lavoro. "Jose," disse facendo un cenno con il capo a un altro uomo, anche lui con la targhetta esposta.

"Signorina," ricambiarono entrambi.

Le sembrava sciocco provare tanto entusiasmo per il semplice fatto di salutare qualcuno chiamandolo per nome, ma d'altronde era la prima volta in vita sua che lo faceva senza bisogno di presentazioni; tutti dovevano sempre ricordarle come si chiamavano perché lei potesse salutarli.

"Qui i nostri dipendenti si sentono al sicuro," disse Gramps con tono pacato. "Facciamo tutto il possibile perché chi viene qui si trovi a suo agio. Vale anche per te."

"Grazie," disse Taylor quasi sottovoce.

"Allora, sono rimaste un po' di lasagne anche per noi?" chiese Bull. Taylor fu lieta del cambio di argomento; era ancora troppo emozionata per parlare di ciò che la premura di Skylar aveva significato per lei.

Eagle scostò uno sgabello dal bancone, di modo che Taylor potesse sedersi agevolmente, poi, sorprendendola, le si avvicinò. Lei alzò lo sguardo e si mordicchiò un labbro quando si rese conto di quanto lui le fosse vicino. Se si fosse chinato anche solo di qualche centimetro, lei avrebbe potuto posargli la testa sul petto.

"Tutto ok?" le chiese a bassa voce.

Per quanto lei fosse consapevole delle tante persone che li circondavano, le sembrò che nella stanza non ci fosse nessun altro a parte loro due. "Sì."

"E davvero sei d'accordo con questa idea delle targhette?"

Taylor fece cenno di sì. "Renderà le cose più... gestibili."

"Allora farò in modo che tutti le mettano appena entrano qui."

"Mi sembra eccessivo... non so nemmeno se verrò da voi così spesso," disse Taylor in tutta sincerità.

"Perché no?"

Lo guardò perplessa e scrollò le spalle. "Perché non ci lavoro?"

"E allora? I dipendenti spesso portano qui mogli e figli. Tu sei amica mia, quindi sei la benvenuta, puoi venire quando vuoi: quando ti stanchi di stare da sola, quando senti il bisogno di cambiare aria... quando vuoi. A volte io preferisco stare qui che a casa mia, anche se non devo lavorare. Non sono un patito della tranquillità che offre un appartamento silenzioso. Non posso fare in modo che tutte le persone importanti della tua vita mettano una targhetta con il loro nome, ma di sicuro la metteranno quelli che entrano qui, così tu saprai chi sono."

Taylor era nuovamente sul punto di commuoversi. "Perché sei così carino con me?"

Eagle alzò le spalle. "Perché mi piaci, Taylor Cardin. Il tuo disturbo non definisce chi sei come persona. Non mi importa se non riconosci la mia faccia. L'importante è che tu sappia come sono dentro..." Le prese una mano e se la mise sul petto, all'altezza del cuore. "E non lo dico tanto per dire. Nelle ultime due settimane, ti ho parlato di me come non avevo mai fatto con nessun altro, a parte Bull, Smoke e Gramps. E dopo stasera, saprai tutta la storia. Se vorrai ancora vedermi, sarai la benvenuta qui e in qualsiasi altro posto io sarò. Capito?"

In realtà, non aveva affatto capito, ma annuì comunque.

Eagle piegò le labbra in una leggera smorfia, come se avesse intuito la vacuità di quell'assenso; poi si fece indietro e Taylor ebbe l'impressione di essere stata privata di qualcosa.

"Ora mangiamo, Flower. Parleremo più tardi."

Sapendo che Eagle avrebbe affrontato l'argomento, qualsiasi esso fosse, solo quando sarebbe stato pronto a farlo, Taylor si fissò la targhetta sulla maglia e recuperò la forchetta, con la quale assaggiò le lasagne che aveva nel piatto; chiuse gli occhi come in estasi.

"Deliziose, eh?" le chiese Skylar, che era seduta accanto a lei.

Senza nemmeno riaprire gli occhi, Taylor confermò con un cenno del capo.

"E aspetta di sentire i *tamales*[2] di Archer. Sono ancora più buoni."

Taylor non le credette: non poteva esserci niente di più buono di quelle lasagne. Riaprì gli occhi e vide Eagle che la stava osservando e sorrideva. Taylor decise di concentrarsi sulla gioia offertale da quel manicaretto e dalla compagnia di quelle persone, che l'avevano accolta con un calore che lei non aveva mai conosciuto prima; si infilò in bocca un'altra forchettata di lasagne, gustandosele con un sorrisetto beato stampato in volto.

CAPITOLO QUATTRO

Eagle era sempre meno convinto che dire a Taylor la verità sulla Silverstone quella sera fosse una buona idea. Il bel gesto di Skylar l'aveva fatta sentire accolta e amata; dopo cena, lui aveva visto la sua amica contenta e rilassata e detestava l'idea di turbare l'equilibrio che si era creato.

Ma doveva spiegarle quello che lui e i suoi amici facevano, prima di legarsi di più a lei e prima che Taylor si affezionasse a lui e alla vera e propria famiglia che il gruppo della Silverstone sembrava già essere diventato.

Non era una faccenda di poco conto. Il patto tra lui, Bull, Smoke e Gramps era di non dire a nessuno delle loro missioni, a meno che non si fidassero al cento per cento del potenziale confidente... e, nel caso in cui si trattasse di una loro compagna, solo se erano sicuri di voler passare con lei il resto della loro vita. Dannazione, nemmeno i parenti sapevano quello che facevano. Per le persone che li circondavano, loro erano solo e soltanto i proprietari dell'Assistenza Silverstone. Punto.

Eagle sentiva che lui e Taylor avrebbero potuto diventare molto più che amici. Probabilmente, dirle il suo segreto in quel momento era prematuro, ma Eagle percepiva con lei un legame che non aveva mai avuto con nessuno, nemmeno con i suoi amici. Non sapeva se tra lui e Taylor sarebbe sbocciata una storia d'amore, ma di certo l'impulso di essere sincero con lei era molto forte.

E la cosa lo spaventava da matti.

Perché lo metteva davanti al fatto che, anche se si conoscevano solo da due settimane, quella donna era già diventata importante per lui.

La voleva nella sua vita, a ogni costo.

Dirle della Silverstone poteva mandare tutto a rotoli.

Ma Eagle non aveva mai esitato di fronte alle difficoltà, il che valeva tanto per le missioni della Silverstone quanto per le discussioni delicate.

Al momento, erano seduti su un divano nello stanzone principale. La televisione era accesa, ma il volume era basso e nessuno la stava davvero guardando. Bull, Skylar, Smoke e Gramps erano rimasti dopo cena per chiacchierare. Diversi autisti erano arrivati e usciti, in base ai turni e agli interventi che avevano dovuto fare. C'era un'atmosfera rilassata e Eagle era contento di vedere che Taylor andava d'accordo con tutti. Lei e Skylar avevano parlato a lungo dei rispettivi lavori e la conversazione non aveva mai stagnato.

Ma era giunto il momento di parlarle. Eagle sentiva il bisogno di levarsi quel peso, era da troppo tempo che ci pensava.

Avvicinandosi a lei, le chiese sottovoce: "Sei pronta per la nostra chiacchierata?"

Taylor annuì subito e Eagle pensò che anche lei dovesse

essere tanto ansiosa di ascoltarlo quanto lui lo era di parlarle.

"Noi andiamo di sotto, a dopo" si congedò Eagle, chiedendosi se, dopo la sua confessione, Taylor si sarebbe di nuovo seduta lì con il gruppo o avrebbe preferito farsi riaccompagnare a casa, decisa a uscire dalla sua vita.

I suoi tre amici gli lanciarono occhiate di perplessità che lui ignorò, mentre si avviava con Taylor verso le scale.

Scesero nel seminterrato e camminarono silenziosamente attraverso la sala ricreativa in direzione del bunker. Lui aprì la porta appoggiando le dita sul lettore biometrico, poi la tenne aperta per Taylor. Una volta entrata, lei si bloccò in mezzo alla stanza, incerta su dove sedersi e su cosa fare.

Eagle scostò una sedia dal tavolo rotondo e con un cenno la invitò a sedersi, cosa che lei fece subito. Lui prese posto accanto a lei e cominciò a parlare, andando subito al sodo.

"Come ti ho detto, io e i ragazzi eravamo nell'esercito."

Taylor annuì.

"Eravamo in un reparto speciale: le Delta Force."

Lei annuì ancora.

"Sai cosa sono?"

Lei aggrottò la fronte. "Certo che sì, non sono mica nata ieri."

Eagle sorrise con discrezione. "Bene. Ci mandavano in missione segreta in ogni parte del mondo. A volte per liberare ostaggi, altre solo per raccogliere informazioni, altre ancora per localizzare ed eliminare obiettivi considerati pericolosi."

Taylor fece un cenno con il capo; non sembrava minimamente allarmata.

Così Eagle proseguì. "Ciò che sto per dirti non deve uscire da questa stanza," si raccomandò.

"Sarò muta come un pesce," lo rassicurò lei. "E poi a chi potrei mai dirlo?"

"Ok. Allora... la nostra ultima missione è stata in Pakistan. Dovevamo eliminare Fazlur Barzan Khatun, il leader di un'organizzazione terroristica chiamata Harkat-ul-Mujahideen."

Taylor spalancò gli occhi, poi bisbigliò: "Caspita... siete stati voi?"

Eagle annuì. "Già. Khatun e la sua organizzazione avevano rivendicato l'uccisione di cinquanta soldati, tra americani e britannici, avvenuta l'anno prima in Afghanistan. Era orgoglioso di quell'impresa e aveva dichiarato che la strage di soldati sarebbe continuata."

Taylor gli appoggiò una mano sul braccio. "Allora è un bene che l'abbiate tolto di mezzo," disse con semplicità.

Quelle parole accesero in Eagle la speranza che la sua confessione potesse avere un esito positivo. "Proprio così. Quando siamo arrivati a Khatun, lo abbiamo sorpreso a una riunione. Abbiamo messo in fila tutti i presenti e ci siamo resi conto che tra di loro c'era anche un altro terrorista ricercato dall'FBI, Nabeel Ozair Mullah."

"Caspita!" disse ancora Taylor, con un sussulto.

"Eh, sì. Ha cercato di convincerci che non era lui, ma io ero certo della sua identità fin dal momento in cui gli ho posato gli occhi addosso."

"Perché prima avevi letto di lui e visto la sua foto."

Eagle non riuscì a interpretare il tono della voce di Taylor, ma fece comunque un cenno di assenso. "Sì. Prima di andare in missione studio sempre la lista dei criminali più ricercati dall'FBI. Per precauzione."

Taylor teneva ancora la mano posata sul braccio di Eagle e strinse leggermente la presa. "Grandioso. Voglio dire... un bel vantaggio per la tua squadra e per tutto il paese."

Lei sembrò intristirsi; certo non era quello che voleva Eagle. Assolutamente. "Non ti sto raccontando tutto questo per farti stare peggio," le disse.

"Lo so. Sto bene," lo rassicurò lei, "ma ci sono comunque momenti in cui la mia condizione mi pesa particolarmente."

"C'è di più nella vita, che riconoscere terroristi," cercò di sdrammatizzare Eagle.

"È vero. Comunque, è chiaro che hai usato la tua abilità per una buona causa; anzi, ottima."

Eagle strinse le labbra. Aveva sempre dato per scontate le sue capacità mnemoniche, non ci dava molta importanza... ma Taylor gli aveva fatto capire che c'erano persone che erano l'esatto opposto rispetto a lui. Avrebbe dovuto rendersene conto molto prima, ma davvero non ci aveva mai pensato. Si schiarì la voce e proseguì.

"A ogni modo, durante quella missione uccidemmo anche Mullah. Non potevamo lasciarlo andare. I mujahideen lo avrebbero promosso a loro leader e, onestamente, secondo me Mullah era persino peggio di Khatun; aveva negli occhi qualcosa che dichiarava apertamente il suo odio verso l'Occidente. Avrebbe continuato a uccidere innocenti."

"Ho letto qualcosa al riguardo, mi pare," disse Taylor. "Sì, insomma... non sono una che si tiene costantemente informata su quello che succede nel mondo; poi allora avevo poco più di vent'anni, quindi non ero molto interessata a certe cose. Ma se non sbaglio l'uccisione di Mullah ha sollevato qualche critica."

Eagle sbuffò. "Già, qualche critica, giusto," confermò. "Il punto fondamentale è che l'esercito non è stato entusiasta della nostra idea di eliminare anche Mullah. Lo scopo della nostra missione era far fuori Khatun. Non avremmo nemmeno dovuto trovarci sul suolo pakistano."

"Se mi dici che siete finiti nei casini a causa di quello che avete fatto, mi arrabbio," disse Taylor con fierezza.

Quelle parole lo scaldarono. Eagle era abituato a ricevere ringraziamenti per il servizio che aveva reso quando era nell'esercito, ma il supporto immediato e incondizionato di Taylor lo fece sentire particolarmente bene. Le posò una mano sul braccio e strinse con delicatezza. "Rientrati dalla missione, abbiamo ricevuto un rimprovero. La nostra squadra è stata smobilitata e ci avrebbero separati, assegnandoci a basi militari in diverse parti del paese. Inoltre, non ci avrebbero rinnovato il contratto, quando quello che avevamo sarebbe scaduto."

"Che assurdità!" sbottò Taylor. "No, davvero... avrebbero dovuto darvi delle medaglie, degli encomi ufficiali. È ridicolo che vi abbiano cacciato! Sì, insomma, è come dire al corridore più veloce del mondo che non può più fare gare, che nonostante sia in grado di vincere le Olimpiadi, non può parteciparvi. O come... dire al miglior neurochirurgo del mondo che non può più operare e salvare vite umane, che può solo fare il medico di famiglia e curare raffreddori. Caspita, Eagle, sono arrabbiata io per te!"

Eagle sorrise. Adorava il fervore con cui Taylor aveva reagito.

"Ti prego, dimmi che avete protestato e che loro hanno cambiato idea," disse lei con tono concitato.

Eagle scosse la testa. "Noi abbiamo protestato, ma loro non hanno cambiato idea," ribatté lui. Ma prima che Taylor potesse cominciare un'altra arringa in suo favore, Eagle proseguì: "Una sera, dopo l'udienza in cui ci avevano detto cosa sarebbe stato di noi, siamo andati in un bar a bere e ad autocommiserarci. A un certo punto è arrivato al nostro tavolo un tizio. Eravamo in una bettola frequentata da gentaccia e questo era un agente federale vestito di tutto punto, con pantaloni eleganti, camicia bianca immacolata e scarpe lustre. Nonostante l'abbigliamento da damerino, nessuno nel locale gli ha dato noia. Comunque... il tipo si presenta e viene fuori che sapeva tutto della nostra missione in Pakistan *e* dell'udienza che si era appena conclusa, il che significava chiaramente che era un uomo con agganci ai piani alti."

"Non l'avevo mai visto prima, cosa che mi innervosiva. Conoscevo le facce di tutti i pezzi grossi dell'FBI, ci tenevo a sapere chi erano. Quell'uomo ci ha detto che lavorava per l'FBI e per il Dipartimento di sicurezza nazionale; ci ha anche detto che, se volevamo, potevamo chiudere i conti con l'esercito e uscirne bene l'indomani stesso."

"E dov'era la fregatura?" gli chiese Taylor, interrompendolo.

Eagle fece un'altra risatina nasale. Non si aspettava di ridacchiare tanto durante una conversazione del genere. Taylor lo stava sorprendendo... in modo positivo. "È la stessa cosa che gli ho chiesto io all'epoca," le disse. "Quel tipo, in un modo o nell'altro, era a conoscenza del fatto che Smoke aveva ereditato da uno zio defunto un garage e un bel po' di soldi; ci ha suggerito di trasferirci tutti qui a Indianapolis e aprire una carrozzeria nel garage... nel frattempo, ci ha detto, avremmo potuto continuare a fare il nostro lavoro, aiutando l'FBI e il Dipartimento di sicurezza nazionale."

Taylor non fece una piega, così Eagle continuò. "Ne abbiamo parlato e abbiamo subito concluso che non saremmo stati in grado di mandare avanti una carrozzeria, visto che nessuno di noi s'intendeva di motori. Smoke ha avuto l'idea di aprire una ditta di carroattrezzi invece della carrozzeria. E così abbiamo fatto. Abbiamo aperto l'Assistenza Silverstone e abbiamo continuato a lavorare insieme come squadra speciale. Collaboriamo con l'FBI e il Dipartimento... non in modo ufficiale, naturalmente. Possiamo decidere su quali obiettivi concentrarci e quando andare in missione."

Ecco. Aveva vuotato il sacco. Taylor non era andata su tutte le furie, non era uscita dalla stanza urlando che non voleva vederlo mai più. Eagle la prese come una reazione positiva.

"Quindi?" chiese lei.

Lui restituì la domanda. "Quindi cosa?"

"Era questo ciò di cui mi volevi parlare?"

Eagle era confuso. "Già."

"Ok."

"Ok?" chiese lui.

"Sì." Taylor scrollò le spalle.

"Forse non hai capito," disse Eagle. "Io e i miei amici usiamo questo bunker per fare ricerche su terroristi, pesci grossi dei cartelli della droga, serial killer e trafficanti di esseri umani. Decidiamo quali obiettivi *eliminare* e pianifichiamo le missioni per farlo. Siamo assassini," disse lui quasi con durezza. Né a lui né ai suoi compagni piaceva quel termine, ma doveva essere il più possibile chiaro con Taylor.

Lei si sporse in avanti e lo guardò negli occhi senza batter ciglio. "Bene," commentò. "È un lavoro che qualcuno deve fare e mi sembra di capire che tu e i ragazzi lo facciate molto bene. Se ti aspetti che io mi arrabbi con te perché liberi il mondo da esseri spregevoli, ti sbagli di grosso. Sarò anche una che non si tiene molto informata, ma ricordo di aver letto delle atrocità perpetrate da Khatun e Mullah. Non provavano alcun rimorso per quello che facevano, non si preoccupavano del fatto che le loro vittime avessero delle famiglie, famiglie devastate dalla perdita dei loro cari. Per come la vedo io, gente così *meritava* di essere assassinata. Sono sempre stata grata alle donne e agli uomini che servono nel nostro esercito e ora non posso che esserlo ancora di più."

Eagle chiuse gli occhi e chinò il capo. Aveva immaginato molte volte il momento in cui avrebbe detto a Taylor la verità, ma non si sarebbe mai aspettato una reazione del genere. Si aspettava confusione, ansia, persino disgusto, ma un'approvazione tanto immediata? No, non l'avrebbe mai detto.

"È pericoloso, vero?" gli chiese a bassa voce.

Eagle riaprì gli occhi e la guardò. Fece cenno di sì. Non poteva mentirle.

"Certi che è pericoloso," mormorò lei.

"Ma ci sono Bull, Smoke e Gramps. Ci proteggiamo a vicenda," cercò di rassicurarla.

"Skylar conosce la situazione?" chiese Taylor.

"Sì. Subito non l'ha presa bene," spiegò Eagle. "Non è stato facile per lei accettare la cosa. Bull ha deciso di dirglielo prima che partissimo per una missione; non voleva che lei pensasse che lui fosse in giro a tradirla o cose del genere. Lei ha dato di matto e Bull non era molto lucido durante quella missione. Tutti abbiamo pensato che tra loro fosse finita, visto che se Skylar non era disposta ad accettare quello che facciamo, non c'era modo che le cose tra lei e Bull potessero funzionare. Ma lei ci deve aver pensato su mentre eravamo via e aveva deciso di discuterne con lui. Lo amava troppo per lasciare che tra loro finisse tutto senza nemmeno un chiarimento a mente fredda. Poi c'è stato il rapimento... e improvvisamente il fatto che ce ne andiamo in giro per il mondo ad ammazzare criminale ha cessato di essere un problema per lei."

Taylor annuì. "La capisco. Hai detto che non posso parlare di questa cosa con nessuno e non lo farò, ma... posso parlarne con Skylar?"

"Sì," rispose Eagle senza esitare.

Taylor restò in silenzio per un istante, poi disse: "Avrei una domanda, ma non so se fartela sia una buona idea."

"Puoi chiedermi qualsiasi cosa," la incoraggiò Eagle. "*Qualsiasi cosa.*"

"Perché hai raccontato tutto questo a *me*? Sì, insomma... sono contenta che tu l'abbia fatto ma noi non... oh, cavolo."

"...noi non stiamo insieme?" Eagle completò per lei la frase.

Lei annuì.

"La verità? Mi piaci Taylor. Magari mi sbaglio, ma penso che tra di noi sia scattato qualcosa. C'è qualcosa in te che mi attira, me ne sono accorto la prima volta che ti ho vista in quel parcheggio. Lo so che non stiamo insieme... non ancora. Non sto dicendo che dobbiamo per forza finire per fare coppia, ma vista la connessione che sento con te... non mi meraviglierei se tra di noi succedesse qualcosa di importante. E se non succede, va bene lo stesso: anche se restiamo solo amici, mi sentirò comunque fortunato ad averti nella mia vita. Non mi sto spiegando molto bene..." La frase si spense in un sospiro.

"Sì, invece," lo rassicurò Taylor. "Ed è lo stesso per me. Non ho molti amici... i più non riescono a gestire la mia prosopagnosia, ma quando sono con te, quando parliamo, io non ci penso nemmeno, al mio disturbo. Credimi, per me questo è importante, perché il mio problema determina gran parte della mia vita di tutti i giorni. Mi piaci anche tu, Eagle. Molto. Ma mi spaventa l'idea di diventare la tua ragazza, ho paura di fare qualcosa che rovini la nostra amicizia. Sai, nelle scorse due settimane, le nostre chiacchierate serali sono state il momento clou delle mie giornate."

"Niente rovinerà la nostra amicizia," disse Eagle con tono risoluto. "E chiunque ti abbia tagliato fuori dalla sua vita a causa del tuo disturbo non merita la tua compagnia; è come non voler avere a che fare con qualcuno che è sulla sedia a rotelle, che è cieco o che ha qualche malattia. Non è colpa di chi ne soffre. Io ti accetto così come sei, proprio come tu accetti me."

Taylor sentì una lacrima formarsi e scivolarle giù per una guancia; Eagle le avvicinò una mano al volto e le tolse la lacrima con il pollice. "Non era una lacrima di rabbia, vero?" chiese lui con un'espressione vagamente corrucciata.

Lei scosse la testa. "No. Sono solo... sopraffatta. Persino mia madre mi ha rifiutata, quando non ce l'ha più fatta a sopportare la mia incapacità di riconoscerla e di creare un legame che fosse anche... visivo; fin da quando mi sono resa conto che in me c'era qualcosa che non andava, ho pensato che nella vita sarei rimasta sola."

"Prima di tutto, non c'è niente che 'non va' in te. E poi è tua madre che è stata stupida. L'amore di una madre è incondizionato. Avrebbe potuto aiutarti in mille modi diversi, fin da quando eri piccola, ma non ci ha nemmeno provato. Che si fotta."

Taylor strinse le labbra.

"Il punto è che tu sei una persona fantastica," proseguì Eagle. "Sei intelligente e tieni già in pugno sia i miei amici che i nostri dipendenti. Cacchio... Skylar nemmeno ti conosceva e ha cercato di renderti la vita più semplice con quelle targhette; tu non ti sei offesa, anche se avresti avuto tutte le ragioni di farlo... anzi, hai fatto in modo che si sentisse felice di averti aiutato. Volevo che tu sapessi della Silverstone; non dei carroattrezzi, ma di quell'altra faccenda, che è completamente diversa. Io e gli altri siamo fieri di quello che facciamo. Sentivo la necessità di dirtelo; sapevo che, raccontandoti la verità su di noi, avrei potuto perderti... e, se devo perderti, non voglio che succeda dopo che sei diventata troppo importante per me."

"Sono onorata," disse lei.

Eagle fece un profondo respiro e le tolse la mano dal viso. Avrebbe voluto abbracciarla, ma non era certo che entrambi fossero pronti per quel passo. Il fatto che lei non avesse insistito che erano solo amici lo incoraggiava, in qualche modo lo autorizzava a sperare nel futuro. Per il momento, gli bastava che entrambi fossero sulla stessa lunghezza d'onda. L'avrebbero vissuta giorno per giorno, pronti ad accettare quel che il destino aveva in serbo per loro.

"Vuoi tornare su a vedere se c'è ancora qualcuno?" chiese lui.

"In realtà, vorrei giocare a flipper," rispose lei sorridendo timidamente. "Da ragazzina ero un asso. Per evitare di stare con la famiglia a cui ero stata affidata, andavo sempre al centro commerciale, dove c'era una sala giochi; passavo ore e ore a giocare a flipper."

"Hai avuto una brutta esperienza con l'affidamento?" le chiese Eagle con una voce più tesa del dovuto.

"Non proprio. Non è stata brutta... ma nemmeno bella. Era un posto dove stare, tutto qui. Mi sembrava più facile non legarmi alla coppia a cui ero affidato, né ai loro figli; sapevo che non mi avrebbero adottata, ero una tipa troppo strana."

"*Non sei* una tipa strana," sbottò Eagle, ormai con tono rabbioso. "Ma non c'è mai stato *nessuno* che ha cercato di capire il tuo problema?"

Taylor alzò le spalle.

Lui lo prese come un no. "Bastardi," borbottò prima di alzarsi in piedi. "Beh, se vuoi giocare a flipper, giocheremo a flipper. Ma preparati a prendere una bella batosta," la provocò, nel tentativo di alleviare la tensione che si era creata. "Hai davanti il campione di flipper della Silverstone."

"Peccato che tu stia per perdere il titolo," ribatté Taylor, mostrandosi non meno incline alla provocazione.

"Staremo a vedere," disse lui.

"Vogliamo scommettere?"

Eagle si fermò e si voltò verso di lei. "Non scherzare col fuoco," la mise in guardia, sorridendole.

"Fatti sotto," rimbeccò lei.

———

Era passata un'eternità dall'ultima volta che Taylor era rimasta sveglia fin dopo mezzanotte. Si erano fatte le tre di mattina e lei era sdraiata su una poltrona reclinabile nel seminterrato dell'Assistenza Silverstone, accoccolata sotto un plaid incredibilmente caldo e morbido. Eagle dormiva su una poltrona di fronte alla sua.

Avevano giocato a flipper fino a sentir male alle dita. Era stato un bel duello. Taylor ci aveva messo un po' a recuperare lo slancio della giocatrice, ma poi aveva vinto cinque sfide su tredici; il record del punteggio restava di Eagle, ma lei non aveva dubbi sul fatto che, con un po' di pratica, l'avrebbe superato.

Una volta che si erano stancati di giocare, avevano fatto un blitz in cucina per recuperare gli avanzi della cena, poi erano tornati di sotto per mangiare e guardare *Jurassic Park*. Si erano trovati d'accordo sul fatto che la saga avrebbe dovuto fermarsi dopo i primi tre film. Avevano parlato a lungo, di tutto e di niente.

Eagle le aveva raccontato di alcuni interventi memorabili che aveva fatto con il carroattrezzi; le aveva persino parlato di diversi ostaggi che lui e gli altri avevano salvato durante le loro missioni segrete.

L'impressione iniziale di Taylor era stata che le missioni dei quattro consistessero nel far fuori criminali, ma in realtà, come aveva scoperto ascoltando Eagle, i ragazzi della Silverstone avevano anche liberato donne, bambini e uomini tenuti prigionieri da quei criminali. Quella conversazione le aveva fatto aprire gli occhi; anche se Eagle non aveva fatto nomi né parlato di luoghi precisi, il racconto l'aveva colpita positivamente.

Del resto, tutto di Eagle la colpiva. A un certo punto, lei gli aveva detto che lo riteneva un brav'uomo, ma aveva notato che il complimento lo aveva messo a disagio, tanto che Eagle aveva preferito cambiare argomento. Allora lei si era ripromessa che, in un modo o nell'altro, sarebbe riuscita a cambiare l'opinione che quell'uomo aveva di se stesso.

In quel momento lo guardava dormire, studiandolo attentamente.

Per lei era difficile concentrarsi sui tratti caratteristici di un viso; per come li percepiva lei, tendevano a confondersi in un insieme indefinito. Non aveva mai capito cosa intendesse la gente quando parlava di una mascella marcata o di un naso caratteristico. Guardando un viso, lei vedeva semplicemente un naso, una bocca, due occhi.

Osservando Eagle, poteva notare che aveva un velo di barba; era pronta a scommettere che, se l'uomo non si fosse rasato ogni giorno, gli sarebbe cresciuta in breve tempo una barba piuttosto imponente. Le sembrava che lui avesse i capelli corti e le labbra carnose. Ma quei capelli erano poi così corti? E quelle labbra potevano davvero dirsi carnose? Non ne era certa, non aveva termini di paragone.

Taylor non voleva addormentarsi. Avrebbe voluto che quella giornata non finisse mai. Si sentiva come a un pigiama party e non le era mai capitata una nottata del genere; a scuola, non aveva amiche che la invitassero a dormire a casa loro. Ma alla fine la stanchezza ebbe la meglio su di lei e le si chiusero gli occhi.

———

Brett Williams era seduto in macchina, nel parcheggio fuori dall'appartamento di Taylor, sul volto una smorfia di disappunto. Sapeva che lei non era a casa, le luci dell'appartamento erano tutte spente.

"Dove sei?" chiese ad alta voce, tamburellando le dita sul volante.

Erano due settimane che teneva d'occhio la sua preda e si era fatto un'idea abbastanza precisa della routine di Taylor. Quella ragazza non usciva spesso, ma lui era riuscito ad avvicinarsi a lei all'ufficio postale e avevano scambiato quattro chiacchiere. Lo scopo di Brett era rendersi conto di quanto fosse grave il disturbo di Taylor; non era rimasto affatto deluso.

A lei non era nemmeno passato per la testa che lui fosse la stessa persona con cui aveva parlato nel parcheggio del supermercato. Brett aveva di che rallegrarsi.

Non riusciva a smettere di pensare a tutti i modi in cui avrebbe potuto torturarla, una volta che fosse riuscito a portarla nel suo covo. Avrebbe finto di essere persone diverse, le avrebbe detto che era stata rapita da una setta e che tutti i membri della setta volevano interrogarla. Lei avrebbe creduto di essere caduta nelle mani di una dozzina di aguzzini diversi. Brett non stava nella pelle all'idea di giocare con la mente di Taylor... e anche con il suo corpo.

Era una ragazza dalla carnagione chiara, il che avrebbe garantito bei lividi ed ematomi. Brett sapeva bene come provocare dolore senza uccidere. Già, Taylor prometteva di diventare la più divertente tra le sue vittime.

Ma lui non era ancora pronto. Aveva bisogno di più informazioni su di lei e l'unico modo per ottenerle era parlarle. Intercettarla nella vita di tutti i giorni.

Ma non poteva farlo, se non sapeva dove si trovava.

Quella sera non era rientrata. La cosa lo faceva infuriare. Nelle ultime settimane, Taylor non si era vista con nessun uomo... o donna. Lavorava da casa. Era il poco che gli aveva detto quando avevano parlato, mentre erano in fila all'ufficio postale. Dove diavolo poteva mai essere?

Se lei avesse avuto un ragazzo, le cose si sarebbero complicate per Brett. Per un po' aveva giocherellato con l'idea di farla innamorare, ma poi aveva capito che la parte del fidanzatino non gli si addiceva. No, era meglio rimanere un estraneo fino al momento della mossa decisiva.

Frustrato, Brett guardò l'orologio e vide che erano le tre di mattina. Imprecò. Doveva tornare a casa. Sua madre era chiusa a chiave in camera già da otto ore. Probabilmente aveva già ridotto quella stanza a un letamaio e sarebbe toccato a lui ripulire. Più tardava, peggio sarebbe stato.

"Non puoi nasconderti da me," bisbigliò Brett. "Ti troverò sempre. Presto sarai mia e farò con te tutto quello che voglio... non vedo l'ora di sentirti urlare."

Poi tacque, mise in moto l'auto e uscì dal parcheggio.

CAPITOLO CINQUE

Taylor si svegliò di soprassalto, si guardò intorno e sgranò gli occhi confusa. Ricordò: era all'Assistenza Silverstone. Guardò la sedia di fronte alla sua. Vuota. Si trovava da sola nel seminterrato, il che la innervosiva. Non sapeva chi altri ci fosse nell'edificio e comunque, anche se si fosse trattato di persone che aveva incontrato la sera prima, non le avrebbe riconosciute.

Diede un'occhiata all'orologio, erano le sette e mezza. Aveva dormito solo quattro ore e si sentiva ancora esausta. Si sforzò comunque di alzarsi; non poteva certo dormire lì tutto il giorno, Eagle e gli altri potevano benissimo avere bisogno di venire nel seminterrato.

Si diresse nel bagno con la doccia singola e fece del suo meglio per rendersi presentabile. Aveva la maglietta stropicciata e i capelli piuttosto arruffati, ma riuscì a pettinarseli alla meno peggio con le mani e decise che il risultato era soddisfacente.

Fece un profondo respiro e uscì dal bagno, poi salì le scale. Immaginò che Eagle fosse ancora lì, visto che era arrivato con lei la sera prima, ma non era affatto sicura... forse aveva dovuto fare un intervento con il carroattrezzi?

Appena mise piede nella stanza principale e si guardò intorno restò di sasso.

C'erano cinque uomini seduti al bancone. Tutti si voltarono verso di lei quando si accorsero che era entrata.

Ricordava che la sera prima Eagle indossava jeans e una polo blu scuro, ma nessuno dei cinque uomini aveva un abbigliamento che le sembrasse familiare. Se Eagle era tra loro, si era certamente cambiato.

Uno dei cinque si alzò dallo sgabello e si mosse deciso verso di lei.

Taylor s'irrigidì e fece del suo meglio per non lasciarsi prendere dal panico. Si scervellò, nel tentativo di aggrapparsi a un qualsiasi particolare dell'aspetto dell'uomo che potesse suggerirgliene l'identità, ma fu inutile.

Arrivato a circa tre metri da lei, le disse con dolcezza: "Buongiorno, Flower."

In quel momento tutta la tensione svanì.

"Ciao, Eagle," ricambiò lei a voce bassa.

Eagle le si avvicinò e si sporse per darle un piccolo bacio sulla tempia. Taylor inalò il suo profumo: sapeva di pulito, si doveva essere appena docciato. Guardandola negli occhi, le tirò su la testa appoggiandole un dito sotto al mento, poi le chiese: "Dormito bene?"

"Sì, e tu?"

"Come un bimbo," rispose lui.

Taylor sentiva che qualcosa era cambiato tra loro due, ma non avrebbe saputo dire cosa. Lei si guardò intorno nervosamente, finché gli occhi non le caddero sulla targhetta fissata al petto dell'uomo. Era una di quelle che aveva portato Skylar la sera prima; Taylor si era fatta prendere dal panico mentre cercava di riconoscere l'uomo davanti a lei e si era completamente dimenticata delle targhette con i nomi.

"Vieni, la colazione è già pronta. Oggi è sabato e Archer non lavora nei fine settimana, ma ieri ci ha preparato uno sformato da riscaldare. È delizioso," le disse.

Le appoggiò una mano sul braccio e la condusse al bancone dove erano seduti gli altri uomini.

Taylor controllò le targhette che tutti e quattro portavano; era consapevole che il gesto non fosse dei più eleganti, ma decise che la cosa non doveva preoccuparla.

Smoke, Gramps, Shane e Robert.

Riuscire a sapere i loro nomi senza doverglieli chiedere le diede una bella sensazione. Nessuno poteva capire quel genere di sollievo.

"Buongiorno," salutò piuttosto timidamente.

"Gira voce che tu abbia battuto Eagle a flipper ieri sera," disse Smoke sorridendo. "Ben fatto. Il ragazzo aveva bisogno di una regolata, faceva troppo il gradasso. Nessuno qui vuole giocare con lui, perché quando vince alza le mani al cielo come un moccioso ed esulta ballando in modo ridicolo."

Taylor ridacchiò. "Oh, allora era un ballo? Pensavo che le lucine del flipper gli avessero fatto venire le convulsioni o qualcosa del genere."

"Ehi," intervenne Eagle indispettito.

Tutti gli altri risero.

"Ti ha messo in riga," disse Robert.

"Sì? Beh, avreste dovuto vedere il suo sorrisetto maligno, la prima volta che mi ha battuto," contrattaccò Eagle. "Giuro che sembrava Mercoledì della famiglia Addams. Mi ha spaventato e mi ha deconcentrato nelle partite successive."

Taylor rise. Sapeva che lui la stava prendendo in giro.

La colazione era ottima, forse per via delle spezie che Archer aveva messo nell'impasto di uova o forse per la compagnia; di certo, era la prima volta che Taylor si sentiva così a suo agio con persone che aveva appena conosciuto.

Stavano quasi per finire, quando un uomo sporse la testa dal corridoio e disse a voce alta: "Robert, Shane... ho due interventi per voi. Smoke, Eagle, Gramps... siete di turno stamattina?"

"C'è bisogno di noi?" chiese Smoke.

"Beh, qualcuno in più farebbe comodo... ho altri due interventi in attesa. Nulla di urgente, ma..."

"Possiamo spostare la riunione al pomeriggio," disse Gramps. "Io ci sono."

"Anch'io," gli fece eco Smoke.

"Io devo riportare a casa Taylor, ma tornerò al più presto," intervenne Eagle.

"Grazie, ragazzi," disse l'uomo prima di scomparire nel corridoio da cui si era affacciato, chiaramente diretto alla stanza del centralino.

"È stato un vero piacere conoscerti," disse Robert a Taylor mentre metteva il piatto nella lavastoviglie.

"Vale anche per me," concordò Shane. Entrambi si avviarono verso l'uscita.

Taylor si rivolse a Eagle. "Posso chiamare un taxi, se tu devi restare qui."

"Nah," disse lui mentre in tutta calma finiva di sistemare i piatti nella lavastoviglie.

"Ma se c'è bisogno di te..." obiettò incerta lei.

"Taylor," la rassicurò Smoke, "non c'è problema. Non è una tragedia per nessuno se un cliente aspetta venti minuti in più. I nostri centralinisti se la cavano molto bene quando si tratta di capire quali interventi sono urgenti e quali no. In realtà, non c'è mai un vero e proprio *bisogno* che noi quattro andiamo a fare interventi, ma in questo modo alleggeriamo il lavoro dei dipendenti; quando ci siamo anche noi, loro possono fermarsi qui di tanto in tanto, mangiare qualcosa anche solo rilassarsi un po'. A noi non pesa dare una mano. Se penso che quando abbiamo avviato l'attività eravamo solo noi quattro ad andare in giro con i carroattrezzi... ora va bene così."

Taylor si accorse che il suo rispetto verso quegli uomini continuava a crescere. Le erano piaciuti fin da subito, ma più li conosceva, più capiva quanto prendessero seriamente le loro responsabilità, il che glieli rendeva ancora più simpatici.

"Comunque sia," disse lei, "non era mia intenzione passare la notte qui. Ho bisogno di una doccia e a casa c'è un libro di testo che non si correggerà certo da solo."

Gramps andò verso di lei. "Nel caso in cui Eagle non te l'abbia ancora detto, qui sei sempre la benvenuta. Anche quando lui non c'è. Se hai voglia di cambiare aria o di giocare a flipper, vieni pure."

"Grazie," disse Taylor emozionata.

"Sottoscrivo," intervenne Smoke, avvicinandosi a lei per abbracciarla.

Accanto ai due uomini, Taylor si sentì sovrastata, ma per nulla intimorita dalla loro stazza.

"Va bene, va bene, può bastare," li interruppe Eagle con aria vagamente seccata.

I due sorrisero e si fecero da parte.

Eagle avanzò deciso, prese Taylor per mano e la tirò con delicatezza verso di sé.

Lei rise e si girò verso Smoke e Gramps, salutandoli con la mano libera. "È stato bello conoscervi!"

"Alla prossima!" le risposero insieme.

Eagle si fermò prima di uscire e tolse la targhetta magnetica dalla maglietta, poi la attaccò allo stipite metallico della porta. Taylor si era dimenticata di averne addosso una anche lei. "Sarebbe tutto molto più facile se tutti portassero targhette con su scritto il loro nome," disse con aria malinconica.

Eagle le appoggiò le mani sulle spalle e la girò con delicatezza verso di sé, aspettando che lei lo guardasse.

"Tu sei fantastica," le disse sottovoce. "Non lasciare che nessuno ti induca a dubitarne. Quanto alle persone che ti hanno respinto a causa del tuo disturbo... beh, sono *loro* ad avere un problema, non tu. Sono stati egoisti. Il fatto che tu non riesca a riconoscermi tra altri uomini non mi fa pensare che io non ti piaccia. I veri amici se ne fregano di queste stupidaggini, per loro conta solo il modo in cui li facciamo sentire quando siamo con loro, la capacità che abbiamo di far dimenticare loro i problemi della vita. A un vero amico interessa solo se hai avuto una buona giornata, se sei tornata a casa e se stai bene."

Taylor aveva le lacrime agli occhi. Quelle parole volevano dire moltissimo per lei. "Grazie," disse con un filo di voce.

"Non mi devi ringraziare per essere tuo amico," ribatté lui. "Sarei *io* a doverti ringraziare. Ieri sera poteva andare tutto in maniera diversa. Sinceramente, ero pronto a scommettere che saresti stata inorridita da quello che ti ho raccontato, che mi avresti chiesto di riportarti subito a casa, dicendomi di non cercarti mai più. E non avrei nemmeno potuto biasimarti, se lo avessi fatto."

Taylor lo guardò perplessa. "Se pensavi che reagissi così male, perché allora me ne hai parlato?"

"Perché sapevo che, *se* tu avessi accettato quello che faccio, la nostra amicizia si sarebbe rafforzata."

Taylor aveva una domanda. "La riunione che dovete fare oggi riguarda una vostra prossima missione?"

Eagle scrollò le spalle. "Facciamo riunioni spesso... cerchiamo di tenerci aggiornati su quello che succede nel nostro paese e nel mondo. Il nostro contatto all'FBI ci informa regolarmente e tra di noi discutiamo dei potenziali obiettivi."

Taylor deglutì con fatica. Aveva accettato il lavoro segreto di Eagle e dei suoi amici, ma in quel momento si rese pienamente conto di quanto fosse pericoloso. "Partirete a breve?"

Eagle chinò la testa fino ad appoggiare la fronte su quella di Taylor. "Non lo so... e non è che non te lo voglia dire. Ma non sparirò senza dirti nulla. Non potrò dirti dove andremo e chi dovremo eliminare, ma non partirò così, da un giorno all'altro."

"Ok," disse lei.

Le piaceva quando lui le si avvicinava in quel modo; poteva sentirne il profumo buono e fresco. Pensò che in quel momento non avrebbe potuto dire la stessa cosa di sé e si ritrasse. "Sarà meglio che vada a casa a farmi una doccia."

Ma Eagle non le tolse le mani dalle spalle; anzi, si sporse in avanti e affondò il viso nella sua chioma.

Lei si irrigidì. "Eagle?"

"Non farci caso," mormorò sepolto tra i riccioli.

"Voglio solo starmene un po' qui a godermi l'odore del tuo shampoo alla vaniglia."

Lei sorrise. "Non è uno shampoo," ribatté, "è un prodotto che uso per tenere a bada i riccioli."

"Adoro i tuoi capelli," disse lui, scostandosi da lei e portandole una mano alla testa. Prese una ciocca tra indice e pollice, la tirò piano e poi la lasciò andare, guardandola ritirarsi nella sua posizione iniziale. "So che per te non ha nessuna importanza e, a dirtela tutta, mi piaci ancora di più proprio perché per te non significa niente, ma... ti trovo bellissima."

Non era la prima volta che le dicevano che era attraente, che aveva capelli stupendi e un bel corpo. Non ci aveva mai pensato molto, ma il fatto che fosse Eagle a farle un complimento le fece venire la pelle d'oca sulle braccia. "Grazie," disse piuttosto timidamente. "E tu hai sempre un buon odore." Disse indietreggiando di un passo. La frase le era sembrata carina quando l'aveva assemblata nella sua testa, ma a sentirla le parve vagamente patetica.

Eagle però la accolse con un sorriso. "È il più bel complimento che abbia mai ricevuto," le disse.

Taylor alzò gli occhi al cielo. "Sì, immagino..."

"Dico sul serio. Se mi avessi detto che sono un bell'uomo, avrei pensato che stavi mentendo, perché non credo che tu abbia un'idea ben precisa di bellezza maschile. Sì, insomma... potrei essere un mostro e per te non farebbe molta differenza. Ma tu hai usato l'olfatto per dirmi una cosa carina... so che sei sincera e per me significa moltissimo."

Taylor non riuscì nemmeno a indispettirsi per quello che aveva detto. Eagle aveva ragione. Per esempio, lei sapeva che Henry Cavill era considerato uno degli attori più attraenti del momento: lo aveva letto sui social, aveva assorbito l'informazione. Ma tutto ciò che notava quando lo vedeva in quelle serie televisive a tema paranormale erano l'aria trasandata e i capelli, che le sembravano sempre avere bisogno di una bella lavata. Visto il disturbo di cui soffriva, per lei il concetto di *uomo attraente* non aveva molto senso. L'aspetto che un uomo aveva era molto meno importante del modo in cui la trattava.

E del profumo che emanava, naturalmente.

Restarono a fissarsi per un istante, poi Eagle la prese ancora per mano, le aprì la porta e le fece strada nel parcheggio, le aprì la portiera della sua Wrangler e la richiuse dopo che lei ebbe preso posto. Anche lui salì a bordo e mise in moto, poi si avviarono verso l'appartamento di Taylor e trascorsero il tempo del viaggio in un confortevole silenzio. Dopo che Eagle ebbe parcheggiato vicino al condominio, si girò verso di lei.

"Per favore, tieni a mente quello che ti ha detto Gramps. Sei sempre la benvenuta all'Assistenza Silverstone. So che sei un po' introversa, ma sappi che il nostro invito non è solo un atto di cortesia. Credimi, non sono molte le persone a cui chiediamo di venire a trovarci."

"Grazie. Non so se mi sentirei a mio agio ad andare nella tua ditta quando tu non ci sei, ma apprezzo molto la disponibilità dei tuoi amici," gli disse Taylor.

"Sono certo che, se chiami Skylar, lei sarà felice di accompagnarti," la incoraggiò lui.

Taylor fece cenno di sì. "Mi piace, è simpatica."

"Sì, è forte," concordò Eagle, "e... nel caso in cui tu abbia delle domande sulle nostre missioni, puoi sempre chiedere a lei, se non ti va di parlarne con me."

"Va bene."

"Ti accompagno su," disse Eagle, slacciandosi la cintura di sicurezza.

"Non devi," obiettò lei.

"Sì, invece," insistette lui prima di aprire lo sportello.

Taylor scese e lo raggiunse davanti all'auto. "Sono una ragazza forte," rimbeccò lei. "È da un bel po' che rientro a casa da sola."

"Lo so, ma mi sentirei meglio sapere che ti ho accompagnata fino alla porta di casa sana e salva. Su, fammi felice."

Taylor decise di dargliela vinta. Camminarono insieme dentro il condominio e salirono le scale. Lei aprì la porta di casa e... all'improvviso si sentì nervosa. "Vuoi entrare?" gli chiese.

Lui sorrise. "No, Flower, devo tornare alla Silverstone. Sarà per la prossima volta."

"D'accordo," disse lei. "Stai attento là fuori."

"Sempre," la rassicurò, poi si sporse verso di lei.

Taylor trattenne il respiro mentre lui le si avvicinava. Ma invece di baciarla, Eagle le sfiorò la tempia con le labbra. "Buona giornata," le disse a bassa voce, prima di ritrarsi. "Chiudi subito a chiave, mi raccomando."

Lei non poté che annuire. Un istante dopo, Eagle si era avviato lungo il corridoio; si girò e alzò un sopracciglio quando vide che lei era ancora sulla porta. Controvoglia, Taylor entrò e richiuse la porta. Mise il catenaccio e restò ad ascoltare i passi di Eagle che si allontanava.

Fece un profondo respiro, chiuse gli occhi e si appoggiò alla porta.

Ma cosa le succedeva? Non avrebbe dovuto aspettarsi un bacio da lui; men che meno avrebbe dovuto restare delusa dal fatto che lui non glielo avesse dato.

"Riprenditi," ordinò a sé stessa ad alta voce. Con ogni probabilità, Eagle era il miglior amico che lei avesse mai avuto e lei non voleva certo giocarselo, anche se era stato lui a ipotizzare che la loro amicizia potesse diventare qualcosa di più. Un bacio avrebbe decisamente cambiato la situazione tra di loro. O no?

Taylor era molto confusa. Ma si riteneva una donna pragmatica. Rimuginare troppo su ciò che era o non era accaduto non serviva a nulla. Così si spinse via dalla porta, diretta in camera da letto. Si sarebbe fatta una doccia e avrebbe cominciato con la correzione del testo di storia che aveva ritirato in posta qualche giorno prima. Avrebbe anche dato un'occhiata a una presentazione, o magari a un romanzo d'amore. Di solito lo faceva, quando doveva lavorare su qualcosa di noioso e tecnico, come un libro di testo; la aiutava a rompere la monotonia e a mantenere la concentrazione. Nel caso specifico, l'avrebbe aiutata anche a togliersi dalla testa Eagle e la Silverstone, almeno per un po'.

Erano successe tante cose in poco tempo. Non si sarebbe mai aspettata di incontrare qualcuno in grado di diventare importante per lei tanto velocemente. Sarebbe stato saggio, da parte sua, cercare di tenere Eagle a una certa distanza, ma lei per prima sapeva che l'avrebbe fatto. Da due settimane, ogni sera non aspettava altro che lui la chiamasse, anche solo per fare quattro chiacchiere su come era andata la giornata. E dopo che lui le aveva detto della Silverstone, come avrebbe potuto tenerlo a distanza?

Non aveva idea di cosa trovasse Eagle in lei, ma sperava e pregava che per lui non si trattasse solo di un interessante diversivo. Non si era mai resa conto di quanto avesse bisogno di un amico; visto come si erano messe le cose, perdere Eagle le avrebbe spezzato il cuore.

––––––

Sentire la mancanza di qualcuno era una novità per lui. Eagle non aveva mai avuto un legame così forte con una donna. Dopo aver accompagnato Taylor a casa, era tornato alla Silverstone ed era poi uscito per un intervento. Aveva lavorato per un paio d'ore, poi lui e i suoi amici si erano riuniti al garage, dove avevano esaminato le ultime informazioni ricevute da Willis.

Per tutto il giorno, tuttavia, Eagle era corso con il pensiero a lei. Cosa stava facendo? Aveva già pranzato? Si era messa a lavorare su quel testo di storia, come si era ripromessa?

Eagle era sempre stato un solitario. Aveva avuto qualche relazione sentimentale, ma non aveva mai sentito la *necessità* di passare molto tempo a parlare con una donna, di essere costantemente in sua compagnia; il che, a suo modo di vedere, lo rendeva un bastardo, anche se nessuna delle donne che aveva frequentato sembrava averne sofferto. Erano stati rapporti superficiali, l'esatto contrario di ciò che gli sembrava stesse nascendo tra lui e Taylor.

Quando l'aveva accompagnata fino alla porta di casa, avrebbe voluto baciarla. Darle un *vero* bacio. Ma, *in extremis*, si era imposto di limitarsi a sfiorarle la tempia con le labbra. Non voleva rischiare di rovinare quello che avevano costruito fino a quel momento. Taylor aveva un disperato bisogno di un amico e lui le avrebbe dimostrato che quell'amico poteva essere lui. In passato, Taylor aveva conosciuto fin troppi stronzi che si erano allontanati da lei, spaventati dal suo disturbo.

Che importava se lei non era in grado di memorizzare il suo aspetto? Quando, quella stessa mattina, lui si era avvicinato a lei prima di fare colazione, le aveva visto negli occhi il panico. Poi, appena lui l'aveva chiamata Flower, ogni incertezza aveva abbandonato quel viso. Se tutto ciò di cui c'era bisogno per tranquillizzarla era una parola in codice, interagire con lei non sarebbe stato affatto difficile. Eagle non si capacitava del perché, nel passato della donna, nessun altro avesse mai fatto uno sforzo tanto piccolo.

Ma il passato era passato. Eagle aveva notato quanto Taylor fosse rimasta colpita dal gesto di Skylar. Le targhette con i nomi erano state un'ottima idea. Taylor sarebbe riuscita a identificare i suoi interlocutori all'istante e non sarebbe stato necessario che tutti si presentassero a lei ogni volta che la incontravano.

Eagle avrebbe fatto tutto il possibile per incoraggiare Taylor ad avere più stima di sé, per essere l'amico di cui lei aveva bisogno; non avrebbe mandato tutto a rotoli lasciandosi sopraffare dalle emozioni... almeno non ancora.

Con questi pensieri in testa, si rilassò sul divano e recuperò il suo cellulare. Fece il numero di Taylor e attese che lei rispondesse.

"Ciao, Eagle."

"Ehi. Volevo solo sapere com'è andata oggi," le disse. Sentì abbassarsi il volume della musica in sottofondo.

"È andata bene."

"Che hai fatto di bello?"

Chiacchierarono del più e del meno per una buona mezz'ora. Lei gli disse che aveva cominciato a correggere il libro di storia e che le sembrava di procedere molto lentamente. Poi gli chiese della riunione con i ragazzi e lui provò sollievo nel poter essere sincero su quello di cui avevano discusso. Non le rivelò informazioni sensibili, ma quando le raccontò che avevano letto testimonianze dirette di donne costrette a prostituirsi ad Amsterdam, lei si era mostrata empatica.

Anche se in Olanda la prostituzione era legale, molte delle donne che lavoravano nei bordelli lo facevano contro la loro volontà; ogni giorno avevano rapporti sessuali con decine di uomini, ricattate da bastardi che minacciavano di fare del male alle loro famiglie. La potenziale missione consisteva nel trovare chi era a capo del giro, non gli scagnozzi e i magnaccia di strada: quelli non erano che pesci piccoli, mentre la Silverstone puntava ai grandi squali del traffico sessuale.

Eagle e Taylor conversarono a lungo su cosa si potesse fare per aiutare quelle donne e anche sui pro e i contro della prostituzione legale. Lei sottolineò alcuni aspetti che erano sfuggiti ai ragazzi della Silverstone. Eagle aveva già capito che Taylor era una donna intelligente e perspicace, ma parlare con lei di un argomento tanto controverso fu intellettualmente più stimolante di quanto lui non si aspettasse.

"Che piani hai per domani?"

"Gli stessi che avevo per oggi. Ma devo anche andare in un posto."

"Dove?"

Lei non rispose subito, il che spiazzò un po' Eagle.

"Niente di che... è una cosa che faccio ogni domenica."

La risposta vaga non lo soddisfò, ma lui pensò che, del resto, anche se da tempo chiacchieravano tutti i giorni, c'erano ancora un sacco di cose che non sapeva di lei. "D'accordo. Va bene se preferisci non parlarmene, hai tutto il diritto di avere una vita privata."

"Non è quello, è solo che... è una cosa che ho cominciato a fare circa un anno fa... subito non ero del tutto convinta, ma ora la sento come una vocazione."

"Spero che prima o poi mi racconterai, ma non ti preoccupare, se non lo farai non me ne starò qui seduto a tenere il broncio."

Lei fece una risatina sommessa. "Non riesco a immaginare nulla che ti farebbe tenere il broncio. A parte perdere a flipper."

Aveva agilmente cambiato argomento. Eagle lasciò correre, non voleva assolutamente che lei si sentisse a disagio mentre parlava con lui. "Sono ancora convinto che l'ultima sfida tu l'abbia vinta barando."

"E come avrei potuto barare?" gli chiese lei. "No, davvero... la verità è che non sai perdere."

"Su questo potrei essere d'accordo," ammise Eagle.

Taylor rise ancora e più sonoramente. "Eagle?"

"Sì, Tay?"

"Mi piace."

Lui sapeva esattamente a cosa lei si riferiva. "Anche a me. Le nostre chiacchierate mi fanno stare bene."

"Vale lo stesso per me."

"Ora ti lascio andare, si è fatto tardi," disse Eagle dopo aver buttato l'occhio al suo orologio. Era sorpreso di quanto tempo fossero rimasti al telefono. Non era mai stato un amante delle conversazioni telefoniche, ma parlare con Taylor era diverso: gli sembrava di non averne mai abbastanza.

"Ok... e grazie per avermi presentato i tuoi amici."

"Figurati. Ora sono anche amici tuoi."

Taylor non commentò. D'altronde, Eagle sapeva che lei aveva bisogno di trascorrere più tempo con loro prima di considerarli amici.

"Ti chiamo domani?" le chiese.

"Mi farebbe piacere," rispose lei con un tono di voce che lo rassicurò.

"Sii prudente domani... qualsiasi cosa tu debba fare."

"Lo sarò. Fai attenzione anche tu."

"Sempre," le disse lui. "Dormi bene."

"A presto."

"A presto." Eagle chiuse la telefonata e restò seduto sul divano; sorridendo, ripercorse la loro conversazione per almeno cinque minuti. A malincuore, ammise a se stesso che un coinvolgimento sentimentale con Taylor avrebbe implicato il rischio di lasciarsi e di perderla per sempre; piuttosto che accettare quel rischio, avrebbe preferito restare per lei un amico.

C'erano voluti trentasei anni, ma Eagle aveva finalmente trovato una donna la cui felicità, per lui, era più importante che la propria. Constatarlo lo spaventava, ma lo faceva anche sentire bene, meglio di quanto non si fosse mai sentito.

Taylor Cardin non lo sapeva, ma da quel momento in poi le cose, per lei, sarebbero migliorate. Eagle era determinato a mostrarle quanto ci si potesse godere la vita. Fino ad allora, lei si era nascosta dal mondo: a causa degli stronzi che popolavano il suo passato, si era chiusa in se stessa, per proteggere il proprio cuore. Ma in futuro non sarebbe più stato così.

Eagle annuì. Forse non avrebbe mai avuto con lei la storia d'amore che cercava, ma se fosse riuscito a toglierle la paura del giudizio degli altri, lui si sarebbe fatto bastare un'amicizia. Taylor era una creatura speciale e nel mondo c'era bisogno di più persone come lei. C'era qualcosa di profondamente sbagliato nel suo restare chiusa in casa, spaventata dall'idea di incontrare qualcuno e non riuscire a riconoscerlo.

Lui si sarebbe assicurato che chi la conosceva cominciasse a rapportarsi con lei in modo diverso, a partire dal semplice accorgimento di presentarsi ogni volta che la incontrava. Avrebbe insegnato agli altri a vedere Taylor come la vedeva lui.

Sollevato per aver preso una decisione importante, Eagle si preparò a coricarsi. Non vedeva l'ora che la sua Flower sbocciasse.

CAPITOLO SEI

Erano passate oltre due settimane e Taylor stava sparecchiando la tavola dopo una cena veloce, quando si rese conto che quel giorno Eagle non si era ancora fatto vivo, cosa piuttosto insolita per lui. Avevano continuato a parlarsi al telefono e a sentirsi tramite messaggi; Eagle l'aveva anche convinta a uscire più spesso, ogni due o tre giorni. L'aveva portata allo zoo, erano andati a fare un giro in bici e si erano rilassati insieme più volte al garage. Una sera erano stati a casa di Bull, dove avevano passato la serata con gli altri ragazzi e con Skylar.

All'inizio, lei era stata un po' riluttante, ma presto si era ritrovata ad aspettare con ansia quelle uscite con Eagle. Una sera, lei lo aveva invitato a cena a casa sua; non gli aveva preparato nulla di particolarmente raffinato: pollo e verdure al forno; ma Eagle le aveva detto che, quanto a doti culinarie, lei non aveva nulla da invidiare ad Archer.

Durante una delle sue visite, Taylor aveva avuto occasione di conoscere l'autore dei manicaretti che lei aveva gustato alla Silverstone. Shawn Archer era un omone la cui grassa risata, che spesso riempiva le stanze del garage, aveva il potere di metterla di buon umore. Taylor aveva incontrato la figlia di Archer, la piccola Sandra, una bambina dall'intelligenza precoce.

In definitiva, non solo Eagle l'aveva invitata nel suo mondo, ma tutti gli amici della Silverstone l'avevano accolta a braccia aperte. Taylor ne era entusiasta.

Ma quel giorno, per la prima volta da quando si erano conosciuti, circa un mese prima, Eagle non l'aveva cercata. Lei gli aveva mandato un messaggio, senza però ricevere alcuna risposta. Allora gli aveva telefonato e gli aveva lasciato un messaggio in segreteria, ma lui non l'aveva richiamata.

Combattuta sul da farsi, alla fine si decise a prendere di nuovo il telefono e provare a parlare con Skylar.

"Ciao, Taylor. Tutto bene?"

"Sì, tutto a posto. Ma non riesco a trovare Eagle. Mi chiedevo se tu sapessi se gli è successo qualcosa."

"Oh, sono certa che sta bene. Non sono in missione, se è questo che ti preoccupa."

Era una possibilità che Taylor non aveva nemmeno contemplato. "No, no... mi ha detto che mi avrebbe avvertito, se fosse dovuto partire. È solo che... niente... sai, mi sono abituata a sentirlo tutti i giorni. Sono sicura che domani si farà vivo."

"Posso chiedere a Carson," suggerì Skylar; Taylor sapeva che quello era il vero nome di Bull. "È ancora al garage. L'ho sentito prima e mi ha detto che sono molto impegnati con le loro ricerche."

"Ah, ok. Allora si vede che Eagle è semplicemente preso dal lavoro," disse Taylor. "Non li disturbare."

"Non sarà un disturbo," insistette Skylar con tono

gentile. "E non è da Eagle non farsi sentire. Do uno squillo a Carson poi o ti richiamo io o gli dico di farti chiamare da Eagle. Va bene?"

Per quanto *volesse* parlare con Eagle, Taylor avrebbe preferito che l'amica desistesse. Ma aveva il presentimento che ci fosse qualcosa che non andava... un pensiero stupido. O no? Eagle non era il suo ragazzo e non doveva renderle conto. Era un uomo adulto. Lei non aveva il diritto di assillarlo, né di disturbarlo mentre era al lavoro.

Eppure quel presentimento la tormentava.

"Grazie, Sky. Lo apprezzo."

"Figurati. Ci sentiamo fra poco. Pensi di passare dal garage durante il weekend?"

"Non lo so," rispose Taylor. Era giovedì e non aveva ancora parlato con Eagle dei piani per il fine settimana; i due precedenti li aveva passati con lui, quindi in qualche si aspettava che si vedessero anche in quello che si stava avvicinando. Ma era un'aspettativa un po' sciocca, forse persino presuntuosa: lui poteva benissimo avere altri piani... compresa un'uscita galante.

Si era imposta di pensare a Eagle solo come a un amico, ma l'impresa si faceva più ardua di giorno in giorno. Le piaceva. Molto. Le era entrato nella testa e ogni volta che la sfiorava, Taylor lo desiderava.

"Beh, sono certa che ci vedremo presto," le disse Skylar.

"Lo spero," ricambiò Taylor. Era vero. Aveva legato con la sua nuova amica. Skylar era divertente e guardava la vita con grande entusiasmo, specie tenendo conto di ciò che le era capitato. E poi le raccontava sempre degli esilaranti aneddoti sui suoi alunni dell'asilo.

"Ciao."

"Ciao." Taylor chiuse la telefonata e si mise a camminare su e giù per il soggiorno, mordicchiandosi un'unghia. Eagle non era tenuto a dirle tutto, naturalmente; ma ciò non toglieva che lei fosse preoccupata per lui.

Venti minuti dopo, squillò il telefono e lei rispose, ma era Bull, non Eagle.

"Pronto?"

"Ciao, Taylor, sono Bull. Skylar mi ha detto che cercavi Eagle."

"Sì. Va tutto bene? Voglio dire... probabilmente sono solo paranoica, ma oggi non si è fatto sentire per niente ed è una cosa insolita."

Bull sospirò. "Oggi stavamo raccogliendo informazioni su un potenziale obiettivo e lui era piuttosto scosso," le disse dopo un momento di silenzio. "Il più delle volte riusciamo a leggere i rapporti di polizia e le relazioni sui criminali con un certo distacco... ma il caso che avevamo sotto mano oggi in qualche modo lo ha davvero inquietato."

A Taylor si strinse il cuore. "Dov'è adesso?"

"Ci ha detto che andava a casa sua," rispose Bull.

"Vado da lui per vedere se è tutto a posto," disse Taylor.

"Non so se sia una buona idea... forse dovresti lasciarlo solo per un po'," suggerì Bull.

Taylor non era d'accordo. La solitudine poteva imbruttire ulteriormente i brutti pensieri; lei lo sapeva bene, visto che aveva trascorso la maggior parte del suo tempo da sola, rimuginando sulle cattiverie che aveva subito. Dopo l'ultimo mese, durante il quale aveva parlato molto con Eagle, Taylor aveva capito che, molto semplicemente, avere qualcuno con cui confidarsi annientava molti di quei brutti pensieri. Anche se lui in quel momento non avesse avuto voglia di aprirsi, lei avrebbe comunque potuto fargli visita, anche solo per stare seduta accanto a lui, per cercare di farlo sorridere, o qualcosa del genere.

"Ok," disse a Bull, mentendogli spudoratamente. "Grazie per avermi chiamato."

"Hai intenzione di andare comunque da Eagle, vero?" chiese lui.

Taylor strinse le labbra e non rispose.

"D'accordo. Ma se ti dice qualcosa di inopportuno, non prenderlo seriamente. Oggi non è in sé."

"Non sarà la fine del mondo se mi urla contro," spiegò Taylor. "Se ha bisogno di sfogarsi, può farlo con me."

"Se non mi chiami entro un'ora, verrò anch'io da lui," la informò Bull.

"Non è necessario," ribatté lei.

"Sì che lo è. Eagle è uno dei miei migliori amici, ma anche tu lo sei. Non voglio che se la prenda con te o ti usi come parafulmine solo perché è frustrato."

Taylor stava per mettersi a piangere. "Grazie."

"Non mi ringraziare. Mandami un messaggio o chiamami quando vedi che è tutto a posto. Ti do un'ora perché mi sento generoso... e perché penso che potrebbe fargli bene parlare con te. Ma se si mette a fare stronzate, lascia perdere. Intesi?"

"Intesi."

"Bene, e... Taylor? Grazie."

"A dopo," lo salutò lei, che già si preparava a uscire.

"A dopo," ricambiò Bull.

Taylor s'infilò le scarpe e afferrò la sua borsa, poi si affrettò verso la porta. Era stata due volte all'appartamento di Eagle, quindi non sarebbe stato difficile trovare la strada. Ciò che la preoccupava, piuttosto, era il pensiero di ciò che gli avrebbe detto. Come poteva aiutarlo? Non aveva idea di cosa lo avesse scosso, ma doveva trattarsi di qualcosa di forte, per fargli perdere il controllo in quel modo.

Dopo aver parcheggiato, Taylor raggiunse velocemente l'atrio del condominio dove viveva Eagle. Si trattava di un edificio dove non mancavano certo le misure di sicurezza, ma l'uomo che stava di guardia alla reception si limitò a farle un cenno con il capo. Taylor non sapeva se fosse la stessa guardia che Eagle le aveva presentato la prima volta che era stata lì. Decise che non era importante: lei andava di fretta e fu semplicemente grata che quell'uomo non l'avesse fermata.

Spinse il tasto del secondo piano e aspettò impazientemente che l'ascensore salisse. Arrivò trafelata davanti all'appartamento di Eagle e fece un profondo respiro, poi bussò.

Per un istante, pensò che lui l'avrebbe ignorata, ma poi la porta si aprì e un uomo alto le apparve davanti agli occhi.

L'uomo la guardò senza dire nulla.

"Eagle?" disse Taylor titubante. Sapeva che *doveva* trattarsi di Eagle, ma in tutta onestà, non poteva esserne certa: quell'uomo alla porta avrebbe potuto essere chiunque.

L'uomo sospirò. "Sì, Flower, sono io."

Inspirando profondamente con il naso, Taylor decise sul momento come avrebbe gestito la situazione. Fece un cenno con il capo ed entrò decisa in casa, lasciandosi alle spalle un Eagle decisamente colto di sorpresa. Taylor si tolse le scarpe, scalciandole in prossimità della porta, un gesto inteso a mettere in chiaro che si sarebbe trattenuta per un po', poi si diresse verso la cucina. Lì fu stupita di vedere una bottiglia di Jack Daniel's aperta. Eagle non era un gran bevitore, il fatto che stesse bevendo whiskey significava che doveva davvero sentirsi uno straccio.

Taylor aprì un paio di armadietti finché non trovò ciò che stava cercando. Prese una pentola e cominciò a riempirla con l'acqua del lavandino.

"Che stai facendo?" chiese lui vagamente contrariato.

"Preparo la cena," rispose Taylor con voce calma.

"Non ho fame."

"Peccato. Io sì," disse, sforzandosi di sembrargli indifferente. La verità era che, con il nodo allo stomaco che aveva, non era sicura di poter mandare giù nemmeno un boccone; ma avrebbe fatto del suo meglio.

"Perché sei qui?"

A quella domanda, Taylor si voltò verso di lui e lo guardò dritto negli occhi. "Perché hai bisogno di me," gli rispose con naturalezza.

Mentre andava da Eagle, Taylor non si era fatta un'idea precisa di come lui avrebbe potuto reagire, ma certo non si aspettava che lui le voltasse le spalle e andasse a sedersi sul divano in soggiorno.

Minimizzò, decidendo che essere ignorata da lui era comunque meglio che essere cacciata fuori di casa, si concentrò sulla preparazione della cena; ci voleva qualcosa di semplice e veloce: un piatto di spaghetti. Trovò della carne macinata e un barattolo di salsa di pomodoro. Di spaghetti non c'era traccia, ma c'erano dei rigatoni. Sarebbero andati più che bene.

Eagle non aprì bocca per tutta la mezz'ora che le ci volle a preparare la cena, ma quando lei lo chiamò a tavola, dopo aver apparecchiato e impiattato la pasta, lui si alzò dal divano e la raggiunse.

Taylor tirò un sospiro di sollievo; almeno non aveva dovuto obbligarlo a mangiare... del resto non avrebbe saputo come farlo. Eagle prese la forchetta e cominciò a mangiare, sebbene visibilmente senza entusiasmo.

Lei si riposò un istante. Mise una mano sotto il tavolo, gli appoggiò una mano sulla coscia e accennò una stretta. Voleva fargli sapere che lei era lì per lui e che ci sarebbe rimasta comunque, anche se lui in quel momento preferiva non parlare.

Eagle rimase immobile. Taylor fece finta di niente e tolse la mano per prendere la forchetta. Mangiarono in silenzio, ma lei ebbe la chiara impressione che Eagle fosse un po' meno teso rispetto a quando lei era arrivata. Dopo cena, lui l'aiutò persino a sgombrare la tavola; tuttavia, anziché lasciare che lei mettesse i piatti sporchi nella lavastoviglie, la prese per mano e senza particolare delicatezza, la condusse in soggiorno, dove si sedette sul divano, facendola accomodare accanto a lui.

Taylor si accoccolò subito al suo fianco; lui allungò una mano per recuperare un plaid abbandonato sullo schienale e la coprì. Solo allora Eagle parlò.

"Scusami per non averti chiamato."

"Non c'è problema," disse Taylor. "Non sono mica tua madre... non sei tenuto a dirmi dove sei o se stai avendo una giornataccia."

"Ma sono tuo amico. Avrei dovuto mandarti un messaggio, come minimo."

Lei annuì in segno di accordo. Effettivamente, Eagle avrebbe dovuto avvertirla. Ma Taylor non aveva alcuna intenzione di legarsela al dito. "Ero preoccupata per te."

Eagle inalò sonoramente, poi disse: "Nei tuoi panni,

non sarei stato contento se tu avessi una giornataccia e non ti facessi viva per niente."

Taylor non commentò. Non sapeva bene cosa dire. Non aveva avuto giornatacce, da quando lo aveva conosciuto. Ma era certa che, se le avesse avute, la prima persona con cui avrebbe voluto parlare sarebbe stata lui.

"Ne ho viste di cose orribili in vita mia," disse Eagle. "Bambini morti in mezzo alla sporcizia con le mani tagliate. Donne tanto abusate da sembrare ormai solo dei corpi vuoti. Uomini torturati, sfigurati, privati degli stessi connotati che li rendevano essere umani. Ho visto uccidere persone in più modi di quanti tu non ne possa concepire: bruciate, accoltellate, sepolte vive, fucilate, decapitate, impiccate, lasciate morire di fame, private del cuore mentre ancora vive... qualsiasi orrore tu possa immaginare, io l'ho visto coi miei occhi."

Taylor rabbrividì, ma non lo interruppe.

"Ma non capirò *mai* come sia possibile provare tanto odio da provare piacere nel torturare un altro essere umano. Abbiamo seguito per un po' il caso di un serial killer di Albuquerque. Colpisce prostitute. Le uccide, scava delle fosse poco profonde nel deserto e ce le seppellisce dentro. Niente di particolarmente nuovo. Le prostitute vengono uccise da secoli. Forse i loro assassini pensano che non mancheranno a nessuno o che in qualche modo 'valgono meno' come persone, che chiaramente è una stronzata. Comunque sia, secondo la polizia, questo tizio aveva smesso di uccidere; erano convinti che fosse morto o che si fosse trasferito altrove. Ma oggi abbiamo ricevuto la segnalazione che un cadavere è stato rinvenuto poco fuori dalla città."

Taylor deglutì a fatica e ripeté incredula: "Un cadavere?"

"Si tratta di una donna incinta di otto mesi. Il killer ha asportato il bambino dal suo corpo; la polizia crede che la donna fosse ancora viva mentre lo faceva... e che lui l'abbia anche costretta ad assistere mentre strangolava il neonato. Poi l'ha obbligata a bere il suo stesso sangue, l'ha stuprata e l'ha ammazzata."

"Voglio dire... prova a immaginartelo," disse Eagle con una voce strozzata che fece quasi piangere Taylor. "Quella donna era coperta del sangue del *figlio* agonizzante e lui l'ha *violentata*." Eagle scosse la testa e chiuse gli occhi. "A cosa avrà pensato lei? È questa la domanda che mi tormenta. Forse si chiedeva perché nessuno fosse venuto in suo aiuto? O perché lui l'avesse scelta come vittima? O cos'altro avrebbe fatto quel mostro a lei e al suo bambino morto dopo che avesse finito di spassarsela?"

Taylor cominciò a piangere. Era un racconto spaventoso, ma ciò che le stringeva ancora di più il cuore era l'agonia che manifestava Eagle.

"Voglio trovarlo. Restituirgli tutto il dolore che ha inferto alle sue vittime," disse Eagle. "Ma la polizia non ha abbastanza informazioni su cui noi possiamo lavorare. È incredibile che al giorno d'oggi, con tutta la strumentazione che hanno a disposizione, non riescano a identificarlo. Deve pagare, Taylor. Voglio essere io a fargliela pagare. Ma sono impotente, se non so chi è."

Lei gli posò la testa sul petto, cercando di nascondere le lacrime. Non aveva idea di come farlo sentire meglio, tutto ciò che poteva fare era abbracciarlo.

"Potrebbe essere chiunque... il tizio che imbusta la spesa al supermercato... l'uomo di mezz'età che vive nell'appartamento accanto e che ha un'aria simpatica... il tipo che tutti ritengono tranquillo e riservato... Tutto ciò di cui ho bisogno per stanarlo sono un nome e una faccia. Non riuscirà a nascondersi da me," disse Eagle con voce ormai rotta dal pianto.

A quel punto, come se si fosse improvvisamente reso conto di non essere solo, strinse le braccia intorno a Taylor. Lei fece quello che poteva per mascherare i singhiozzi, ma non servì a molto. Eagle le mise una mano sotto al mento e le alzò il viso, poi, vedendole il viso rigato di lacrime, imprecò.

"Cazzo, mi dispiace. Non avrei dovuto dirti nulla. Ora tutta questa merda ti farà venire gli incubi."

Taylor scosse la testa. "Non piango per le cose che hai detto," gli disse con sincerità. "Piango perché ti vedo così scosso e non so che dire per darti un po' di sollievo."

Lui la fissò per un lungo istante, poi ammise: "Non devi dire nulla, il solo fatto di averti qui mi aiuta."

Taylor roteò gli occhi. "Oh, sì... vedo come ti sta aiutando."

Eagle strinse le labbra. Non era un vero e proprio sorriso, ma non era nemmeno più quel cipiglio che aveva avuto sul volto fin da quando lei era arrivata a casa sua. "Sì, invece. Se tu non fossi venuta qui, probabilmente mi sarei scolato tutta la bottiglia di Jack Daniel's. Tu mi hai preparato la cena e ora sei qui a tenermi stretto a te. Averti tra le mie braccia basta a ricordarmi che c'è anche del buono nel mondo. Ma mi sconcerta il fatto che là fuori ci siano persone in grado di perpetrare quel genere di atrocità ad altri esseri umani. Non riesco a farmene una ragione."

Le asciugò le lacrime dalle guance con i pollici, poi le fece appoggiare di nuovo la testa sul petto. Cogliendo

Taylor di sorpresa, si girò e si sdraiò di schiena sul divano, invitandola a distendersi accanto a lui. Lei si trovò stretta tra Eagle e lo schienale del divano; non avrebbe voluto essere altrove.

Lui le spostò la mano, di modo che lei potesse usarla da cuscino. Restarono lì in silenzio per alcuni, lenti minuti.

"La domenica vado al Centro per la cura delle demenze senili," disse lei con tono pacato. "Non so perché non te l'ho detto prima. Non è un segreto. Faccio volontariato lì un paio d'ore tutte le settimane. Mi sembra di aver costruito un legame con gli anziani del Centro. Li vedo tutte le settimane, ma loro non si ricordano di me. Tutte le volte che arrivo, per loro sono un'estranea."

Eagle le accarezzò i capelli e le dita gli si intrappolarono nei riccioli.

"Quando arrivo al Centro, spiego sempre chi sono, perché non riconosco la persona alla reception. Probabilmente, li ho esasperati, o forse ridono di me, visto che sono stata lì tante volte e loro sanno chi sono io. Provo rabbia e tristezza, ma non per me... per gli anziani che sono ricoverati lì. Forse gli infermieri ridono anche di loro? Una delle mie paure più grandi è quella di finire in un posto del genere, circondata da sconosciuti che non si disturbano a presentarsi quando entrano nella mia camera. Magari ce ne sarà qualcuno che mi slaccerà la vestaglia, dicendo che deve auscultare il mio cuore, e io non saprò nemmeno se è un vero dottore o un depravato che si eccita a guardare le tette di una vecchia.

"So che sembra una stupidata... ma è un pensiero che ho. A ogni modo... è lì che vado ogni domenica. Dico chi sono e cosa ci faccio lì a tutti gli anziani a cui mi siedo vicino. Così facendo, loro si calmano un po', mi sembra, anche se non mi ricordano comunque. A volte parliamo di qualche aspetto del loro passato di cui non si sono dimenticati, altre volte stiamo semplicemente insieme, in silenzio."

Taylor si sentiva sciocca a dirgli tutte quelle cose, ma sentiva di doversi aprire a Eagle, dopo che lui aveva fatto lo stesso con lei. Così gli aveva confidato una delle sue paure più profonde; non lo aveva mai detto a nessuno prima di allora.

"I maltrattamenti sugli anziani sono una realtà abominevole," disse lui con voce calma. "Ed è anche peggio quando le vittime non riescono a raccontare quello che hanno subito o non lo ricordano. Quegli anziani sono fortunati ad averti vicino."

"In realtà non faccio praticamente nulla per loro," protestò Taylor.

"Ti sbagli. Ti fai vedere ogni settimana. Ti prendi cura di loro, e gli infermieri lo sanno. Mi piace pensare che non siano esasperati da te, né ridano alle tue spalle. Il fatto che tu faccia volontariato regolarmente dimostra quanto ci tieni. Sono orgoglioso di esserti amico."

Taylor cominciava a destare quella parola. *Amico*. Ma quella sera si trattava di come Eagle si sentiva, non di ciò che lei provava per lui... né di come lei dovesse accettare di accontentarsi di lui come amico.

"Vuoi sapere a cosa secondo me stava pensando quella donna?" gli chiese Taylor.

Eagle si irrigidì, il che le confermò che lui aveva capito a chi si riferisse la domanda. "Dimmi."

"Credo che fosse in uno stato che va al di là del dolore," disse Taylor con tono sicuro. "Non puoi subire tanta violenza senza finire per dissociarti. Probabilmente, i nervi le avevano ceduto e lei non sentiva più nulla. Magari le sembrava di stare galleggiando. Scommetto che quando ha chiuso gli occhi ha sentito l'anima del suo bambino che la chiamava e il pensiero che si sarebbe unita a lui nell'aldilà l'ha fatta stare bene." Taylor era di nuovo in lacrime, ma non si fermò. "Il suo assassino ci deve essere rimasto male: avrebbe voluto manipolarle i pensieri, vederla terrorizzata, sentirla supplicare; ma scommetto che lei si è rifiutata di farlo. Non gli ha voluto dare quella soddisfazione."

Taylor stava praticamente parlando a casaccio. Non aveva idea di ciò che la povera donna avesse sentito o pensato, ma voleva credere che, dopo che le era stato tolto il figlio dal grembo, lei si fosse come spenta, estraniata.

"Grazie," bisbigliò Eagle.

"So di non aver migliorato la situazione, ma..."

"Invece sì," la interruppe Eagle. "Voglio ancora trovarlo e ucciderlo. Ma ora sto meglio."

Taylor annuì, con la testa ancora appoggiata al suo petto.

L'ultima cosa di cui si rese conto fu che in quella posizione stava davvero comoda. Non era la prima volta che si addormentava addosso a un uomo, ma non si era mai sentita al sicuro come quella sera a casa di Eagle.

———

Eagle si accorse che il telefono vibrava nella tasca posteriore dei pantaloni di Taylor, che ormai dormiva profondamente tra le sue braccia. Non voleva svegliarla, così sfilò delicatamente il telefono dalla tasca e vide che era arrivato un messaggio da Bull.

Bull: Tutto ok? Se non mi rispondi entro cinque minuti, vengo lì.

Il comportamento dell'amico avrebbe potuto farlo arrabbiare, invece Eagle sentì gratitudine verso Bull, che si era preoccupato per Taylor. Appoggiò il telefono sul tavolino vicino al divano e buttò la mano dove sapeva essere il suo. Dopo averlo trovato, inserì il codice di sblocco e scrisse un breve messaggio all'amico.

Eagle: Tay sta bene. Promesso. Sta dormendo appoggiata a me, quindi non posso chiamarti. Ne parliamo domani. Grazie per averla mandata qui... e per esserti preoccupato per lei.

Bull rispose subito.

Bull: Tu stai bene?

Eagle: Non ancora, ma me la caverò.

Bull: Quella che abbiamo letto oggi era roba pesante.

Eagle: Già.

Bull: Fai un fischio se ti serve qualcosa.

Eagle: D'accordo.

Eagle rimise il telefono sul tavolo e osservò la donna che aveva tra le braccia. Si sentiva in colpa per averle raccontato quella storia. Non avrebbe dovuto fare in modo che quelle immagini orribili le entrassero in testa. Lui poteva gestirle, visto che nella sua carriera aveva assistito a non pochi spettacoli atroci. Ma ciò non significava che condividerne con Taylor uno particolarmente atroce fosse stata una buona idea.

D'altronde, lei gli sembrava aver retto bene.

Ripensando alla serata, Eagle non riuscì a trattenere un sorriso. Indubbiamente, la situazione aveva messo Taylor sotto pressione, ma lei aveva reagito con determinazione, prendendo possesso della cucina e anche solo stando lì con lui, per lui. Non lo aveva assillato perché le parlasse, perché le dicesse cosa c'era che non andava. Lo aveva semplicemente preso tra le braccia e lo aveva stretto a sé.

E lui la amava.

Dopo un solo accidenti di mese, lui la amava. Non si erano baciati, non avevano fatto altro che tenersi per mano di tanto in tanto... e già Eagle non riusciva a immaginare di vivere *senza* Taylor.

Lei fece un delizioso rumore con la gola e si agitò leggermente, in cerca di una posizione più confortevole. Eagle pensò che sarebbe stato meglio svegliarla e riaccompagnarla a casa, ma non era quello che voleva fare. Voleva tenerla lì con sé, sentire i suoi capelli sul collo e i suoi respiri contro il petto. Forse non avrebbe più potuto averla con sé in quel modo e non voleva che quel momento finisse.

Si sporse per baciarla sulla nuca. "Sei fantastica, Flower," sussurrò.

Con sua grande sorpresa, lei ricambiò mormorando: "Anche tu;" poi tornò silenziosa.

Sorridendo di gusto, Eagle inclinò indietro la testa e fece del suo meglio per rilassarsi. Finalmente confessò a se stesso che, quando aveva letto la relazione sulla donna violentata e uccisa nel Nuovo Messico, l'unica cosa a cui aveva pensato era stata... e se fosse capitato a Taylor? Era sciocco, da parte sua. Taylor non era una prostituta, né era incinta. Ma il solo pensiero che qualcuno le potesse usare quella violenza, o potesse ferirla in altro modo, gli aveva fatto perdere il controllo.

Stringendola ancora di più a sé, Eagle si ripromise di

continuare il suo lavoro alla Silverstone il più a lungo possibile. Voleva che persone come la sua Taylor vivessero al sicuro. E l'unico modo per riuscirci era fare in modo che quelli che volevano fare del male al prossimo non ne avessero più la possibilità.

CAPITOLO SETTE

Il rapporto tra Taylor e Eagle era cambiato, dopo che lei aveva passato la notte da lui. Al risveglio, la mattina seguente, Eagle le aveva detto: "Buongiorno, Flower." Dopodiché, si erano comportati l'uno con l'altra come facevano da tempo; nessuno dei due aveva alluso al fatto che avevano praticamente dormito abbracciati per tutta la notte.

Eppure c'era qualcosa di diverso tra loro, qualcosa di più bello rispetto a prima. Eagle non aveva mai più mancato di chiamarla. Le loro conversazioni erano sempre meno superficiali, anche se parlavano ancora delle loro giornate.

"Com'è andata oggi?" chiese lui appena Taylor rispose al telefono. Era passata ormai una settimana dalla notte che avevano trascorso sul divano di Eagle.

"Bene, direi. Sono andata a lavorare in biblioteca, così, per cambiare un po'. Ho parlato a lungo con un tipo che ho conosciuto lì.

"Di cosa avete parlato?" le chiese Eagle.

"Di storia americana. Ha visto che stavo correggendo il libro di testo e ci siamo messi a discutere della guerra civile. È stato interessante, era un tipo simpatico."

"Bene. Ti va di venire da me stasera?"

"Sì," rispose lei senza esitare.

"Grande... dovrei tornare a casa sulle quattro e mezza. Posso fermarmi a prendere qualcosa da mangiare, mentre rientro."

"Non serve, posso preparare qualcosa io," suggerì Taylor.

"Nah, hai cucinato anche le ultime due volte che sei venuta."

"Non mi pesa affatto," disse lei. "*Mi piace* stare ai fornelli."

"Su, lascia che ti vizi un po'," insistette Eagle.

Come avrebbe potuto ribattere? "Beh, se la metti così..."

"Vuoi che passi a prenderti?" le chiese.

"No, vengo con la mia macchina. Finisco l'ultimo capitolo e per oggi basta con questo libro. Ma prima di uscire voglio rivedere qualche altro testo su cui sto lavorando."

"Ok. Mandami un messaggio quando parti, così mi organizzo."

"Sarà fatto. Eagle?"

"Sì?"

"È andato tutto bene oggi? Intendo... sai, le vostre discussioni sulle missioni..." Eagle aveva avuto quella piccola crisi la settimana prima e Taylor voleva accertarsi che lui fosse in forma.

"Sì. Ti racconto stasera... forse dovremo partire a breve."

Il cuore di Taylor saltò un battito, ma lei cercò di mantenere un tono disinvolto, per quanto possibile. "Sì?"

"Non ti agitare," le disse lui pacatamente. Taylor si rese conto che Eagle era in grado di capire le sue emozioni come nessun altro aveva mai saputo fare, persino al telefono.

"Impossibile," ribatté lei. "So che tu e i tuoi amici siete preparatissimi e tutto il resto... ma io sarò preoccupata per te ogni secondo, durante la tua assenza. Abituati all'idea."

"Detesto farti preoccupare... ma devo ammettere che mi dà anche una bella sensazione," ammise Eagle.

Ecco. Appunto: il fatto che Eagle avesse cominciato a dire cose del genere la convinceva che tra di loro qualcosa di importante era cambiato. Ma poi lui tornava a comportarsi come l'amicone che era stato fin da quando si erano conosciuti. Quelle oscillazioni la confondevano parecchio.

"E, per la cronaca... c'erano ben due errori nei messaggi che mi hai mandato oggi. Pensavo che in quanto correttrice di bozze fossi immune a certe sgrammaticature."

Eh, sì... lo sfottò non lasciava dubbi: Eagle era tornato in modalità amicone.

"Già... ma, sai, lo faccio per vedere se sei attento," scherzò lei.

Lui ridacchiò. "Eh, eh... funziona. Ci vediamo dopo, Flower. Guida con prudenza."

"Sempre," disse lei, echeggiando la tipica risposta di Eagle quando lei si raccomandava che facesse attenzione. Taylor cliccò sul tasto rosso e chiuse gli occhi.

Era ormai invaghita di quello che era a tutti gli effetti il suo migliore amico e non poteva farci niente.

Aveva forse detto a Eagle che lei sarebbe stata pronta

per qualcosa di più di un'amicizia, rischiando di mettere in imbarazzo sia se stessa che lui?

No. Non poteva farlo. Del resto, la cosa giusta da fare era superare quell'infatuazione, o cotta, o qualsiasi altro nome avesse ciò che provava per lui. L'ultima cosa che Taylor voleva era perdere del tutto l'uomo che era appena entrato nella sua vita.

Si sforzò di concentrarsi sul libro di testo che aveva davanti agli occhi, cercando di scacciare Eagle dalla propria mente, almeno per un po'.

———

Alle cinque e dieci in punto, Taylor uscì in auto dal parcheggio del suo condominio, diretta a casa di Eagle. Era ferma al semaforo, quando all'improvviso la sua auto fece un balzo in avanti; la cintura di sicurezza la trattenne ma le fece male premendole sul petto per una frazione di secondo.

Dopo un istante di confusione, si rese conto di essere stata tamponata.

"Merda," mormorò. Si voltò indietro e vide un uomo a bordo di una vecchia Cadillac di color marrone scuro, piuttosto scassata; Taylor non s'intendeva per niente di automobili, quindi non avrebbe nemmeno saputo dire di che anno fosse.

L'uomo saltò giù dalla Cadillac e raggiunse Taylor con una corsetta. "Mi dispiace!" disse, abbassandosi per guardare dentro l'abitacolo. "Sono assicurato! Se vuole accostare lì," continuò, indicando un parcheggio di fronte a una serie di negozi, sulla loro destra, "possiamo scambiarci i contatti. Mi scuso ancora, sono davvero dispiaciuto... ho distolto lo sguardo dalla strada per abbassare il volume dello stereo e non ho calcolato bene la distanza dalla sua macchina."

Taylor fece un sospiro, poi annuì. Appena si accese la luce verde, svoltò nella corsia di destra e parcheggiò vicino a uno dei negozi.

Si guardò in giro e vide che c'erano numerosi passanti, il che le confermò che non stava correndo alcun rischio. Scese dalla sua Kia Rio e andò subito a controllare il danno subito nel tamponamento.

Mannaggia. Il paraurti posteriore praticamente penzolava dal telaio. L'uomo con la Cadillac parcheggiò dietro di lei; Taylor notò una lieve ammaccatura sotto al cofano, ma non avrebbe saputo dire se fosse stata causata dall'impatto con la sua Kia o se fosse già lì.

L'uomo balzò ancora giù dall'auto e le si avvicinò. "Mi dispiace davvero," disse scuotendo la testa. "Sono mortificato... anche perché la mia macchina non si è fatta nemmeno un graffio."

"E quell'ammaccatura?" chiese Taylor indicando la lieve conca sul paraurti anteriore della Cadillac.

Lui ebbe un sussulto. "No. È la macchina di mia madre e quella l'ha fatta lei non molto tempo fa. Le assicuro che quest'auto porta sfortuna. L'ho presa oggi solo perché la mia è in carrozzeria. Sarebbe stato meglio che fossi rimasto a casa."

Taylor provò pena per quell'uomo; sembrava terribilmente avvilito. "Non è un grosso problema, sono certa che il danno non sia grave. E poi i paraurti servono a quello... a parare gli urti, no?"

Il volto dell'uomo si rasserenò. "Beh, direi di sì. Se mi lascia il numero della sua assicurazione, li chiamerò oggi stesso per sistemare tutto."

"Non dovremmo chiamare la polizia?" chiese Taylor.

"Potremmo," concesse lui, "e lei avrebbe tutte le buone ragioni per farlo. Ma le sarei davvero grato se potessimo risolvere la cosa tra di noi. Sa, tendo a premere sull'acceleratore... devo solo imparare a rallentare un po'; ma mi hanno già tolto diversi punti dalla patente e se mi prendo anche questa multa credo proprio che me la sospenderanno. Mia madre non sta bene e sono l'unico che può portarla dal dottore per le visite."

Taylor capì che l'uomo stava facendo la vittima, ma doveva anche ammettere che la strategia funzionava. "Mi dispiace per sua madre."

"Grazie. Ah, comunque... io sono Thanatos."

"Cosa?" chiese Taylor.

"È il mio nome: Thanatos. Ma puoi chiamarmi Than, suona meno ingombrante."

Taylor gli fece un piccolo sorriso. "Io sono Taylor."

"Piacere... anche se avrei preferito conoscerti in altre circostanze. Dico sul serio, se mi dai il contatto dell'assicurazione, nel pomeriggio telefono e mi occupo di tutto. Ti pagherei ora, così terrei fuori anche la mia assicurazione... ma non ho contanti con me. Le medicine per mia madre mi stanno dissanguando, ma giuro che con l'assicurazione sono coperto."

Taylor emise un sospiro e fece cenno di sì. "Ok. Dammi un momento." Tornò a lato della sua auto e aprì la portiera. Than cominciava a irritarla, insisteva troppo con la storia strappalacrime. Taylor si chinò dentro l'auto e aprì il vano portaoggetti, dove recuperò le scartoffie che le servivano. Voleva sbrigare la faccenda il prima possibile.

Afferrò le carte, si alzò e... sobbalzò: girandosi, si ritrovò Than praticamente addosso: era in piedi dietro di lei, a poco più di mezzo metro dall'auto.

"Scusa, non volevo spaventarti."

Taylor si rammaricò di non essere un granché a leggere le espressioni facciali. Non sapeva se quelle scuse fossero sincere o meno, né le era d'aiuto il tono di voce con cui lui gliele aveva espresse. Si fece di lato, sgusciando fuori dalla stretta in cui Than l'aveva chiusa. "Hai un pezzo di carta su cui posso scrivere le informazioni che ti servono?"

"Oh, posso fare una foto con il telefonino, è più facile," tendendo la mano per ricevere i fogli dell'assicurazione.

Taylor esitò per un istante, poi glieli passò. Dopo aver scattato una foto, lui glieli restituì.

"Telefonerò subito domattina," le disse. "Sistemerò tutto."

"Lo apprezzo."

"Ti ho fatto fare tardi per qualcosa?" chiese Than.

Taylor provò un leggero disagio. Non era sicura di voler mettersi a chiacchierare con il tizio che l'aveva tamponata, ma d'altronde non voleva nemmeno essere scortese. "Sto andando a casa di un amico," gli disse. Poi, mentendo, aggiunse: "È il mio ragazzo, in realtà." Forse, sapere che lei non era libera avrebbe fatto desistere Than.

"Oh, beh... mi dispiace averti tamponato, spero che lui non si arrabbi."

Era un'uscita strana. "Non si arrabbierà. Sì, insomma... sono cose che succedono," disse Taylor con una scrollata di spalle.

"Sono contento che tu l'abbia presa bene; sei di indole buona," osservò Than.

"Grazie," disse lei, sempre meno a suo agio.

"Accidenti... non volevo metterti in imbarazzo," esclamò lui astutamente, arretrando di un passo.

"Non fa niente," ribatté lei.

"Il tuo ragazzo non è un culturista grande e grosso che mi rintraccerà per darmi un sacco di botte, vero?"

Taylor sorrise. "No. In realtà, lui lavora all'Assistenza Silverstone, quindi sono sicura che conosce un buon carrozziere; mi farà riparare l'auto al più presto.

"Ah, grandioso. Al giorno d'oggi non ci si può fidare di chiunque."

Taylor annuì.

"Ora ti lascio andare. D'ora in avanti, starò più attento quando sono al volante. Non tutti sarebbero stati comprensivi come lo sei stata tu, Taylor."

Than si congedò educatamente con un cenno del capo, poi si voltò e si diresse verso la sua Cadillac. Lei girò intorno alla Kia e ricambiò il cenno mentre lui usciva dal parcheggio.

Quando Than era ormai lontano, Taylor si rese conto che avrebbe fatto bene a segnarsi la targa della Cadillac... o anche solo il nome completo e il numero di telefono dell'uomo, così da poterlo contattare se l'assicurazione non le avesse detto nulla. Sospirando al pensiero che l'episodio si fosse concluso, rientrò in macchina.

Voleva chiamare Eagle e raccontargli ciò che le era successo, ma pensò che sarebbe arrivata a casa sua nel giro di dieci minuti; glielo avrebbe detto di persona. E poi non c'era niente che lui potesse fare, al momento: l'auto funzionava bene e lei non era ferita.

Taylor arrivò al condominio dove viveva Eagle ed entrò nell'atrio, dove vide un uomo in piedi; si diresse verso di lui e appena gli fu vicino lui la salutò: "Ciao, Flower."

Stupita ma lieta di vederlo nell'atrio, gli sorrise. "Ciao."

"Tutto bene?" chiese lui.

"Sì, perché?"

"Ti aspettavo quindici minuti fa... ero preoccupato. Ti ho mandato un messaggio ma non mi hai risposto."

Taylor era sorpresa. Mentre parlavano, lui le fece strada verso le scale. "Mi spiace davvero. Non ho sentito che mi era arrivato un messaggio, altrimenti ti avrei risposto; sono in ritardo perché mi hanno tamponata mentre ero ferma al semaforo."

Erano arrivati al pianerottolo del secondo piano. Eagle si fermò di colpo. "Cosa?"

"Un tipo ha urtato la mia auto e..."

"Questo l'ho capito," la interruppe lui, poi le appoggiò le mani sulle spalle. "Stai bene?"

"Sì, non mi sono fatta niente."

"Dannazione, Taylor, perché non mi hai chiamato?"

Taylor aggrottò le sopracciglia. "Perché è stato solo un piccolo tamponamento, niente di grave."

"Vieni, non voglio parlarne per le scale," disse Eagle, che poi la prese per una mano e praticamente la trascinò lungo il corridoio, fino alla porta del suo appartamento.

Taylor avrebbe voluto dirgli che non era stata lei a bloccarsi sul pianerottolo per discutere del perché fosse in ritardo, senza nemmeno aspettare di entrare in casa. Ma decise di tenere la bocca chiusa. Eagle aprì la porta e la esortò a precederlo con un cenno.

La reazione di Eagle la irritava, soprattutto per via della sua implicita convinzione che lei, da sola, non fosse in grado di cavarsela dopo un tamponamento; ma, ancora, riuscì a controllarsi.

Subito dopo aver chiuso la porta dietro di sé, Eagle cominciò. "Sei sicura di stare bene? Ti fa male il collo? Dobbiamo andare al pronto soccorso? Com'è successo? Hai chiamato la polizia?"

Taylor alzò una mano. "Una domanda alla volta, santo cielo," disse in quello che sperava fosse un tono disteso. "Sto bene. Il collo probabilmente mi farà un po' male domani, ma non sarà niente che due aspirine non possano risolvere. È successo che io ero ferma e il tipo stava andando a quindici all'ora, se non di meno; come ti ho detto, ero ferma al semaforo e lui mi ha urtato con quel barcone della sua Cadillac. Al che abbiamo accostato e io gli ho dato gli estremi della mia assicurazione; la sua macchina non si è fatta nulla."

Eagle la fissò per un secondo con il volto visibilmente teso.

"Che c'è?" gli chiese Taylor.

"Sai che gli uomini se ne inventano di tutti i colori per mettere le mani su una donna, vero?"

Taylor era sempre più irritata. "Eagle, cos'avrei dovuto fare? Scappare dopo che mi ha tamponato? È un reato. E poi non eravamo mica da soli in un posto sperduto. C'erano un sacco di passanti e negozi aperti."

"Dammi i suoi dati, faccio un controllo," disse Eagle alzando una mano.

Taylor incrociò le braccia. Il fatto che lui si fosse spazientito tanto per un piccolo incidente la metteva sulla difensiva. "Non ce li ho."

"Cosa? Perché? Non sono sul verbale della polizia?"

"Non c'è alcun verbale perché non abbiamo chiamato

la polizia. Il danno alla mia auto era trascurabile, si è solo staccato un po' il paraurti. Ci sarà bisogno di sostituirlo, così il tizio ha chiesto il numero della mia assicurazione: ha detto che la chiamerà e si occuperà lui di tutto. A me i suoi dati *non* servivano."

"Per l'amor del cielo!" esplose Eagle, girandole le spalle e raggiungendo a grandi passi il centro del soggiorno.

Taylor lo seguì lentamente, osservandolo mentre lui andava avanti e indietro. Quando Eagle si voltò per guardarla, lei si preparò ad affrontarlo.

"Sai almeno il suo nome?"

"Sì," rispose lei. "Thanatos, ma di solito si fa chiamare Than."

"E il cognome?"

Lei restò in silenzio.

"Merda! Non lo sai, vero? Thanatos potrebbe anche essere un nome inventato. In effetti è troppo ridicolo per essere vero," disse Eagle con una smorfia di disgusto. "Cavolo, Taylor, quello non chiamerà la tua assicurazione... e per di più hai lasciato i tuoi dati a un *completo sconosciuto*, senza nemmeno riflettere. C'era il tuo indirizzo sui documenti che ha visto?"

Taylor cominciava a capire di essere stata un'ingenua... e non le piaceva che Eagle la facesse sentire peggio di quanto già non stesse. Strinse le labbra.

"E se rivedessi quel tizio, non lo riconosceresti," proseguì lui. "Probabilmente si sta facendo delle grasse risate, ringalluzzito all'idea di aver tamponato una talmente sprovveduta da non chiamare nemmeno la polizia. E potrebbe venire qui, visto che ha il tuo indirizzo, e tu non sapresti nemmeno che è lui. Potrebbe farti del male o derubarti a occhi chiusi... e tu non saresti nemmeno in grado di denunciarlo! Dannazione, ma come hai fatto a essere tanto stupida?"

A Taylor ci volle un istante per incassare il duro colpo infertole da quelle parole. Quando ci riuscì, ebbe un conato di vomito.

Per la prima volta da quando l'aveva conosciuto, Eagle l'aveva umiliata. le aveva sbattuto in faccia la sua disabilità e l'aveva fatta sentire piccola piccola. Il dolore era ancora più acuto, visto che lei aveva cominciato a pensare a lui come a un amico: qualcuno che non l'avrebbe mai e poi mai giudicata."

Le stava succedendo di nuovo: si era aperta e fidata, nella speranza che fosse *la volta buona*, che le cose andassero bene; ma era arrivata la conferma che la sua prosopagnosia l'avrebbe sempre resa una diversa, una di cui ridere, una reietta.

Consapevole del fatto che aprire bocca avrebbe significato per lei scoppiare in lacrime, Taylor gli voltò le spalle e si diresse alla porta.

"Dove stai andando?" le chiese Eagle.

Anziché rispondere, Taylor aprì la porta e uscì in corridoio.

Eagle la raggiunse e la fermò afferrandola per un braccio. "Taylor, non abbiamo ancora finito di parlarne."

Fu l'ultima goccia. Dentro di lei, la rabbia si sostituì rapidamente alla tristezza. "*Noi* non stavamo parlando: *tu* stavi parlando. Ho capito il messaggio, Eagle. Sono *stupida*. E non solo: pare che verrò uccisa nel mio letto perché quando mi renderò conto di avere a che fare con un assassino sarà troppo tardi. Grazie per il bel voto di fiducia e per avermi mostrato i tuoi *veri* sentimenti." Si liberò dalla presa di Eagle con uno strattone e avanzò di qualche passo nel corridoio, poi si girò di scatto.

"Pensavo che fossi diverso, che tu riuscissi a vedere *me*. E invece sei come tutti gli altri: vedi solo la mia malattia. Beh, non sarò in grado di riconoscere le facce della gente, ma riconosco uno stronzo quando ne vedo uno!"

Congedatasi in quel modo, gli voltò ancora le spalle e camminò lungo il corridoio a passi tanto veloci che stavano per farsi corsa.

Ma già prima di raggiungere le scale, aveva gli occhi lucidi... e lui non la stava inseguendo.

La prima lacrima le scese quando il portone del condominio si chiuse alle sue spalle.

Eagle le aveva spezzato il cuore e lei non sapeva se sarebbe riuscita a tornare alla sua vita di prima. Alla sua vita *senza di lui*.

———

Eagle fissava la porta chiusa, con l'adrenalina che ancora gli correva nelle vene; si passò una mano tra i capelli.

Ma cosa era appena successo?

Quando Taylor gli aveva detto dell'incidente, c'era mancato poco che lui non perdesse del tutto il controllo. Avrebbe voluto essere con lei o almeno che lei lo avesse chiamato, ma non era andata così, il che lo aveva fatto infuriare.

Eagle si ricordava a malapena le proprie parole, ma non si sarebbe mai scordato quelle di Taylor.

Si rendeva conto di essersi comportato da stronzo con lei, ma del resto era davvero preoccupato per quello che era successo. Aveva visto fin troppe foto scattate sulla scena di crimini perpetrati contro donne imprudenti, donne che si erano fidate della persona sbagliata ed erano state torturate e mutilate. Il solo pensiero che Taylor potesse finire in quel modo gli aveva fatto perdere la ragione.

Doveva inseguirla, chiederle scusa, cercare di spiegarle... ma provarci in quel momento non sarebbe servito a nulla: lei non lo avrebbe ascoltato. E non c'era da biasimarla.

"Fanculo!" imprecò, detestandosi. Aveva mandato tutto a puttane. Alla grande. Forse in quel momento era meglio lasciarla un po' sola, ma lui non sarebbe riuscito ad aspettare fino all'indomani per dirle che gli dispiaceva.

Scrisse velocemente. Nei suoi piani, doveva trattarsi di un breve messaggio, ma una volta che ebbe cominciato, non riuscì a trattenersi. Nel messaggio c'erano numerosi errori, ma la foga gli impedì di correggerli.

Eagle: Mi dispiace. Nn volevo dire qulle cose. Ero preoccupto perte ed è chiaro che mi sono spiegato da schifo. Dovevo slo abbracciarti e dirti che ero felice che stavi bne. Non sei stupida. Cazz sei la persona più intelligente che conosca. Sono io lostupido. Ti prego perdonami lasciami rimediare. Io vedo te flower, e vedo la persona più forte che conosco. SONO uno stronzo. Per favore fammi sapere quando arrivia casa.

Spinse *Invio* e chiuse gli occhi. Gli venne un nodo allo stomaco. Sapeva del passato di Taylor, di ciò che lei provava quando veniva screditata a causa del disturbo che aveva; eppure lui l'aveva trattata in quel modo. In sua difesa, avrebbe potuto dire che lo aveva fatto perché era in ansia e fuori di testa, ma non era certo quella l'impressione che aveva dato a Taylor.

Riprese a camminare su e giù. E se lei non avesse più voluto parlargli? Se non lo avesse più voluto nella sua vita?

Di solito, Eagle non era tipo che si faceva prendere dal panico; il suo passato nelle Delta Force aveva praticamente eliminato quella possibilità. Ma ciò che sentiva in quel momento era panico bello e buono.

Lui aveva *bisogno* di Taylor nella sua vita. Non riusciva nemmeno a immaginare di non parlarle ogni giorno.

In un modo o nell'altro, doveva rimediare, anche se al momento non aveva la più pallida idea di come riuscirci.

"Merda!" gridò mentre si gettava su una poltroncina. Tenne ben saldo il telefonino, pregando che lei gli rispondesse presto, facendogli sapere di essere a casa.

———

Brett era seduto nel suo seminterrato e fissava la foto del foglio con i dati dell'assicurazione di Taylor Cardin. Era stata davvero una occasione spassosa per lui. Ridacchiò, pensando al nome con cui si era presentato. Thanatos. Taylor probabilmente non aveva idea che quel nome significasse "colui che porta morte." A Brett sembrava una scelta appropriata.

Era ora di procedere con il piano.

Aveva in mente molti altri incontri "casuali" con la sua Taylor.

Il fatto che lei avesse un ragazzo decisamente non lo entusiasmava. Gli complicava un po' le cose. Aveva contato sul fatto che nessuno si accorgesse della scomparsa di Taylor, il che gli avrebbe dato un sacco di tempo per giocare con lei e poi per seppellire il suo cadavere in uno dei tanti parchi regionali che si trovavano in Indiana. Ma se il tipo con cui Taylor usciva avesse denunciato la scomparsa della ragazza, i tempi del suo piano si sarebbero drasticamente ridotti.

No. Col cazzo.

Taylor era *sua*.

Nessuno poteva scoprirlo. Lei non sarebbe stata in grado di descriverlo al suo ragazzo. Un paio di volte, Brett l'aveva vista in compagnia di un uomo, ma per qualche sciocca ragione, non aveva sospettato che tra loro ci fosse del tenero. Si trattava solo di agire con più prudenza, da quel momento in poi, di assicurarsi che quel tizio non lo vedesse mai. I suoi incontri con Taylor sarebbero dovuti avvenire nei momenti in cui lei era sola.

Avrebbe funzionato.

Non ci sarebbero stati problemi, il fine settimana successivo, quando lui si sarebbe presentato al Centro per la cura delle demenze senili dove lei faceva volontariato tutte le domeniche. Lì era sempre sola. Ci restava tre ore, poi se ne andava. Brett era già stato in quel posto disgustoso all'inizio della settimana e aveva fatto un sopralluogo.

Un altro passo verso la rovina mentale della piccola Taylor. Non stava nella pelle al pensiero del momento in cui, una volta che lei fosse stata sua, lui le avrebbe detto di tutte le volte che si erano già incontrati.

Guardò dietro di sé, verso il giaciglio che aveva allestito per Taylor, e sorrise. Riusciva già a immaginarla lì, in catene, che piangeva e lo supplicava di lasciarlo andare... come prima di lei avevano fatto tutte le altre. Lui le avrebbe fatto credere che l'avrebbe accontentata, ma non sarebbe andata mai più da nessuna parte.

Poteva quasi sentire tra le mani il tepore del collo di

Taylor mentre lui la strozzava, vedere quegli occhi che si gonfiavano, ascoltare il respiro affievolirsi. Lei si sarebbe dimenata sotto di lui, incapace di liberarsi dalla sua presa. L'avrebbe portata alle soglie del soffocamento, per poi concederle un altro po' di vita. L'avrebbe tenuta in pugno. Il terrore nei suoi occhi... sarebbe stato delizioso.

Brett si eccitò. Si alzò dalla scrivania e andò a sdraiarsi nella brandina che avrebbe accolto Taylor. Si abbassò la cerniera dei pantaloni e cominciò a masturbarsi, gli occhi rivolti alle fotografie sul muro. Le undici donne con cui si era divertito gli restituivano lo sguardo. Presto la fortunata numero dodici le avrebbe raggiunte. Taylor. Alla vista di quelle foto, lei avrebbe capito cosa la aspettava e Brett si sarebbe beato della paura che l'avrebbe assalita.

Venne ripensando al terrore che avevano provato le sue ospiti. Era stato *lui* a decidere quanto a lungo avrebbero vissuto e quando sarebbero morte. Non c'era niente di meglio che avere il controllo sulla vita altrui. Era una sensazione che non aveva mai provato nel mondo reale, ma lì, nel mondo che si era creato nel suo seminterrato, era la regola.

L'eccitazione provocatagli da quei pensieri era insostenibile e Brett si ritrovò con la mano ricoperta di sperma.

"Donald?" chiamò sua madre dal pianterreno.

Disgustato, aggrottò la fronte. Donald era suo padre, che era morto più di vent'anni prima. Odiava quella situazione patetica. Ma non poteva uccidere sua madre. Prima di tutto, non gli avrebbe procurato alcun piacere. E poi aveva bisogno della sua pensione e degli assegni di invalidità.

Avrebbe tenuto in vita quella vecchia pazza il più a

lungo possibile e nel frattempo se la sarebbe spassata a modo suo.

Si richiuse i pantaloni, si pulì la mano sulla branda e poi si alzò in piedi, divertito all'idea che Taylor si sarebbe sdraiata sul suo sperma. Con un sorriso soddisfatto stampato in volto, Brett salì le scale per gestire sua madre; le avrebbe dato qualche medicina per stenderla, poi sarebbe tornato di sotto a fantasticare sulla sua Taylor.

CAPITOLO OTTO

La mattina seguente, Taylor riusciva a malapena ad aprire gli occhi, gonfi da un pianto che era durato tutta la notte. Il suo era stato un sonno intermittente, continuamente interrotto dagli incubi.

Allungò una mano e prese il telefono per leggere ancora una volta il messaggio di Eagle... si rese conto di aver avuto una reazione eccessiva. Sì, le parole di Eagle l'avevano ferita, ma invece di ammetterlo e di parlarne con lui, Taylor gli aveva detto cose che non pensava veramente e poi era scappata via come una bambina.

Si era anche rifiutata di rispondere al messaggio, rassicurandolo che era tornata a casa sana e salva. Ma ora, rivedendo l'accaduto sotto la luce del mattino, non si sentiva affatto di aver "vinto"; piuttosto, si sentiva uno schifo: in colpa per averlo fatto preoccupare tutta la notte, probabilmente; imbarazzata per aver avuto una reazione tanto impulsiva, quando invece sarebbe stato meglio spiegare a Eagle cosa l'aveva ferita.

Aveva mal di testa e sapeva bene che non sarebbe riuscita a lavorare finché non avesse fatto il possibile per sistemare la situazione con Eagle. Si alzò a fatica dal letto e si diresse in bagno per una doccia. Avrebbe potuto scrivergli, ma preferiva parlargli faccia a faccia, per dirgli di persona quanto le sue parole l'avessero fatta soffrire, ma anche per rassicurarlo che era disposta a perdonarlo.

Voleva che Eagle facesse parte della sua vita. Gli avrebbe dato un'altra possibilità, perché era convinta che lui fosse dispiaciuto per quello che le aveva detto.

Dopo la doccia, Taylor si sentiva leggermente meglio. Si mise un paio di jeans e una vecchia e comoda felpa. Si spazzolò i capelli, ignorando le bizze dei propri riccioli, che sembravano più ingovernabili del solito.

Mentre andava in cucina, recuperò il telefono. Il piano era di fare colazione e poi trascinarsi all'appartamento di Eagle. Se non l'avesse trovato lì, avrebbe provato alla Silverstone.

Nel momento in cui aprì il frigorifero, qualcuno bussò alla porta.

Immobile e quasi esitando persino a respirare, Taylor non poté non ripensare alle parole di Eagle. Che fosse quel tizio che le aveva detto di chiamarsi Thanatos, venuto lì per farle del male? Era un pensiero assurdo, ma ora che quell'idea le era stata inoculata nella testa, doveva ammettere che il giorno prima si era *davvero* comportata da stupida. Taylor non riusciva a muoversi.

Era troppo presto per ricevere una visita. Chi poteva andare a trovarla alle sei e mezza di mattina?

Taylor fissava la porta dall'altra parte della stanza come se stesse per sparire magicamente, lasciandola faccia a faccia con un assassino armato d'ascia. Ebbe un sussulto quando il telefono che teneva ancora in mano vibrò.

Lo guardò rapidamente, pronta a rifiutare la chiamata, nel timore che chiunque fosse al di là della porta potesse sentire la vibrazione.

Invece, sbatté più volte le palpebre, sorpresa dal messaggio che aveva appena ricevuto.

Eagle: Flower, sono io. Sono fuori da casa tua. Sei sveglia? Fammi entrare, per favore.

Che ci faceva Eagle lì a quell'ora del mattino? Cavoli... forse c'era un problema serio? Che dovesse partire per una missione? Se fosse stato così, Taylor non poteva impuntarsi e non aprirgli; sarebbe stato un comportamento infantile e non se lo sarebbe mai perdonato. E poi aveva già deciso di cercarlo e parlare con lui.

Richiuse il frigorifero e corse alla porta, poi guardò dallo spioncino. Era un'abitudine sciocca: naturalmente, non avrebbe comunque riconosciuto nessuno. L'uomo al di là della porta non brandiva alcuna ascia insanguinata e continuava a passarsi una mano tra i capelli proprio come faceva Eagle.

Aprì leggermente la porta, senza togliere la catena di sicurezza. "Eagle?"

"Sì, Flower, sono io. Possiamo parlare?"

Senza rispondere, lei richiuse la porta, tolse la catena e riaprì, invitando con un gesto Eagle a entrare.

Aveva le spalle piegate in avanti e le sembrò tanto stanco quanto lo era lei.

Appena si chiuse la porta, Taylor disse "Mi dispiace."

Lui disse la stessa cosa, nello stesso momento.

Si guardarono per un istante, poi, quasi fossero d'accordo, fecero un passo l'uno verso l'altra e si abbracciarono.

Essere tra le braccia di Eagle la fece stare benissimo, anche perché lei era cosciente del fatto che era stata sul punto di perderlo.

"Mi dispiace," ripeté lui con la bocca premuta contro i capelli di Taylor. Sono stato un idiota e avevi tutte le ragioni di farmelo notare."

Taylor scosse la testa, ma restò nell'abbraccio: averlo lì le piaceva troppo. "No. Io avrei dovuto restare lì a parlare con te, invece di fare la bambina viziata e scappare insultandoti."

Fu Eagle a scostarsi per primo. "No. Avevi ragione tu. Non lasciare più che io ti tratti così Chiamami stronzo, vattene, fa' quello che devi fare... ma non restare mai lì ad ascoltare le mie offese."

Taylor deglutì con fatica, poi ammise: "In effetti, mi *hai* offesa."

"Lo so," disse Eagle senza esitazioni. "È la ragione per cui stanotte non ho chiuso occhio. Continuavo a riascoltare le mie parole, a rivedere l'espressione sul tuo viso. Tanto valeva che ti dessi uno schiaffo, visto il male che ti ho fatto. Non me lo perdonerò mai."

"Beh, sarà meglio che ti perdoni," ribatté lei con fermezza, "perché in fondo avevi ragione: *sono stata* una stupida. Ho dato a quel tipo il mio indirizzo senza chiedergli il cognome, la targa... niente di niente. Sarebbe una mossa stupida anche per una donna normale, figuriamoci per me."

"Tu *sei* una donna normale," puntualizzò Eagle.

Taylor fece cenno di no. "Niente affatto. Ma va bene

così. Sono diversa e mi ci è voluto un sacco di tempo per accettarlo, ma ora so che è un fatto. Il mio cervello non si riparerà da solo, come per magia. Non mi sveglierò un bel mattino, capace improvvisamente di riconoscere te o qualcun altro. Ho provato con diverse terapie, da piccola, ma nessuna ha funzionato. Devo stare più attenta a quello che mi succede intorno. Non sono tutte brave persone come te e i tuoi amici. Migliorerò."

Eagle restò a fissarla in silenzio così a lungo che lei si innervosì. "Eagle?"

Lui scosse la testa. "Stavo solo cercando di capire come puoi essere tanto tollerante," disse. "Ero pronto a strisciare davanti alla tua porta per ore, solo per fartela aprire."

"Mi hai ferito," chiarì Taylor, "ma stiamo cercando di voltare pagina. Gli amici fanno così, giusto?"

Lui si acciglò per una frazione di secondo. "Giusto," rispose con un tono di voce che per Taylor restò indecifrabile.

"Non voglio perderti," ammise lei. "Mi piace averti nella mia vita, parlare con te e batterti a flipper. Mi piacciono i tuoi amici e ammiro quello che fate. Se voltassi le spalle a tutti quelli che mi feriscono, mi ritroverei più sola di quanto già non lo sia. Devo imparare a perdonare ed evitare di portare rancore."

"Visto che non rispondevi al mio messaggio, la notte scorsa, sono venuto qui in macchina," le confessò Eagle. "Volevo essere sicuro che fossi arrivata a casa sana e salva. Ho visto la tua macchina parcheggiata e una luce accesa in casa. Allora ho pensato che potevo andarmene a dormire, ma poi continuavo a rivedere il tuo viso; sapere quanto ti avevo fatto soffrire mi ha tenuto sveglio tutta notte."

"Hai guidato fino a qui?" gli chiese Taylor incredula.

"Già."

"Wow, ok... probabilmente è uno dei gesti più carini che qualcuno abbia mai fatto per me."

Eagle emise un suono a metà tra un fischio e uno sbuffo. "Se quello è tra i gesti più carini, dovrò impegnarmi a farne di più."

Si sorrisero a vicenda e Taylor si sentì come se le avessero tolto un peso dalle spalle.

"Come ti senti stamattina?" le chiese Eagle. "A parte la stanchezza e il mal di testa, intendo."

"Come sai che ho mal di testa?"

"Si capisce dalle smorfie di dolore che fai quando incroci con lo sguardo la luce che viene dalla cucina. Inoltre hai gli occhi gonfi, quindi è chiaro che ieri ti ho fatto piangere."

La capacità che lui aveva di leggerla la affascinava. "Ho preso un analgesico," gli disse. "Passerà."

"Ti fa male il collo?"

"Meno di quanto mi aspettavo," lo rassicurò. "Ma sto morendo di fame, ieri sera non ho mangiato nulla."

"Nemmeno io. Quindi mentre venivo qui mi sono fermato da Dancing Donut a fare scorta di ciambelle."

Taylor sorrise allegramente. "Sì? Adoro quel posto!"

"Lo so," disse Eagle. "Dammi due minuti, faccio un salto in macchina a prendere le ciambelle. Torno subito."

Si avviò prima che lei potesse offrirsi di aiutarlo.

Taylor andò in cucina, sospirando soddisfatta e provando un sollievo che avrebbe fatto fatica a comunicare con le parole. Prese due bicchieri e li riempì di succo d'arancia, poi accese la macchina del caffè. Quando Eagle tornò da lei, il caffè era pronto.

Le mostrò non una, ma ben due confezioni e Taylor,

prendendole, spalancò gli occhi: "Wow, Eagle... ma quante ciambelle hai preso?"

"Due dozzine. Ho pensato che dopo avrei portato alla Silverstone quelle che non ti piacciono."

"No, no. Mi piacciono *tutte*," ribatté Taylor. Adorava le ciambelle. Cercava di tenersene alla larga perché quando le mangiava non riusciva a controllarsi. E Dancing Donut era in assoluto la sua pasticceria preferita.

Eagle ridacchiò, si allontanò di un passo dal tavolo dove Taylor aveva appoggiato le confezioni e alzò le mani in segno di resa. "Lungi da me l'idea di mettermi tra una donna e le sue ciambelle."

"E vedi di ricordartelo!" scherzò Taylor, con un dito puntato contro di lui.

Eagle le afferrò la mano e la tirò a sé. Le mise un braccio intorno alla vita e l'altra mano appena sotto le spalle, laddove ricadevano i riccioli. Lei alzò gli occhi per guardarlo.

"Grazie per avermi perdonato," le disse serio. "Faccio tesoro della nostra amicizia e mi detestavo per averti detto quelle brutte cose."

Taylor si leccò le labbra e notò che lo sguardo di Eagle seguì il movimento, prima di tornare ai suoi occhi. Il desiderio che lui la baciasse era forte, ma d'altronde lei non voleva fare nulla che mettesse a rischio la tregua a cui erano giunti. "Non sei uno stronzo," le disse.

"Sì che lo sono, ma sono contento che tu pensi il contrario," ribatté lui.

"Ti va... ti va di fermarti un po' qui?" gli chiese con una certa titubanza. "Ora che ci siamo chiariti, credo che riuscirò a lavorare un po'. Temevo di dover passare la mattinata a rintracciarti per scusarmi e sistemare le cose tra di noi. Ma ora posso concentrarmi sulle correzioni; poi, se non devi lavorare, magari possiamo andare alla Silverstone a fare qualche partita a flipper." Si rendeva conto che stava parlando a macchinetta, ma non riusciva a fare diversamente. Lì, tra le braccia di Eagle, Taylor era in ansia: aveva paura di mostrargli, con una parola o con un gesto, quanto voleva che tra di loro sbocciasse qualcosa di più di un'amicizia.

"Avresti cercato di rintracciarmi?" chiese lui.

Taylor annuì.

"Sarei felice di restare," le disse. "Posso farmi un pisolino sul divano, mentre tu lavori. Per te va bene?"

"Benissimo," rispose Taylor.

"Hai intenzione di andare al Centro per la cura delle demenze senili, questo weekend?" chiese Eagle di punto in bianco.

Taylor sbatté più volte le palpebre. Lui la teneva ancora stretta, così lei non poteva nascondere la confusione a quella domanda. "Credo di sì... Perché?

"Pensavo che potrei venire con te."

Taylor corrucciò la fronte e sentì un nodo formarsi nello stomaco. "Uhm... Non sono sicura... È una cosa molto personale, Eagle." Detestava dirgli di no, ma, qualsiasi fosse la ragione, non si sentiva pronta ad abbassare del tutto la guardia con lui. Gli anziani a cui andava a fare visita al Centro avevano delle similarità con lei, il che la faceva sentire molto esposta emotivamente."

"Va bene," disse Eagle: il fatto che lui fosse così comprensivo la fece sentire ancora più in colpa.

"È che... Non voglio dire che non potrai mai venire,

ma…" La voce si affievolì. Non era nemmeno sicura del perché provasse tanta riluttanza all'idea che lui la accompagnasse al Centro, quel fine settimana.

"Capisco. Ieri sera ho messo a dura prova la fiducia che hai in me. Rimedierò, Flower, te lo giuro. Ti convincerò che puoi ancora fidarti di me, fosse anche l'ultima cosa che faccio."

Chinò il capo e la baciò con delicatezza sulla fronte, poi la lasciò andare. Alzò il coperchio di una delle scatole di ciambelle, ne afferrò una, diede un gran morso e si avviò verso il divano.

Taylor fece un profondo respiro. Non avrebbe rimuginato su quella faccenda. Eagle era lì con lei, si erano perdonati a vicenda e si sarebbero lasciati alle spalle il litigio. Inoltre, aveva un sacco di ciambelle. Un giorno che iniziava con una ciambella era sempre un buon giorno.

Taylor portò a Eagle un bicchiere di succo d'arancia e una tazza di caffè, lui accettò con un sorriso. "Grazie."

"Prego."

"Se preferisci che vada, basta che tu lo dica."

"No! Niente affatto," si affrettò a dire Taylor. "Sono contenta che tu sia qui. Prima, quando hai bussato, mi sono spaventata; mi sono immaginata che alla porta ci fosse un uomo con un'enorme ascia."

Eagle ebbe un sussulto. "Mi dispiace."

"Non ti devi scusare," ribatté lei con fermezza, "avevi ragione: lasciare il mio indirizzo al tizio che mi ha tamponato è stato quanto di più stupido potessi fare. Ora dovrò essere più prudente del solito. Hai fatto bene a farmelo notare… ma passiamo oltre. Sono contenta di averti qui, Eagle. Davvero."

"Ok. Ora dormirò un po'. Tu fai pure quello che devi fare; quando vuoi che vada, batti un colpo."

"Non voglio che tu te ne vada," disse lei. Di certo, Eagle aveva percepito la nota di desiderio nel tono della risposta, ma si limitò ad annuire. Poi addentò l'ultimo boccone di ciambella e si mise comodo sul divano, appoggiando la testa al cuscino sopra lo schienale.

Lieta che lui fosse lì, Taylor si sedette al tavolo della sala da pranzo e aprì il testo di storia americana. Non le mancava molto a finire quel lavoro, il che era una buona notizia, visto che aveva già ricevuto il progetto successivo: un manoscritto di trecento pagine che qualcuno voleva pubblicare.

Non riusciva a togliersi dal volto quel sorriso sciocco. Si era svegliata sentendosi uno straccio, ma ora era al settimo cielo. Aveva fatto pace con Eagle, tutto il resto non contava.

———

Più tardi, nel pomeriggio, Eagle portò Taylor all'Assistenza Silverstone. Per il fine settimana, Archer aveva preparato il polpettone, così si gustarono un ottimo pranzo nel primo pomeriggio; stavano giocando a flipper, quando arrivarono Bull, Smoke e Gramps.

"Dobbiamo parlare," disse Bull rivolto a Eagle, il quale capì subito che c'erano guai in vista.

Si voltò verso Taylor, che fece un cenno verso il bunker. "Va' pure, io me la caverò."

"Sicura?"

"*Sì*, Eagle. Sto bene. Andrò di sopra a vedere se c'è qualcuno con cui chiacchierare un po'. Se non c'è nessuno, guarderò la TV o cose del genere. Magari faccio un piso-lino, visto che la notte scorsa non ho dormito bene. Il punto è che non c'è bisogno che tu stia con me ogni minuto. Tu e i ragazzi avete del lavoro, quindi andate pure a lavorare."

Eagle non riuscì a trattenersi, le mise un braccio intorno alle spalle e la strinse a sé per un breve istante. "Grazie per la comprensione, Tay."

"Ehi, non impedirò certo a voi supereroi di salvare il mondo. Avanti, andate a fare quello che dovete fare."

Eagle le fece un cenno con il capo, si avviò con i suoi amici nel bunker e appena la porta fu chiusa dietro di loro, chiese: "Che succede?"

Bull prese una sedia e si sedette, allungando a Eagle un plico di carte. "Hai presente il caso a Timor Est che teniamo sott'occhio da un po'?"

"Sì, ci sono novità?" chiese lui, mentre tutti prende-vano posto al tavolo.

"È il momento di entrare in azione," gli rispose Gramps.

"Il capo dei ribelli che hanno tentato il golpe l'anno scorso è da mesi una spina nel fianco del governo," spiegò Bull. "Tutti pensavano che i disordini sarebbero cessati, una volta che i ribelli avessero desistito o fossero stati in gran parte imprigionati o uccisi. Ma tra di loro c'è una fazione che *non* ha intenzione di mollare. Nella capitale, stanno adottando una nuova tattica: anziché attaccare i membri del governo, ora prendono di mira civili."

"Cosa intendi con *prendere di mira?*" chiese Eagle. "Se la prendevano già con i civili, no?"

"Sì, ma... ricordi quella donna americana che avevano preso in ostaggio e obbligato a combattere per loro?

Quella che era a Timor Est a fare volontariato?" gli domandò Gramps.

"Sì. Poi un bel giorno è riapparsa nella California del sud. C'erano diverse teorie su come fosse riuscita a fuggire dai suoi rapitori... Noi abbiamo pensato che fosse stata liberata da un reparto speciale dell'esercito," rispose Eagle.

"Esatto," confermò Bull. "Lei non ha mai rilasciato dichiarazioni. Nell'interrogatorio fattole dall'FBI, di cui Willis ci ha fornito una copia, ha spiegato dettagliatamente cosa ha subito e cosa era stata costretta a fare. Ma era nelle mani di un gruppo piuttosto piccolo e noi abbiamo pensato che i ribelli alla fine avrebbero desistito e sarebbero tornati nelle loro campagne. Ora pare che stiano cercando di ricostituire un esercito. Massacrano famiglie intere e obbligano donne e bambini ad arruolarsi con loro. Ci sono arrivate storie orribili su quello che sta succedendo laggiù e..."

"...e Willis vuole che andiamo sul posto a tagliare la testa al serpente," concluse per lui Eagle.

Gli altri tre annuirono. "Il leader dei ribelli è a Dili, la capitale. Sappiamo dove lui e i suoi scagnozzi si nascondono. Willis è convinto che se eliminiamo lui, i suoi sostenitori perderanno la voglia di combattere. Lo credo anch'io," disse Smoke.

"Lo crediamo tutti," precisò Gramps con un cenno del capo.

"Quando si parte?" chiese Eagle; al pensiero di tutti quegli innocenti coinvolti in una lotta per il potere che i ribelli erano comunque destinati a perdere, gli ribolliva il sangue nelle vene.

"Volevamo prima accertarci che tu fossi d'accordo," disse Smoke. "Dobbiamo ancora studiare la pianta della città e organizzare la logistica del viaggio, ma secondo me possiamo partire fra un paio di giorni."

Domenica. Tanto meglio che Taylor non lo volesse con lei al Centro dove sarebbe andata a fare volontariato. Eagle doveva ammetterlo... gli dispiaceva che lei preferisse andarci da sola, ma la capiva. Però in quel momento fu sollevato dal fatto che lei avesse rifiutato la sua compagnia; significava che non avrebbe dovuto rimangiarsi le sue stesse parole e deluderla dicendole che dopo tutto non avrebbe potuto accompagnarla.

"Sarò pronto," confermo con determinazione.

"Bene. Ora vediamo sulla mappa com'è distribuita la città," disse Gramps, aprendo sul tavolo una grande mappa di Dili.

———

Tre ore più tardi, i quattro uscirono dal bunker e salirono le scale. Il sole stava per tramontare e all'Assistenza Silverstone c'era stato un cambio di turno. Eagle diede un'occhiata nel salone principale, ma non vide Taylor.

"Sta dormendo," gli disse Leigh. "Credimi, quella ragazza potrebbe dormire nel mezzo di un tornado. Prima qui tutti parlavano a voce alta, ma lei è andata in una delle camere e si è buttata sul letto senza nemmeno chiudere la porta. Non si è più mossa da allora."

Eagle sapeva che la ragione di tanta stanchezza era una notte praticamente insonne. Lui era riuscito a farsi una dormita decente in mattinata, mentre Taylor lavorava, ma lei no; perciò era crollata, reduce da una nottataccia e da una lunga giornata.

"Grazie, Leigh," disse Eagle, notando con piacere che

la donna portava al petto la targhetta che Skylar aveva dato a lei come a tutti gli altri dipendenti. Nessuno si era lamentato di doverla portare; tutti avevano ormai preso l'abitudine di metterla appena entravano in ditta.

Eagle camminò lungo il corridoio senza fare rumore e raggiunse la stanza dove riposava Taylor. Dormiva su un fianco, con un braccio in fuori, come se stesse cercando di afferrare qualcosa; l'altro braccio era piegato sotto al cuscino.

A Eagle non piaceva l'idea di svegliarla, ma voleva riportarla a casa. In realtà, moriva dalla voglia di portarsela a casa *sua*, farla dormire nel suo letto; ma visto che si erano appena riappacificati dopo la loro prima lite, pensò che fosse meglio adeguarsi al ritmo a cui lei mostrava di voler procedere.

Le voleva un bene dell'anima. Non pensava che correre il rischio di perderla a causa della propria superficialità lo avrebbe fatto stare tanto male.

"Taylor," la chiamò pianissimo, sedendosi vicino alle sue gambe; lei le mosse leggermente verso di lui, senza cambiare posizione. "Flower, svegliati," le disse. Le posò una mano sulla spalla e la scosse leggermente.

Le palpebre di Taylor tremolarono, poi gli occhi si aprirono in due sottili fessure.

"Ehi, Flower, bisogna che ti porti a casa."

"Finita la riunione?"

"Sì."

"Andata bene?"

"Tutto come previsto," Eagle rispose in tutta onestà.

"Partite?"

Lui sbatté le palpebre, sorpreso dalla sua perspicacia. "Sì."

"Quando?" chiese lei.

"Domenica. La mattina, sul presto, probabilmente."

"Ma è dopodomani," disse lei con tono lamentoso.

Taylor aveva ancora la voce impastata dal sonno; Eagle voleva sorridere, ma si limitò a commentare: "Proprio così."

"Cavoli... So che ti avevo detto di no, ma è stato perché mi avevi preso in contropiede. Non mi dispiacerebbe se venissi con me al Centro," gli disse. "Credo che mi sentirei meno vulnerabile se ci fossi anche tu. Di solito mi ci vuole fino alla domenica sera per sentirmi di nuovo normale. Beh, sì... normale per i miei standard. Ma con te al mio fianco, riuscirei a ritornare in fase in meno tempo."

Quelle parole significavano moltissimo per lui. "Posso tenere buono l'invito per la prossima volta?" le chiese.

"Certo." Taylor si alzò spingendosi su con un braccio. Lui era ancora seduto sul letto, il che le impediva di spostare le gambe. "Io sono pronta per andare, se lo sei anche tu."

Eagle le scostò qualche ricciolo dalla fronte.

"Eagle?" lo chiamò con voce incerta.

Lui si alzò, dopo aver fatto un profondo respiro, e le tese la mano. "Andiamo, Flower, ti porto a casa."

Taylor afferrò la mano e si lasciò tirar su. "Ho parlato con alcuni dei tuoi autisti, mi hanno consigliato di portare l'auto alla Autovetture Stanley; pare sia la migliore carrozzeria della zona."

"È vero, me ne occuperò io domani."

"Non serve, posso farlo io," disse lei. "Probabilmente avrai un sacco di cose da preparare prima della partenza."

Non aveva tutti i torti, l'indomani lui avrebbe avuto

molto da fare; ma poteva trovare il tempo di portarle la macchina da Stan. "Non c'è problema, Tay."

"Ok, grazie, lo apprezzo."

"Stan ti darà una macchina sostitutiva da usare mentre ripara la tua. Anche se penso che non ci vorrà molto a sostituire il paraurti... sempre che non ci siano altri danni. Se finirà il lavoro prima che io sia di ritorno, ti chiamerà, così potrai andare a riprenderti la tua auto. Puoi pagare per la riparazione?" le chiese con una qualche titubanza.

"Sì. Immagino tu dia per scontato che Thanatos non chiamerà l'assicurazione."

Eagle fece una smorfia di imbarazzo.

"Ok, non rispondere," disse lei prima che lui potesse aprire bocca. "Non lo farà. La prenderò come una lezione da imparare."

"Mi spiace che tu l'abbia dovuta imparare in questo modo."

Taylor scrollò le spalle. "Hai un'idea di quanto tempo starete via?" gli chiese.

"Purtroppo no... e non voglio nemmeno fare ipotesi, perché non voglio che ti preoccupi, se dovessero rivelarsi sbagliate."

"Capisco. Non mi piace, ma lo accetto," disse Taylor. "Farete attenzione?"

"Sì," la rassicurò lei, "facciamo sempre attenzione. Non corriamo mai rischi inutili. L'ultima cosa che vogliamo è che uno di noi resti ferito, o peggio. Siamo prudenti. Fidati."

"Va bene." Allora lei gli si avvicinò e gli posò la testa sul petto, abbracciandolo forte. "Mi preoccuperò comunque, non importa quanto cerchi di rassicurarmi," ammise.

Eagle le restituì l'abbraccio. Adorava la sensazione che

provava quando la teneva tra le braccia. Negli ultimi giorni, entrambi erano diventati piuttosto inclini a scambiarsi abbracci e carezze; dopo la pace fatta quella stessa mattina, poi, non avevano perso occasione per cercare il contatto fisico. Non che la cosa a Eagle dispiacesse, anzi...

"Mi farò viva appena torniamo," le disse.

"Ok." Taylor si scostò. "Va bene, andiamo. C'è ancora una ciambella che mi aspetta a casa mia."

"Non mi capacito di quante tu ne abbia mangiate stamattina," scherzò Eagle.

"Sono il mio punto debole, non posso farci niente... e se continui a portarmene a dozzine come hai fatto oggi, sappi che presto sembrerò una balena. Tienilo a mente."

Eagle la seguì lungo il corridoio e lo sguardo non poté non cadergli su quel magnifico fondoschiena rotondeggiante; aveva già fantasticato su come sarebbe stato stringerlo tra le mani con Taylor a cavalcioni sopra di lui.

Se lei pensava di non essere uno schianto di donna, si sbagliava di grosso. Eagle era pronto a portarle ciambelle vita natural durante, se questo fosse servito a mantenere quel sedere così com'era.

"Mi hai sentita?" gli chiese mentre attraversavano la sala principale.

"Certo," la rassicurò Eagle.

"Quel sorrisetto che hai sulla faccia mi agita," gli disse.

"Non dovrebbe. Io voglio solo che tu stia bene," ribatté lui.

Taylor alzò gli occhi al cielo, poi sghignazzò.

La riaccompagnò fin sulla porta di casa. Poi, mentre guidava per tornare a casa, Eagle cominciò a elaborare una strategia per far sì che il loro rapporto diventasse qualcosa di più di un'amicizia. Non gli venne alcun colpo di genio, ma del resto c'era del tempo per pensarci su.

Avrebbe fatto tutto il possibile per non perderla come amica, anche mentre cercava di stringere con lei un legame romantico. Sentiva che stare con Taylor sarebbe stata la cosa migliore che gli fosse mai successa. E non vedeva l'ora che succedesse.

CAPITOLO NOVE

Taylor cercava di non chiedersi dove Eagle e i suoi amici stessero andando e cosa andassero a fare. Beh... cosa andassero a fare lo sapeva, ma ciò non faceva che renderla ancora più ansiosa. Razionalmente, si ripeteva che i quattro dovevano cavarsela molto bene a infiltrarsi in altri paesi per eliminare criminali, ma dentro di sé, la sola idea la spaventava a morte.

In passato, aveva pensato molto alle sue visite al Centro per la cura delle demenze senili. Di certo, la domenica avrebbe preferito starsene a letto con le coperte fin sopra la testa; ma se lei non fosse andata a far visita a quegli anziani, chi altri l'avrebbe fatto? Al Centro, c'era un uomo che non riceveva nessun'altra visita a parte la sua e c'era una donna a cui i figli facevano visita solo una volta al mese. Era vero che quegli anziani non riconoscevano più i loro stessi famigliari, né riconoscevano lei, del resto. Ma Taylor si sarebbe sentita in colpa se non ci fosse andata.

Per la centesima volta, quella domenica, pensò che avrebbe voluto Eagle accanto a sé. Chissà cosa le era passato per la testa, quando gli aveva detto che preferiva andare al Centro da sola. Averlo lì avrebbe reso la visita al Centro molto più semplice. Eagle trovava sempre il modo di sfoltire i pensieri negativi che le si affollavano in testa e riusciva a convincerla che la sua vita non ruotava intorno al disturbo di cui soffriva. Ora stava provando a crederci.

Eccola lì. Fuori dal Centro, seduta dentro l'auto sostitutiva che le avevano dato in attesa che la sua fosse riparata.

Contemplare il futuro era un compito che le faceva sempre paura. Fino a un mese fa, il suo futuro era quello che aveva davanti agli occhi in quel momento: avrebbe trascorso la vecchiaia in una qualche casa di cura, accudita da estranei. Perché i medici e gli infermieri che si sarebbero presi cura di lei non avrebbero potuto essere che estranei: *chiunque* fosse entrato nella sua stanza sarebbe stato uno sconosciuto. Per sempre.

Ma dopo aver incontrato Eagle, aveva cominciato a intravedere un barlume di speranza: forse, ma solo forse, quando sarebbe invecchiata ci sarebbe stato *lui* al suo fianco... e quella versione del futuro non le faceva così paura. Sapeva che si trattava di un pensiero ridicolo. Il fatto che qualcuno le fosse amico in un determinato momento della sua vita, non significava che lo sarebbe sempre stato; o che sarebbe stato al suo fianco quando lei ne avrebbe avuto più bisogno. Era una lezione che aveva già dovuto imparare più di una volta.

Ma Taylor non aveva dubbi: se Eagle si fosse impegnato a fare qualcosa per lei, non sarebbe poi venuto meno al suo impegno. Era il suo modo di fare, il suo modo di *essere*.

Facendo un profondo respiro, Taylor aprì lo sportello e scese dall'auto. Era ora di entrare al Centro. Dopo la visita, sarebbe tornata a casa; aveva del lavoro da fare e seppellirsi in un noioso libro di testo l'avrebbe aiutata a non pensare a Eagle, a non chiedersi se lui e gli altri stessero bene.

Appena entrata nel Centro, l'odore di quel posto la assalì. Non era sgradevole, di per sé, lei di certo era stata in luoghi più maleodoranti di quello, ma era comunque intenso. L'aria sapeva di disinfettante e della candeggina che usavano per pulire i pavimenti, con l'aggiunta di un lieve sentore di urina. Alcuni degli ospiti del centro non erano in grado di deambulare e inevitabilmente succedeva che urinassero nelle lenzuola.

Raggiunse la reception. "Salve, sono Taylor Cardin, sono qui come volontaria."

La giovane donna seduta di là dal banco alzò gli occhi dal telefonino. "Ciao. So chi sei, vieni tutte le settimane." Il tono era vagamente irritato. Taylor aveva informato il personale del Centro riguardo alla sua prosopagnosia, ma quella donna sembrava non ricordarsi del disturbo; o forse semplicemente non gliene importava molto.

La receptionist le passò un tesserino per visitatori. "Ecco a te. Conosci già le regole."

Fine della conversazione.

Taylor era seccata. Per la sicurezza degli ospiti, chiunque fosse alla reception avrebbe dovuto fare attenzione a chi entrava nel Centro, anziché trascorrere il tempo a controllare cosa succedesse sui social. Tuttavia, sapendo che lamentarsi non avrebbe giovato a nessuno, Taylor si attaccò il tesserino alla maglia e imboccò il corridoio sulla sua destra. Per prima cosa, sarebbe andata dal signor Clarkson, l'uomo che non riceveva mai altre visite.

Lesse i nomi fuori dalle varie camere e provò sollievo quando vide che il signor Clarkson non era stato spostato in un'altra stanza. A volte succedeva, il che costringeva Taylor ad andare in cerca degli anziani a cui voleva fare visita. Una volta, aveva commesso l'errore di non controllare il nome fuori dalla camera ed era rimasta per mezz'ora a parlare con una donna con cui non aveva mai parlato prima, pensando che si trattasse di un'altra ospite a cui faceva visita regolarmente. Era stata una vera e propria commedia degli equivoci: Taylor era convinta di parlare con un'altra persona e la signora aveva preso Taylor per una sua vecchia conoscenza.

Taylor aprì la porta della stanza e deglutì a fatica per via del forte odore, che nelle camere singole era più accentuato. Per fortuna, ormai lei ci era quasi abituata. Il signor Clarkson sedeva su un lato del letto, lo sguardo fisso al pavimento. Indossava un camice ospedaliero invece dei soliti pantaloni di flanella e maglietta.

"Salve, signor Clarkson," disse Taylor a voce bassa. "Sono contenta di vederla."

"Ellen?" disse lui, voltandosi verso la porta con occhi riaccesi.

Taylor sapeva Ellen era il nome della moglie, che era venuta a mancare due anni prima; il signor Clarkson pensava che chiunque entrasse da quella porta fosse la sua amata da tempo perduta.

"Cosa fa seduto lì?" gli chiese Taylor. Era meglio non dirgli che lei non era Ellen; a ogni modo, anche se si fosse presentata, lui non l'avrebbe riconosciuta.

"Ellen, dove sei stata? Mi sei mancata!" disse il signor Clarkson, porgendole la mano.

Taylor lo raggiunse e gli prese la mano. La pelle era screziata dalla vecchiaia e la presa debole, ma Taylor quasi non ci fece caso. Notò però, con una stretta al cuore, che il dorso della mano era tumefatto. Era chiaro che dall'ultima volta che lo aveva visto gli avevano fatto un'endovenosa. Le sembrava persino più indebolito del solito e il fatto che indossasse il camice contribuiva a preoccuparla.

"Perché non si stende un po'?" gli suggerì Taylor.

"Non lasciarmi solo!" esclamò il signor Clarkson, stringendole la mano e spalancando gli occhi.

"Non la lascerò," lo rassicurò Taylor. "Avanti, si stenda, lo faccia per me."

Lui la accontentò, senza però lasciarle la mano.

Taylor accostò una sedia al letto e si accomodò, appoggiando un gomito al materasso. "Come sta?" gli chiese.

"Non bene, non bene," disse il signor Clarkson. Le raccontò dei problemi che aveva avuto di recente al lavoro e dei capricci che facevano i suoi figli. Taylor restò seduta ad ascoltarlo, limitandosi a emettere suoni di assenso e comprensione, per fargli sentire la sua presenza.

Taylor gli faceva visita da diversi mesi e sapeva che quella dell'uomo era una storia piuttosto infelice. Aveva perso un figlio in un incidente stradale; aveva anche una figlia, che però aveva interrotto i rapporti con lui dopo aver sviluppato una dipendenza dagli antidolorifici; al momento, lei viveva senza fissa dimora, a Los Angeles. Il signor Clarkson non aveva fratelli né sorelle e, dopo la scomparsa della moglie, non c'era nessuno che potesse prendersi cura di lui a casa. Era letteralmente solo al mondo e perciò Taylor provava molta compassione per lui.

Un'ora più tardi, Taylor lasciò andare le dita molli del signor Clarkson, ormai sopito, si chinò su di lui e gli baciò la fronte raggrinzita dalle rughe. Non era sicura di fare una qualche reale differenza nelle vite degli anziani a cui faceva visita, ma le piaceva pensare di sì.

Le altre visite furono più brevi. La signora Allen non era in vena di parlare, il signor Lloyd era troppo agitato per ricevere visite e la donna minuta soprannominata "mammina" dai suoi stessi familiari sembrava interessata solo ai cioccolatini che Taylor le aveva portato, tanto che non disse più nulla dopo averli ricevuti.

I pomeriggi al Centro la mettevano sempre a dura prova, così, prima di tornare a casa, Taylor andava sempre a sedersi all'aperto, per rilassarsi un po'. Il Centro era costituito da un grande edificio di forma quadrata, con le camere disposte in lunghi corridoi lungo i quattro lati, e in mezzo all'edificio c'era un bel giardinetto, dove gli ospiti potevano stare liberamente, senza che gli infermieri dovessero preoccuparsi di eventuali fughe e smarrimenti. Quella domenica, nel giardinetto c'erano un paio di anziani che si godevano la luce del sole, ma Taylor si diresse di proposito lontano da loro. Aveva bisogno di una pausa completa, prima di tornare alla solitudine del suo appartamento.

Si sedette su una panchina e sospirò: avrebbe voluto che Eagle fosse a casa, avrebbe voluto almeno sentire la sua voce al telefono.

Era seduta lì da pochi minuti, quando sentì una voce poco distante: "È dura, vero?"

Alzò lo sguardo e vide un uomo in piedi accanto a lei. Sorpresa per non averlo sentito avvicinarsi, Taylor fece cenno di sì.

"Mi chiamo Jim, Jim Warton," disse lui, offrendole la mano per una stretta.

Taylor non voleva sembrare scortese e gli strinse la mano. Forse fu solo la sua immaginazione, ma le parve che quell'uomo le trattenesse la mano leggermente più a lungo di quanto non prevedesse la buona educazione. Quando lui mollò la presa, Taylor si pulì furtivamente il palmo della mano sui jeans e cominciò ad escogitare un modo per divincolarsi da quella conversazione.

"Posso sedermi?" le chiese Jim.

Lei soffocò un sospiro sul nascere e annuì, sapendo che a quel punto avrebbe dovuto scambiare quattro chiacchiere con quell'uomo.

Quando lui si accomodò accanto a Taylor, lei si rese conto di quanto effettivamente fosse piccola la panchina. Riusciva a percepire il calore corporeo di quell'uomo, cosa che la infastidiva molto.

"È atroce vedere i propri cari ridotti in queste condizioni, non trovi?" le chiese.

Taylor annuì ancora.

"Sei qui per far visita a uno dei tuoi genitori?" domandò Jim.

"No, faccio volontariato," gli rispose lei.

"Davvero? Wow, è bello da parte tua. La maggior parte della gente non vuole avere niente a che fare con questi posti. Sono spaventati dagli anziani che si comportano in modo strambo e non si ricordano niente."

Per qualche ragione, quelle parole le sembrarono offensive. "Non si comportano in modo strambo," ribatté lei. "In genere, sono rimasti nel loro passato e non capiscono bene dove si trovano e perché i loro familiari non sono con loro."

"Hai ragione," concordò subito lui. "Scusa, mi sono espresso male."

A Taylor quell'uscita sembrò tutto fuorché sincera, ma lasciò correre, chiedendogli invece: "E tu perché sei qui?"

"Sto cercando una struttura che possa tenere mia madre," rispose. "Sono anni che mi prendo cura di lei a casa, ma diventa sempre più difficile, sia per me che per lei. È da molto che siamo rimasti solo noi due e... detesto l'idea di portarla in un posto come questo, ma a casa non è più felice."

"Mi dispiace," disse Taylor. Era vero. Quell'uomo le dava una strana sensazione, ma lei era naturalmente portata a empatizzare con chiunque cercasse di prendersi cura di un parente affetto da demenza o dal morbo di Alzheimer.

"Grazie. Mamma è una girovaga: cerca sempre di uscire di casa, il che mi spaventa a morte. Pensa di essere prigioniera. L'ultima volta che è riuscita a scappare si è messa a dire a tutti che io sono una persona orribile e che non vuole più vivere con me."

A Taylor venne la pelle d'oca sulle braccia. Gli anziani a cui faceva visita arrivavano spesso a dire cose piuttosto stravaganti, ma il più delle volte i loro farneticamenti erano basati su ricordi di fatti realmente accaduti nelle loro vite.

In quel momento, Taylor capì fino in fondo la ragione per cui Eagle si era tanto arrabbiato qualche sera prima: aveva temuto per la sua incolumità, dopo che lei aveva lasciato l'indirizzo di casa a un perfetto estraneo. Dandole della stupida, Eagle l'aveva ferita, ma in fondo lei si era comportata da stupida. E in quel momento capì anche che si trovava in un'altra situazione potenzialmente pericolosa.

Non temeva certo che l'uomo seduto accanto a lei stesse per caricarla sulle spalle e rapirla; sarebbe stato impossibile, se non altro perché il giardino non comunicava con l'esterno, circondato com'era dall'edificio su tutti e quattro i lati. Ciò nonostante...

Era con un estraneo che non sarebbe mai stata in grado

di identificare, qualora se ne fosse presentata la necessità. Quel tipo indossava un normale paio di jeans e un'anonima maglietta bianca. Avrebbe potuto essere chiunque. Non aveva alcun segno particolare. Mentre inspirava, nel tentativo di calmarsi, si rese conto che quell'uomo emanava un odore simile a quello che si sentiva dentro al Centro. Candeggina e urina. Taylor si chiese se avesse quell'odore perché era appena stato nell'edificio o perché si prendeva cura della madre a casa.

"Mi dispiace, sembra una situazione difficile," commentò lei con cautela, facendo del suo meglio per scostarsi sulla destra, così che tra i loro corpi non ci fosse più alcun contatto.

"Lo è," confermò Jim. "È per questo che sono venuto a dare un'occhiata a questo posto. Tu fai la volontaria qui... Cosa ne pensi? Com'è lo staff? E la sicurezza? Gli ospiti sono felici? Sono curati bene?"

Taylor non voleva parlargli più. Voleva andarsene. Ma non poteva nemmeno essere troppo sgarbata, non era il suo modo di fare. "Alcuni infermieri potrebbero essere più sensibili," gli disse in tutta onestà. "Ma gli ospiti sembrano felici."

"Mmmh... Va bene. E tu? *Tu* sei felice, Taylor?"

Ok, quel tizio aveva passato il segno. Per quel che riguardava Taylor, la conversazione finiva lì. Avrebbe dovuto congedarsi educatamente nel momento in cui aveva sentito quella strana sensazione.

"Sì," disse lei, poi si alzò. "Scusami, ma devo andare. Spero che trovi un posto adatto a tua madre. Piacere di averti conosciuto." Poi, senza dargli il tempo di replicare, si girò e praticamente corse verso l'entrata più vicina.

Si voltò verso di lui quando raggiunse la porta. Jim, in

piedi accanto alla panchina, vide che lei lo guardava e la salutò con una mano.

Ma fu il sorrisetto sul suo volto che la fece rabbrividire.

Taylor valutò se far visita a un altro ospite del Centro, così da evitare di incontrare di nuovo Jim nel parcheggio o altrove; ma decise di andarsene, voleva solo tornare a casa. Si diresse verso la reception e consegnò il tesserino da visitatore. Si voltò ancora indietro, ma di quel tipo inquietante non c'era più traccia. Si affrettò a raggiungere l'auto e ci si chiuse dentro. Di Jim non c'era nemmeno l'ombra. Uscì dal parcheggio e svoltò nella via principale, tirando un sospiro di sollievo.

"Eagle non fa in tempo ad andarsene che diventi subito paranoica," si rimproverò Taylor ad alta voce mentre guidava verso casa con il piede un po' più pesante del solito. "Va tutto bene. Quel tizio voleva solo fare due chiacchiere."

Come di consueto, se cercava di ricordare i tratti facciali dell'uomo, era come se non riuscisse a metterli a fuoco tutti contemporaneamente, a combinarli in un viso definito.

Quando era piccola, durante una delle terapie che aveva seguito, il medico le aveva suggerito di disegnare ciò che vedeva quando guardava una persona. Taylor aveva così fatto un disegno della sua madre affidataria più recente. L'aveva disegnata alta, magra e con indosso un vestito rosa acceso, visto che alla donna piacevano gli abiti molto colorati. Le aveva fatto i capelli scuri e le unghie lunghe, con lo smalto rosso. Ma all'interno del cerchio che rappresentava la testa non c'era nulla. Niente occhi. Niente naso. Niente bocca. Le era sembrato più facile così: trovava faticoso mettere insieme sulla carta tutte le caratteristiche che lei percepiva come entità separate.

Cercando di ricordare il viso di Jim, provava la stessa cosa. Non vedeva altro che una figura imponente, priva di volto. Quella sensazione la spaventava da piccola; in quel momento, la terrorizzava.

Dopo aver trovato un posto libero nel parcheggio del suo condominio, Taylor chiuse gli occhi ed evocò nella mente Eagle. Anche quella faccia era vuota, ma riuscì a concentrarsi su altre caratteristiche. Il suo profumo fresco. I suoi muscoli tesi durante le partite a flipper. Il modo in cui si passava una mano tra i capelli nei momenti di frustrazione o riflessione intensa. Il suono della sua risata, quando la stuzzicava. Il rumorino che proveniva dal fondo della sua gola quando mangiava qualcosa che gli piaceva.

Probabilmente non sarebbe stato in grado di identificarlo in una fotografia, ma Taylor era certa che se avesse trascorso cinque minuti in compagnia di Eagle e altri uomini di corporatura simile alla sua, lei avrebbe capito quale era il suo amico osservandone i movimenti e sentendone il profumo.

Ma cinque minuti era un tempo troppo lungo. Detestava non essere in grado di riconoscerlo all'istante. Come poteva non riconoscere qualcuno di tanto importante per lei?

Si accorse che i suoi pensieri si stavano incupendo, così fece un profondo respiro e scese dall'auto. A metà strada tra il parcheggio e l'edificio dov'era il suo appartamento, Taylor si fermò improvvisamente, raggelata da un pensiero.

Jim l'aveva chiamata per nome.

Quando si erano stretti la mano, Taylor non si era presentata. La sfuriata di Eagle l'aveva convinta che non era saggio dare informazioni personali a uno sconosciuto, quindi non aveva detto a Jim il suo nome.

Come faceva lui a saperlo?

Il tesserino che le avevano dato all'entrata non era nominativo.

Forse Jim aveva sentito uno degli infermieri che la chiamava? Ma durante il pomeriggio non aveva praticamente parlato con nessuno del personale.

Taylor fu percorsa da un brivido e si guardò nervosamente intorno. Non aveva visto nessuno nel parcheggio, ma non riusciva a scrollarsi di dosso la sensazione di essere osservata. Non aveva idea di che macchina avesse quel Jim. A quel punto, poteva essere chiunque. Forse la stava guardando. Forse la seguiva.

Taylor si rese conto di essere ferma in mezzo al parcheggio, offrendosi come facile preda a chiunque fosse intenzionato a farle del male. Scosse la testa, odiava essere tanto paranoica. Si impose di camminare con calma verso l'entrata.

La sua giornata era finita. Avrebbe passato ciò che ne rimaneva chiusa a chiave nel suo appartamento, al sicuro dai pericoli. In realtà, non riusciva nemmeno a immaginare perché mai qualcuno potesse *volere* il suo male: lei non era nessuno.

Taylor tirò un lungo sospiro di sollievo solo quando chiuse a chiave la porta dell'appartamento. Lì dentro si sentiva protetta. Di solito, le piaceva vivere da sola, le era sempre piaciuto. Ma quel giorno, per la prima volta, si sentiva a disagio. Avrebbe voluto telefonare a Eagle. Il suono della sua voce sarebbe bastato a rassicurarla che stava esagerando.

Ma nel profondo, sapeva che Eagle non avrebbe minimizzato le sue parole. Le avrebbe prese sul serio. La metteva in ansia il fatto che lui non ci fosse e pregò che, qualsiasi fosse la missione che lui e i suoi amici avevano organizzato, finisse al più presto.

———

Brett osservò Taylor fermarsi in mezzo al parcheggio e guardarsi intorno, come se sperasse di avvistare ciò che la rendeva tanto nervosa.

L'aveva seguita e aveva posteggiato l'auto ad alcune file di distanza da quella della ragazza. La loro conversazione era andata esattamente come lui aveva pianificato. Era persino riuscito a toccarla.

Non vedeva l'ora di sfregiare quella pelle tanto morbida, di passarle la lama del coltello lungo il palmo della mano e vedere il sangue affiorare dal taglio. Gli era anche piaciuto sentire il calore della gamba di Taylor contro la sua, anche se Brett non la desiderava sessualmente; ciò che lo eccitava era toccare le sue vittime mentre la loro pelle diventava fredda.

Voleva avere Taylor sotto di lui, metterle le mani al collo e stringere fino a portarla alle soglie del soffocamento, per poi concederle un altro frammento di vita. Più e più volte.

Il suo record era otto: aveva soffocato e poi fatto rinvenire la stessa donna otto volte.

Con Taylor, avrebbe infranto quel record. Gli si induriva solo a pensarci.

L'avrebbe tenuta con sé il più a lungo possibile. Non stava nella pelle al pensiero di prosciugare la vita che animava quegli occhi e poi di resuscitare Taylor e assistere allo spettacolo del terrore che si impossessava ancora di lei, nuovamente consapevole di ciò che le stava accadendo. E con lei avrebbe finto di essere uomini diversi. Uno sarebbe stato il sadico che si sarebbe divertito ad affondarle il coltello nella pelle. Un altro sarebbe stato il boia, quello che la strangolava. Un altro ancora sarebbe stato il buono, quello che la faceva rinvenire.

Voleva sentirla implorare pietà, farle giurare al tipo "buono" che non avrebbe detto niente a nessuno se lui l'avesse aiutata a fuggire dagli "altri".

Taylor non avrebbe nemmeno sospettato che il suo aguzzino era uno, uno solo.

C'erano infinite possibilità di torturarla e Brett era grato per aver trovato una vittima come Taylor, ma sapeva anche che lei non gli sarebbe bastata: avrebbe avuto bisogno di altre come lei.

Finalmente aveva trovato la sua preda perfetta... il divertimento stava per cominciare.

CAPITOLO DIECI

Il telefono di Taylor vibrò e lei si allungò subito per prenderlo, sperando che fosse un messaggio di Eagle che le diceva di essere tornato. Stava cercando di correggere il manoscritto del nuovo libro, ma non riusciva a concentrarsi e accolse con piacere la distrazione.

Skylar: Ciao, Taylor, sono Skylar. Ti va di pranzare insieme?

Taylor non si aspettava che l'amica la cercasse, anzitutto perché nei giorni feriali Skylar di solito era al lavoro, e poi perché, nonostante Skylar le andasse a genio e le due si fossero scambiate il numero di telefono, fino a quel momento si erano viste solo alla Silverstone.

La prospettiva di conoscere meglio Skylar le metteva un po' d'ansia, ma qualsiasi scusa era buona pur di smettere di fare quello che stava facendo: starsene seduta nel suo appartamento a preoccuparsi per Eagle.

Taylor: Certo!

Skylar: Ottimo. Che ne dici del Rosie's Diner? È vicino al garage.

Taylor: L'ho visto passando di lì in macchina, sembra niente male. A che ora?

Skylar: Adesso? :) Muoio di fame. Ma se sei impegnata, possiamo fare più tardi.

Taylor: Va bene adesso. Mi ci vorrà una quindicina di minuti per arrivare lì.

Skylar: No problem. Io vado subito e tengo il posto.

Taylor detestava toccare l'argomento, ma non aveva scelta.

Taylor: Va bene, ma tieni presente che non sarò in grado di riconoscerti tra i clienti seduti.

Skylar: Pensavo di venire verso di te quando entri nel locale.

Taylor tirò un sospiro di sollievo.

Taylor: Grazie.

Skylar: Figurati. A presto!

Taylor inviò un emoticon con il pollice in su e si alzò, poi andò in camera da letto e si mise un paio di jeans e una maglia carina. Quando lavorava al computer, tendeva a indossare pantaloni elasticizzati e maglietta. Si raccolse i riccioli indisciplinati in uno chignon alla buona dietro la nuca, recuperò la borsa e uscì di casa.

Per tutto il tragitto, Taylor si ripeté che Skylar l'avrebbe riconosciuta e si sarebbe avvicinata all'entrata della tavola calda. Per lei, gli appuntamenti erano sempre occasione di stress, non sapeva mai se la persona che doveva vedere fosse già arrivata. Era sempre una situazione imbarazzante, sia per lei che per la controparte. O almeno così pareva a Taylor.

Dopo aver parcheggiato, scese dall'auto, prese coraggio e si diresse verso l'entrata. Non fece in tempo a guardarsi intorno che la raggiunse una donna, la quale però, ragionò

Taylor, era troppo avanti con gli anni per poter essere Skylar.

"Tu sei Taylor?" le chiese.

Lei fece cenno di sì.

"Grande! Io sono Rosie, la proprietaria della tavola calda. Skylar mi ha chiesto di accoglierti all'entrata; ha detto che non potevo sbagliarmi, perché hai una montagna di riccioli bellissimi. E aveva ragione: sono stupendi. Vieni, Skylar è da questa parte."

Taylor si rilassò. Rosie aveva un modo di fare che la mise subito a suo agio, il che di per sé era già molto, visto che Taylor in generale si sentiva a disagio quando era in mezzo a tanta gente.

Rosie le fece strada verso un tavolo in fondo alla tavola calda, dove una donna, vedendola avvicinarsi, si alzò in piedi e sorrise.

"Ciao Taylor, sono Skylar," disse la donna con voce squillante.

Taylor apprezzò la disinvoltura con cui Skylar si era presentata, senza farglielo pesare in alcun modo. Sorprendendo perfino se stessa, Taylor la salutò con un abbraccio. "Grazie per l'invito."

"Grazie a te per essere venuta," ricambiò Skylar.

"C'è un profumino delizioso qui," osservò Taylor.

"Tutto merito di Rosie; è imbattibile dietro ai fornelli," disse Skylar sorridendo alla proprietaria del locale, che era ancora in piedi vicino a loro. "Anche se devo ammettere che Archer le dà del filo da torcere."

"È il tipo che la Silverstone ha assunto come cuoco, vero?" chiese Rosie.

"Già. Ma, seriamente: è così bravo che meriterebbe di aprire un ristorante tutto suo."

"E perché allora non lo fa?" ribatté Rosie incuriosita.

Skylar fece spallucce. "Non lo so."

"Beh, digli che se ha bisogno di qualche dritta su come aprire un locale tutto suo, gliela darò volentieri."

"Sarà fatto," disse Skylar, raggiante.

"Bene. Come se la passano Bull e gli altri?"

Il sorriso di Skylar si incrinò leggermente, ma Taylor ebbe l'impressione di essere l'unica ad averlo notato. "Stanno tutti bene. Sono piuttosto presi dal lavoro, come al solito."

"È da troppo tempo che non si fanno vivi, di' loro che devono riportare le loro chiappe in questo posto al più presto," disse Rosie con tono esigente, senza però riuscire a mascherare l'affetto genuino che provava per i ragazzi della Silverstone. Taylor non poteva certo biasimarla.

"Non mancherò," la rassicurò Skylar.

"Bene, ragazze, vi lascio al vostro pranzo," disse Rosie. "A dopo."

"Grazie," dissero Taylor e Skylar una dopo l'altra, poi si sedettero.

"Scusa se non sono venuta a prenderti all'entrata. Quando sono arrivata qui, Rosie mi ha chiesto perché ero sola e come stava Bull e... mi ha fatto talmente tante domande che ti ho usata come diversivo. Lei si è offerta di aspettarti e accompagnarti al tavolo e io ho accettato."

"Va più che bene, sembra una donna molto simpatica."

"Oh, sì," confermò Skylar. "Bull mi ha portata qui al nostro primo appuntamento."

"Davvero?" chiese Taylor.

"Sì. Molto meglio di un ristorante chic."

"Condivido."

La cameriera arrivò al tavolo, interrompendole. Ordinarono subito da bere e si presero qualche minuto per decidere cosa mangiare. Taylor diede una scorsa al menù, Skylar le diede qualche consiglio, ma le disse anche che era tutto delizioso. Alla fine, Taylor optò per un sandwich con pancetta, lattuga e pomodoro con una porzione di patatine fritte, mentre Skylar prese hamburger e insalata.

Quando la cameriera si allontanò di nuovo, Skylar si appoggiò sui gomiti, si sporse in avanti e le chiese, sorridendo: "Allora... cosa c'è tra te e Eagle?"

A Taylor quasi andò di traverso la sorsata di tè freddo che aveva appena bevuto, ma la sincerità e l'emozione che vide nell'espressione di Skylar le impedirono di essere scortese e dirle di farsi gli affari propri. E poi non era così che funzionava tra amiche? Pettegolezzi e confessioni sulle rispettive vite amorose? Taylor non ne era del tutto sicura, visto che una vera amica non ce l'aveva mai avuta, ma certo non voleva alzare un muro tra sé e Skylar.

Appoggiò lentamente il tè sul tavolo e alzò le spalle. "Io ed Eagle siamo amici," rispose.

Skylar la guardò con scetticismo. "Amici?"

"Già."

"Ma ti ha parlato della Silverstone," disse Skylar abbassando la voce.

Taylor annuì.

Skylar drizzò la schiena. "Allora non capisco. Sì, insomma... pensavo che i ragazzi fossero d'accordo di parlarne solo alle donne con cui vogliono passare il resto della vita."

A Taylor venne la pelle d'oca. Quel piccolo dettaglio le mancava. "Beh, a me ha detto che non è una notizia da sbandierare ai quattro venti e che nemmeno i suoi familiari lo sanno; ma che di me si fida, perciò sentiva di potermelo dire."

Skylar la fissò per un lungo istante, poi fece cenno di sì. "Capisco."

"Davvero?" le chiese Taylor. "Io invece no."

"Non posso certo dire di sapere molto sul conto degli altri," disse Skylar, "ma Bull me ne ha parlato un po'. So che Eagle non esce con una donna da un sacco di tempo. Negli ultimi anni, lui e gli altri hanno concentrato tutte le loro energie sul lavoro... beh, sui loro due lavori. Ma riuscirei a capire se Eagle, dopo averti conosciuto, avesse deciso che tu sei quella giusta per lui."

Taylor scosse la testa. "Non è così," obiettò; ma, nel profondo, gioì al pensiero che Skylar avesse intravisto in Eagle un interesse verso di lei che andava al di là dell'amicizia.

"Ah, no?" chiese Skylar. "Con che frequenza l'hai visto o sentito da quando vi siete conosciuti?"

Taylor arrossì.

"Praticamente tutti i giorni."

"Esatto. Eagle, Bull e gli altri sono tipi che vanno dritti al sodo. Non illudono le donne e dicono quello che pensano. Se tu e Eagle parlate tutti i giorni, vuol dire che *gli piaci*."

"Pensi che sia così?" chiese Taylor timidamente.

"Ne sono certa," rispose l'amica con determinazione. "La domanda è se anche a te lui piace. Voglio dire... pensi che usciresti con lui?"

"Pensarci? Cavoli, *sogno* di uscirci," ammise Taylor.

Un sorriso illuminò il volto di Skylar. "E allora che aspetti?"

"È che... non voglio perderlo come amico."

"Non succederà."

"Non puoi saperlo. Al momento tra di noi va bene così. Siamo spensierati, ci rilassiamo..."

"Preliminari," commentò Skylar con uno scintillio negli occhi.

"Cosa?"

"Si tratta di preliminari. Vi state tastando, in un certo senso. Imparate l'uno i gusti dell'altra, vi muovete in punta di piedi. Ho il sospetto che la vostra relazione cambierà quando meno ve l'aspettate." Poi abbassò la voce e concluse con un gran sorriso: "E sarà un cambiamento *piccante*."

Taylor si lasciò scappare una risatina. "Non sono sicura di cavarmela bene a letto."

"Non importa. Potreste anche essere entrambi vergini... ma quando si è con la persona giusta, l'esperienza non fa alcuna differenza. Con Bull, la prima volta è stata magica. Nessun imbarazzo e... santo cielo, ragazza mia, come mi ha fatto sentire..." La voce si affievolì, lasciando il posto a un sorriso a trentadue denti.

Taylor si rendeva conto che l'amicizia tra lei e Skylar era ancora acerba e che perciò avrebbe dovuto sentirsi in imbarazzo a parlare con lei di sesso e rapporti di coppia, ma la sincerità di quella confidenza la conquistò. "Sono felice per te," le disse.

"Grazie. Lo sono anch'io. Sto solo dicendo che, raccontandoti della Silverstone, Eagle ha fatto un passo verso di te. Un passo importante. Quindi mi chiedevo se a te bastasse la sua amicizia, o se volessi qualcosa di più."

"Vuoi sapere se sono entrata nella vita di Eagle per restarci, vero?" chiese Taylor con un piccolo sorriso.

"Beh... più o meno. Mi piace Eagle, come mi piacciono gli altri. Non voglio che soffrano."

"Neanche io," disse Taylor. "Se domani Eagle mi chiedesse di diventare la sua ragazza e di stare insieme, non direi certo di no."

"Fantastico," commentò Skylar.

"E... devo dire che... mi piaci anche tu," continuò Taylor, determinata ad aprirsi, anche se si sentiva un po' in imbarazzo. "Per me non è facile farmi degli amici e... ho apprezzato molto la tua idea delle targhette. Mi semplificano davvero la vita quando sono al garage. Ma c'è di più: tu non mi hai fatto mille domande sul mio disturbo, né hai complicato le cose, oggi. Nei rapporti umani, non tutti sono in grado di mostrare tutta questa comprensione fin da subito."

"Che assurdità," ribatté Skylar con una nota di irritazione nella voce. "Dico sul serio. Se tu fossi cieca, ti aiuterei a camminare, e se fossi sorda, farei il possibile per aiutarti a capire ciò che dice la gente."

"Ma il mio disturbo è diverso, per la maggior parte delle persone è più difficile da accettare. I più pensano che sia una mia invenzione."

"Negli anni, ho lavorato con un sacco di alunni che avevano le disabilità più svariate," disse Skylar. "Il più grande insegnamento che ne ho tratto è che non bisogna mai sottovalutarli. Non vogliono altro che la possibilità di fare le stesse cose che fanno gli altri bambini. Nella nostra società, la strada verso un trattamento equo per tutti e l'eliminazione delle discriminazioni è ancora lunga.

Taylor annuì. "Sono d'accordo."

Le due donne si sorrisero, poi Skylar alzò il bicchiere. "Agli amici!"

"Alle amiche!" echeggiò Taylor. I bicchieri tintinnarono.

"Che però non includono i nostri ragazzi," aggiunse Skylar.

Taylor rise. "Ottimo brindisi."

Durante il pranzo, la conversazione proseguì gradevole e leggera; era la prima volta che Taylor si sentiva tanto a suo agio in compagnia di una donna. Quando Skylar le fece qualche domanda sulla prosopagnosia, le sembrò che l'amica non solo curiosando con superficialità, ma fosse sinceramente interessata a capire com'era convivere con quel disturbo. Parlarono anche della Silverstone e dell'ottimo lavoro fatto dai ragazzi, che l'avevano resa una delle attività meglio gestite nell'area di Indianapolis, dal punto di vista sia dei clienti che dei dipendenti.

Finito il pranzo, Skylar chiese il conto, ma la cameriera rispose che era già stato pagato. "Prima è passato un uomo e ha pagato per il vostro pranzo."

Skylar era confusa. "E chi era?"

"Non lo so," ammise la cameriera. "Mai visto prima. È arrivato qui poco dopo di voi, ha bevuto un paio di tazze di caffè e poi ha chiesto il vostro conto."

"Wow, grande... e non ha lasciato detto niente?" chiese Skylar.

"No. Ha pagato e se n'è andato."

"Beh, ok. Grazie."

"Grazie a voi. Restate pure quanto volete... Non ci sono molti clienti, non c'è bisogno di liberare il tavolo," disse la cameriera.

"Molto gentile," disse Skylar sorridendo; poi, appena la cameriera si allontanò, si voltò verso Taylor. "Non credo mi sia mai successa una cosa del genere."

"Di solito direi la stessa cosa, ma l'altro giorno mi sono fermata in un drive-in per prendere un hamburger e il tipo nella macchina davanti ha pagato per me. Ho letto che succede, ma per me è stata la prima volta."

"Forte," disse Skylar.

"Sì..." Ma Taylor cominciava a sentirsi ansiosa, a disagio.

Perché mai un estraneo avrebbe dovuto pagare il loro conto? C'erano altri clienti nella tavola calda... Perché *loro*? E quante erano le probabilità che uno sconosciuto le offrisse un pasto due volte nel giro di pochi giorni, soprattutto tenendo conto che in passato non le era mai successo?

Naturalmente, tutto ciò le riportò alla mente il tizio con cui aveva parlato al Centro...

Ultimamente le erano capitate troppe stranezze; Taylor cominciava a inquietarsi.

Chiacchierarono ancora per un po', poi Skylar disse: "Grazie per quest'uscita. Ho preso un giorno di ferie, un giorno da dedicare alla mia salute mentale, se vogliamo dire così... ma non volevo trascorrerlo seduta dentro casa a intristirmi."

"I ragazzi con che frequenza vanno in missione?" chiese Taylor.

"Non molto spesso," rispose Skylar. "Sai, per fortuna non ci sono molti numeri dieci in giro per il mondo."

"Numeri dieci?"

"Già. È così che Bull mi ha spiegato il lavoro della Silverstone: in una scala del male che va da uno a dieci, loro si occupano solo dei numeri nove e dieci; i meno pericolosi li lasciano alla polizia e ad altre forze dell'ordine."

"E cosa fanno questi numeri nove e dieci?"

"Beh, io pensavo che il tizio che ha rapito me e Sandra fosse un undici. Era un pedofilo, uno che era già stato in carcere per stupro; aveva spiato Sandra per mesi, prima di passare all'azione."

Taylor si sporse in avanti, incuriosita. Sapeva del rapimento, ma ignorava i dettagli e non le era sembrato il caso di affrontare l'argomento con Skylar. "Hai avuto paura?" le chiese.

"Ero terrorizzata," ammise l'altra. "Ma non avevo dubbi sul fatto che Bull non si sarebbe dato pace finché non mi avesse trovata; o, se fossi morta prima che riuscissero a trovarmi, che l'avrebbe fatta pagare a quell'uomo."

Taylor rabbrividì. "Santo cielo."

"Già. Per fortuna, Bull è rientrato in tempo dalla sua missione e ha organizzato subito le ricerche. Ma la vera eroina della storia è stata Sandra; sono certa che Jay Ricketts ci avrebbe uccise, se lei non fosse stata abbastanza coraggiosa da scappare da sola dalla casa dove eravamo tenute prigioniere. Comunque, per tornare alla tua domanda... Io pensavo che il nostro rapitore fosse al vertice della scala dei cattivi, ma Bull mi ha detto che in realtà si tratta solo di un tre o un quattro."

"Wow," esclamò Taylor con gli occhi spalancati.

"Eh, sì, anch'io ero incredula. Bull mi ha detto che loro non danno la caccia ai pesci piccoli, altrimenti sarebbero continuamente in missione, non avrebbero tempo di fare nient'altro."

"È una buona spiegazione. Ha senso: se non facessero così, attirerebbero presto l'attenzione dei media e si esporrebbero a cause giudiziarie; verrebbero accusati di essere dei giustizieri o qualcosa del genere," ragionò Taylor.

"Immagino di sì. Secondo te, se mi sento sollevata dal fatto che il mio rapitore sia stato ucciso in carcere mentre era in attesa del processo, mi rende una brutta persona?"

"Oh, è andata così?" chiese Taylor sorpresa.

"Già. Non ho avuto problemi a testimoniare contro di lui," raccontò Skylar, "anche se sapevo che per me sarebbe stato tutt'altro che piacevole. Non molto tempo fa, ci hanno detto che era stato accoltellato nel cortile del carcere durante l'ora d'aria. Le guardie avevano fatto del loro meglio per tenerlo separato dal resto dei detenuti, ma un giorno è scoppiata una rissa e nel caos generale lui è stato ferito a morte con un coltello. Nessuno ha ammesso l'omicidio, né le telecamere di sorveglianza sono state d'aiuto, vista la totale confusione in cui è avvenuto il fatto. C'erano molti uomini ammucchiati e quando sono stati allontanati e il polverone si è diradato, Jay è stato trovato morto in terra. Quindi non è stata la Silverstone a ucciderlo, ma qualcuno ha comunque fatto in modo che uno psicopatico come Jay non potesse più perseguitare e torturare altri bambini. "

"Ha avuto quello che si meritava," commentò Taylor.

"Credo anch'io," sussurrò Skylar.

"Tutto bene?" chiese Taylor, allungando una mano e appoggiandola all'avambraccio dell'amica.

Skylar sorrise. "Sì. Ti confesso che ogni tanto ho gli incubi, ma vicino a me c'è quasi sempre Bull, che mi fa sentire al sicuro... e mi offre occasioni di distrazione... non so se mi spiego."

Taylor ricambiò il sorriso. "Sono contenta per te."

"Lo sono anch'io. A ogni modo... Avevo accumulato un sacco di permessi per malattia, visto che sono sana come un pesce, toccando ferro... e il preside della scuola non fa storie quando noi insegnanti ci prendiamo qualche giorno per recuperare un po' di salute mentale, se non abbiamo già esaurito i permessi e se abbiamo davvero bisogno di una pausa. Spero solo che i ragazzi tornino presto, Bull mi manca tantissimo."

"Pensi che con il passare del tempo diventerà più facile? Che ti mancherà sempre meno?" chiese Taylor.

"No," rispose Skylar senza esitare. "Mi mancherà sempre, quando non c'è e continuerò a essere preoccupata per lui, ma non gli chiederò mai di rinunciare alle missioni. Ci ho messo un po', ma alla fine ho capito che quello che lui e gli altri fanno è importante. Sì, non è facile convivere con il pensiero che va in giro per il mondo a rischiare la propria vita, ma questo non significa che non sia orgogliosa di lui."

A Taylor, l'attività segreta della Silverstone non creava alcun problema. Era lieta del fatto che Eagle e gli altri contribuissero a rendere il mondo più sicuro. Fin da quando era piccola, si era dovuta scontrare con la crudeltà della gente. Anche se i bulli e le persone ignoranti non erano certo nella stessa categoria dei "numeri dieci" a cui la Silverstone dava la caccia, lei non riusciva a provare pietà per chi faceva deliberatamente del male al prossimo. Il karma avrebbe comunque presentato loro il conto, prima o poi.

Skylar sorrise. "È stato divertente, grazie ancora per essere venuta."

"Grazie a te per avermi invitata," ricambiò Taylor.

"Dobbiamo vederci più spesso."

"Mi piacerebbe."

"Grande. Magari un giorno possiamo andare a fare spese al Target[1] insieme? Forse puoi riuscire a impedirmi di riempire il carrello anche quando mi serve solo qualcosa tipo un detersivo per pavimenti."

Taylor rise. "Forse puoi fare lo stesso con me. Non so cosa mi succede quando entro in quel posto, finisco sempre per spendere troppo e comprare un sacco di roba che non mi serve. Perciò non so quanto potrò esserti utile."

Skylar accolse il commento con un grande sorriso. "Benone, vorrà dire che vagheremo insieme per il negozio come se avessimo ancora quattordici anni."

"Sembra un bel piano." L'idea di uscire di nuovo con Skylar le piaceva davvero. Non si era mai sentita tanto a suo agio in compagnia di un'altra donna.

Si alzarono e Skylar lasciò una banconota da venti dollari sul tavolo.

"Avevo capito che il conto era già stato pagato," disse Taylor.

"Sì, ma lascio sempre una buona mancia generosa, se posso. La prima volta che Bull mi ha portata qui, è stato molto generoso con la cameriera... e ho deciso di fare altrettanto. I camerieri lavorano duramente, inoltre devono sopportare ogni tipo di comportamento assurdo da parte dei clienti."

Taylor annuì e mise la mano nella borsa per recuperare il portafoglio.

"Non devi lasciare altri soldi, ci ho pensato io," obiettò Skylar.

Taylor appoggiò sul tavolo un altro pezzo da venti. "Va bene così. Mi piace fare contenti gli altri. Non c'è abbastanza gentilezza nel mondo... lo so per esperienza personale."

Skylar annuì e prese Taylor a braccetto. "Ho capito fin da subito che eri una bella persona... e sono contentissima per te e Eagle."

Taylor restò in silenzio mentre camminavano verso l'uscita. Avrebbe voluto che Skylar le parlasse ancora di cosa le faceva pensare che Eagle avesse un debole per lei, ma non le chiese nulla: temeva di sembrare all'amica una ragazzina del liceo che si era presa una cotta. Non sapeva se Skylar ci avesse visto giusto, riguardo all'interesse di Eagle nei suoi confronti, ma sperava di sì. Per il momento, Taylor avrebbe continuato a muoversi d'istinto e forse, prima o poi, uno dei due avrebbe trovato il coraggio di fare la prima mossa."

Rosie le salutò gridando un arrivederci e, appena furono fuori, le due si promisero di risentirsi presto. Poco dopo, Taylor stava guidando verso casa; era da molto tempo che non si sentiva tanto felice. Eagle le mancava ancora e moriva dalla voglia di sentire la sua voce, ma si sentiva decisamente meno sola, rispetto a prima dell'incontro. Skylar era fantastica; si era rivelata molto più forte di quanto non le fosse sembrata quando l'aveva conosciuta.

Al pensiero di ciò che Skylar aveva dovuto sopportare durante il rapimento, Taylor rabbrividì ancora. Se fosse stata lei a trovarsi in pericolo di vita, non sarebbe certo riuscita a reagire con la stessa forza. Per fortuna, quella di Taylor era la vita noiosa di una correttrice di bozze che limitava al minimo i contatti sociali. Nessuno avrebbe voluto farle del male. O no?

Taylor scacciò l'inquietudine che l'aveva scossa anche

alla tavola calda. Era stata una bella giornata e non avrebbe permesso ai pensieri negativi di rovinargliela. Sarebbe tornata a casa e avrebbe proseguito con la correzione del manoscritto su cui aveva cominciato a lavorare in mattinata, pregando che Eagle tornasse da lei quanto prima.

CAPITOLO UNDICI

"Cazzo," imprecò Eagle, agitandosi sul sedile dell'aereo.

"Tutto bene?" gli chiese Gramps per quella che sembrò a tutti la centesima volta.

"Sì, mi sono solo mosso male," rispose Eagle.

"Vuoi che dia un'altra occhiata al tuo braccio?" gli chiese Eagle.

No, non voleva che il suo amico gli controllasse ancora il dannato braccio.

Eagle era nero dalla rabbia. Era riuscito a beccarsi una pallottola. Il proiettile lo aveva preso di striscio nella parte superiore e più carnosa del braccio. Aveva sanguinato come un maiale sgozzato, ma era stato fortunato. Una spanna più a destra e il proiettile lo avrebbe colpito al cuore.

A Timor Est, uno dei ribelli gli aveva sparato un colpo fortunato. Ma la fortuna del tizio era finita lì, visto che l'ultima cosa di questo mondo che aveva visto era stato il proiettile fatale che poi l'aveva raggiunto. Eagle però si ritrovava con un braccio ferito che gli pulsava di dolore e i suoi amici che vegliavano su di lui come se stesse per tirare le cuoia.

"Sto bene," disse a Bull, Smoke e Gramps. "Non è la prima volta che mi colpiscono di striscio, né sarà l'ultima. Non è una bella ferita e fa male. Ma sopravviverò."

"Se hai bisogno di antibiotici o antidolorifici, basta che tu me lo dica; a casa posso procurarmene facilmente," si offrì Gramps.

"D'accordo," disse Eagle. Sapeva di avere bisogno di un dottore, ma un colpo di pistola implicava un rapporto di polizia. I ragazzi avevano sempre fatto tutto il possibile per evitare di attirare l'attenzione. Il braccio gli avrebbe fatto male per un po', ma la ferita sarebbe guarita con i cerotti a farfalla e la montagna di medicine che Gramps gli avrebbe fatto mandare giù.

In quel momento, l'unica cosa che Eagle davvero voleva era rivedere Taylor. Non le parlava né la vedeva da otto giorni. Il distacco lo rendeva ansioso. Voleva sapere come Taylor aveva passato le sue giornate, com'era stata la sua settimana. Era andata qualche volta alla Silverstone? O forse si era rintanata nel suo appartamento, come era solita fare prima di conoscere lui.

La missione era andata bene. Avevano localizzato il capo dei ribelli; non erano riusciti a freddarlo con discrezione, come avevano pianificato, ma avevano comunque portato a termine il loro compito: una pallottola nel cervello. Tolto di mezzo il leader, l'interesse dei ribelli verso quella causa futile sarebbe scemato, o almeno così speravano i ragazzi. Ci sarebbe voluto un po', ma la Silverstone e Willis all'FBI avrebbero tenuto d'occhio la situazione.

Ancora una volta, dunque, la missione era stata

compiuta. Ma Eagle, anziché sentirsi soddisfatto per l'esito positivo, era consumato dal desiderio di rivedere Taylor.

Anche Bull provava la stessa cosa, quando pensava a Skylar? Eagle non aveva ancora parlato con il suo amico di come stavano cambiando i suoi sentimenti per Taylor, ma sentiva che quanto prima ci sarebbe stata una conversazione al riguardo.

Eagle era innamorato di Taylor. Non aveva alcun dubbio. Ciò che *non* sapeva era se il suo amore fosse ricambiato.

Dopo altre tre lunghe ore di volo, il piccolo aereo privato su cui viaggiavano atterrò a Indianapolis. Eagle recuperò subito il telefono, lo accese e lasciò uscire un sospiro di sollievo alla vista di tutti i messaggi che Taylor gli aveva scritto durante la sua assenza. Lui le aveva detto che il telefono non avrebbe avuto campo e che non sarebbe stato in grado di leggere messaggi e mail, né di telefonare; ma lei aveva comunque voluto comunicare con lui.

Taylor: Sei via solo da un giorno e già mi manchi... Uffa!

Taylor: La visita al centro è andata bene, ma perché riesco sempre ad attirare l'attenzione di qualche svitato? Non è successo niente di grave... ma non mi capita mai di incontrare un divo come Chris Hemsworth? lol

Taylor: Sono andata a ritirare la mia auto da Stan e ti confesso che quando l'ho rivista l'ho baciata!

Taylor: Come mai mi vengono sempre in mente battute sagaci quando tu non sei qui per apprezzarle?

Taylor: Oggi sono stata alla Silverstone e... odio dover essere io a dirtelo, ma ho battuto il tuo record a flipper. :)

Taylor: Sono le due di notte e mi sono appena svegliata per colpa di un incubo in cui ti sparavano e tu cadevi, morto. Farai meglio a essere vivo, Eagle, altrimenti andrò su tutte le furie.

Eagle sbatté le palpebre più volte, controllò la data del messaggio che aveva appena letto e fu sollevato al pensiero che Taylor, dopo tutto, non aveva doti chiaroveggente: gli aveva mandato il messaggio due giorni prima che gli sparassero. Continuò a leggere.

Taylor: Da quando sei partito, sto quasi sempre per conto mio, perché ho capito di sentirmi al sicuro solo quando sono con te. E ora che non ci sei, mi sembra che il pericolo si annidi ovunque. Detesto sentirmi così debole.

Taylor: Oggi Shawn ha preparato uno spezzatino di pollo eccezionale. Ho deciso che rapirò quell'uomo e lo terrò a casa mia perché cucini per me ogni sera.

Taylor: Quale animale salta più in alto di un albero?

Taylor: Tutti, perché gli alberi non saltano.

Taylor: AHAHAHAHAHAHAHAH!

Taylor: Se non torni presto qui, impazzirò. Solo adesso che non ci sei mi accorgo di quanto mi piace parlare con te.

Taylor: Mi manchi, Eagle. Ovunque tu sia, spero tu stia bene.

Taylor: Grazie per rendere il mondo un posto più sicuro.

Tutti quei messaggi, che parlavano di tutto e di nulla, lo fecero sorridere. Ma Eagle era anche emozionato al pensiero che a Taylor piacessero le loro conversazioni tanto quanto piacevano a lui. Tra di loro c'era una tale sintonia che a entrambi sembrava ormai naturale parlarsi ogni giorno. A Eagle non era mai successo con nessun altro.

Doveva vedere Taylor... e doveva vederla *subito*.

Le inviò un breve messaggio.

Eagle: Sono tornato, Flower. Sto venendo da te. So che è tardi, ma ho bisogno di vederti.

Sperava che lei non fosse già addormentata e fu lieto di vedere sullo schermo del telefonino tre puntini intermittenti, a indicare che gli stava rispondendo.

Taylor: Oddio!! Sì!!! Non è mai troppo tardi per vedere te! Starò sveglia!

L'abbondanza di punti esclamativi gli strappò una risatina. Ma sapere che Taylor era tanto entusiasta all'idea di rivederlo gli provocò anche un brivido di piacere. Eagle disse ai suoi amici che si sarebbero sentiti l'indomani e che avrebbe fatto sapere loro come andava il braccio, poi, sceso dall'aereo, prese la navetta per il parcheggio dove aveva lasciato la sua auto.

Guidò decisamente troppo veloce verso l'appartamento di Skylar, poi salì le scale due scalini alla volta e in un batter d'occhi fu di fronte alla porta. Due virgola due secondi dopo che aveva bussato, sentì Taylor chiedere chi fosse da dietro la porta.

"Sono io, Flower. Eagle."

Lei spalancò la porta e lui la vide, bella come non l'aveva mai vista. Aveva i capelli scompigliati, con i riccioli che puntavano in tutte le direzioni. Indossava pantaloni larghi, rosa e gialli, e una canottiera. Eagle immaginò che fosse andata a letto in canottiera e mutandine, visto che una volta gli aveva detto che le piaceva dormire con le gambe libere. Era scalza e Eagle, guardandole i piedi, notò che Taylor si era data uno smalto rosa pallido.

"Vieni dentro!" esclamò lei, allungando una mano e tirandolo per la maglietta.

Eagle sorrise e si lasciò trascinare dentro casa. Lei

richiuse la porta, sbattendola, e dopo aver chiuso il chiavistello e messo la catena, si girò verso di lui.

"Stai bene? Com'è andata la missione? Avete trovato il tizio che cercavate? O magari era una donna? Comunque... immagino che la missione sia stata un successo, e ne sono felice... un bastardo in meno in giro per il mondo. E il viaggio com'è andato? Siete andati in aereo o in macchina? Forse sei un po' sfasato per il fuso orario... Vuoi un caffè? O preferisci farti una bella dormita? Ti sei fermato alla Silverstone? Se hai fame..."

Eagle ridacchiò. "Taylor, respira. Non posso rispondere alle tue domande se ogni tanto non riprendi fiato e mi lasci parlare."

Lei arrossì. "Scusa... È solo che sono davvero contenta che tu sia tornato. Lo so, mi avevi detto di non preoccuparmi, perché tu e gli altri sapete fare il vostro lavoro, ma... non ci posso fare niente. E poi mi sei mancato. Caspita, non mi ero resa conto di quanto mi fossi abituata ad averti intorno e a intontirti con le mie chiacchiere."

"Anche tu mi sei mancata," le disse Eagle.

Inaspettatamente, Taylor gli si gettò al petto, avvolgendolo in un abbraccio.

Eagle non poté trattenere il gemito di dolore al contatto con il braccio ferito.

Lei lo sentì, naturalmente; al che si ritrasse allarmata e lo guardò in viso. "Che c'è? Ti ho fatto male?"

"Sto bene," disse lui con tono pacato.

Lo sguardo di Taylor gli percorse il viso, poi scese al petto e si arrestò sul braccio sinistro; Eagle se lo stava stringendo con l'altra mano, per evitare che lei lo urtasse di nuovo.

Con molta cautela, Taylor fece scivolare giù la giacca

che Eagle teneva appoggiata sulle spalle, ignorando poi il tonfo che l'indumento fece cadendo al suolo. Tolta la giacca, Eagle rimase in maglietta; sotto la manica sinistra si intravedevano chiaramente delle bende.

Senza dire nulla, Taylor lo prese per il braccio destro e lo condusse attraverso l'appartamento, fino alla camera da letto. Prima di allora, Eagle non era mai entrato nello spazio personale di Taylor. Inspirò profondamente, deliziato dal profumo di vaniglia che pervadeva l'ambiente.

Lei non gli diede il tempo di esaminare la stanza, lo portò subito nel bagno, che a lui parve semplice e funzionale: una vasca con doccia e un lavandino, alla cui sinistra c'era un mobiletto sorprendentemente spazioso. Il water era alla destra del lavandino.

Taylor lo girò cosicché lui desse le spalle allo specchio, poi gli mise una mano sul petto. "Resta qui," gli ordinò.

Eagle sorrise, divertito da quel piglio autoritario.

Taylor si chinò e aprì l'armadietto sotto al lavandino. Lui fece del suo meglio per ignorare la posizione in cui si trovava Taylor in quel momento: in ginocchio di fronte a lui, all'altezza ideale per sbottonargli i pantaloni e...

Scuotendo la testa, lui ripeté: "Sto bene, Taylor. Te l'assicuro."

"Di' quello che ti pare," borbottò lei. "Probabilmente eri in qualche paese assurdo, dove in giro ci sono più microbi che persone. Scommetto che non ti sei nemmeno preoccupato di farti medicare da qualcuno che sapesse come farlo." Si rialzò, in mano un kit per il pronto soccorso, di quelli in vendita al supermercato. "Fammi vedere la ferita," gli disse guardandolo con occhi severi.

"Non è necessario," ribatté lui. "Gramps è più premuroso di una chioccia e Smoke s'intende di farmaci più della maggior parte dei dottori che ho conosciuto. Mi hanno già pulito la ferita e fatto ingurgitare un sacco di antibiotici."

"Bene. Ma lasciami comunque dare un'occhiata."

"È una brutta ferita," la mise in guardia Eagle, toccato dall'interessamento di Taylor, la cui attenzione aveva un sapore diverso dalle cure degli amici.

"Com'è successo?"

"Un proiettile mi ha preso di striscio," disse Eagle senza troppo tatto.

Taylor impallidì all'istante.

Eagle imprecò e riuscì a malapena a muoversi in tempo, prima che lei svenisse. La prese dalla vita, la girò e la alzò, poi la fece accomodare sul mobiletto di fianco al lavandino, ignorando il dolore al braccio provocatogli dallo sforzo. Si fece avanti, mettendosi tra le gambe penzoloni di Taylor, e le infilò le mani nei capelli ai lati della testa. "Respira, Flower. Ho detto *di striscio*: il proiettile mi ha strisciato sul braccio e poi se n'è andato. Non è entrato in contatto ne con l'osso ne con qualcos'altro di importante."

"Ma ti hanno *colpito*," sussurrò lei con enormi occhi marroni.

"Di striscio," ripeté lui.

"Hai ucciso quello che ti ha sparato?" gli chiese.

Eagle strinse le labbra. "Già."

"Bravo!" disse lei con fervore.

Taylor si passò la lingua sulle labbra e Eagle seguì il movimento.

"Eagle?" chiamò lei.

Pensando che, con ogni probabilità, stava commettendo un errore, ma incapace di trattenersi, Eagle abbassò la testa.

Le diede abbastanza tempo per rendersi conto di ciò

che stava succedendo; lei non si tirò indietro, né gli chiese cosa diavolo gli passasse per la testa... anzi, gli portò una mano dietro al collo, al che Eagle chiuse gli occhi e fece ciò che desiderava ardentemente di fare ormai da settimane.

La baciò.

Intensamente.

Avrebbe voluto procedere più lentamente, convincerla che la loro amicizia poteva diventare altro, rassicurarla che avrebbe funzionato. Ma Taylor, divorandoselo, ridusse drasticamente le probabilità che lui si controllasse. Gli stringeva la nuca e aveva inclinato la testa, di modo da facilitare l'incontro delle loro lingue. Quando lei emise un gemito dal profondo della gola, l'uccello di Eagle si mostrò subito pronto all'azione.

Come primo bacio, fu perfetto. I loro denti si toccarono e la foga ebbe la meglio sulla delicatezza; entrambi baciarono arsi da una specie di disperazione. A Eagle, le labbra di Taylor sembrarono meravigliose, impareggiabili.

La trascinò verso di sé finché lei, ormai seduta sull'orlo del mobile, non sentì l'erezione premerle tra le cosce. Taylor gemette ancora e gli si avvinghiò con le gambe al bacino, incrociando le caviglie quasi a impedirgli di scostarsi da lei.

Le loro lingue duellavano, si assaporavano, si esploravano. Dannazione, a Eagle non era mai successo di eccitarsi tanto velocemente. Taylor si accendeva tra le sue braccia, agitandosi come nel tentativo di fondere il proprio corpo al suo.

Scordandosi della ferita, Eagle sollevò Taylor mettendole il braccio sano sotto al sedere e avvolgendole l'altro dietro la schiena.

Lei staccò la bocca dal loro bacio ed esclamò affannata: "Eagle, il braccio!"

"Va bene così," disse lui con un filo di voce, prima che le loro labbra si ricongiungessero. Non riusciva a smettere di baciarla; non *voleva* smettere. Avevano oltrepassato la linea dell'amicizia e lui non voleva certo tornare indietro.

Ci vollero pochi passi per raggiungere il letto. Eagle sapeva che il braccio ferito non gli avrebbe consentito di sostenersi sopra di lei, così si sedette. Taylor gli salì sopra a cavalcioni e lui cominciò a scivolare lentamente indietro, per poi sdraiarsi, mentre lei continuava a baciarlo.

Solo allora, con Eagle in posizione supina, Taylor si scostò da lui e lo guardò dall'alto, lasciandogli a sua volta vedere le labbra leggermente gonfie, le guance arrossate. Guardandola, lui sentì urgente il desiderio di prenderla, come un bottino di guerra.

"Stiamo facendo una cosa stupida?" chiese lei con voce incerta.

"No," rispose subito lui. "In tutta onestà, non ho mai voluto nulla tanto quanto voglio essere dentro di te adesso."

"Non voglio perderti," disse lei.

"Non mi perderai," ribatté lui con voce ferma.

Sotto la canottiera, i capezzoli di Taylor si erano inturgiditi e Eagle voleva sfilarle l'indumento per scoprire il seno, sul quale fantasticava già da tempo... ma prima di fare qualsiasi mossa, voleva essere sicuro al cento per cento che lei fosse d'accordo.

Le portò le mani al viso, scorrendole le dita sulle guance. "Quando il proiettile di quel bastardo mi ha sfiorato ho pensato subito a te. Ero preoccupato per quello che poteva succederti se io non fossi tornato dalla missione. Ho provato un dolore intenso, non per la ferita, ma per il pensiero di come ti saresti sentita tu. In quel preciso momento ho capito che era ora che la smettessi di cazzeggiare e che te di dicessi cosa provo per te."

Eagle fece una pausa.

Lei lo esortò a continuare, bisbigliando: "...E?"

"Sono pazzo di te. Lo sono già da tempo. Adoro tutto di te, Taylor."

"Io non guarirò, Eagle. Non sarò mai in grado di riconoscerti."

"Flower, non mi interessa se non riesci a identificarmi in mezzo a una folla. Sarò sempre io a venire da te. Saprai chi sono dal modo in cui ti guardo. Mi riconoscerai con il naso... non pensare che non abbia notato come mi annusi, tutte le volte che ne hai occasione," disse con tono scherzoso. Poi tornò serio: "Mi riconoscerai perché ti *dirò* chi sono; non mi stancherò di farlo, né ti colpevolizzerò per una cosa che va al di là del tuo controllo."

Le vennero le lacrime agli occhi. "Ma tu sei reale?"

"Sì. E sono anche tuo... se mi vuoi."

"Ti voglio," disse Taylor con voce pacata. "Ti voglio da tanto tempo, ma pensavo che tu avessi deciso che dovevamo restare soltanto amici."

"Non volevo metterti fretta," ammise Eagle.

"Mi sei mancato, sai," disse lei. "Sono stati tanti i momenti in cui avrei voluto solo prendere il telefono e chiamarti."

"Mi sei mancata anche tu. Ma ora sono qui e possiamo riprendere con le nostre chiacchierate... domani."

Lei fece un largo sorriso. "Ah, già... perché ora sei stanco e preferisci dormire, eh?"

Eagle sbuffò. "Non sono stanco, né voglio dormire. Ma con questo male al braccio... sarà diverso da come vorrei."

Quelle parole fecero riaffiorare la preoccupazione negli occhi di Taylor. "Oh! Alla fine non ho nemmeno dato un'occhiata alla tua ferita. Forse dovremmo..."

"Puoi guardarci dopo. Ora prenditi quello che vuoi," le disse Eagle quasi con durezza. "Con il braccio messo così, non posso scoparti standoti sopra; quindi sarai tu a prendere in mano la situazione in questa nostra prima volta."

Eagle avvistò negli occhi di Taylor insicurezza... ma anche un bagliore di eccitazione. "Ti piace farlo così," le disse. Il tono non era interrogativo.

"Sì," ammise lei.

"Che ne dici di cominciare togliendoti la canottiera?" suggerì Eagle. "Così vedrò ciò che ho sognato non so quante volte."

Taylor rise. "Pensavo di dover prendere in mano io la situazione," ribatté, portandosi le mani sull'orlo della canottiera.

Eagle avrebbe voluto dire qualcosa, ma gli sembrò di aver appena inghiottito la sua stessa lingua.

Quando lui aveva bussato alla porta, Taylor si era tolta il pigiama e infilata la canottiera in fretta e furia, senza preoccuparsi di mettersi il reggiseno. Non fece in tempo a sfilarsi la canottiera che le mani di Eagle le raggiunsero il seno florido, palpandolo e stringendolo.

Le areole erano piccole, come i capezzoli, ma la carne era tanta e le mani di Eagle potevano contenerla appena. "Wow," sussurrò lui.

Taylor reagì inarcando la schiena e spingendosi contro le sue mani. Eagle concentrò il movimento delle mani sui capezzoli, pizzicandoli delicatamente. Lei gemette ancora e si sedette su di lui in posizione quasi verticale, inarcando ulteriormente la schiena. "Eagle," lo chiamò lei con un filo di voce; lui non seppe se interpretare il sussurro come una protesta o come un'esortazione a continuare.

"Sei perfetta, cazzo," disse, poi con la mano destra le raddrizzò la schiena; affondò il viso nel seno di Taylor, prendendole in bocca un capezzolo e cominciando a succhiarlo con intensità.

"Oh, cacchio!" esclamò lei, distendendo un braccio come per aggrapparsi. Poi si chinò su di lui, lasciando pendere i seni di modo che lui potesse succhiare prima un capezzolo, poi l'altro.

Eagle sentì che Taylor cominciava a tremare e capì che nessuno dei due avrebbe resistito a troppi preliminari. Diede un'altra leccata, prima di alzare il mento per guardarla in faccia. "Togliti i pantaloni," le ordinò.

Il suo piano iniziale era di lasciare stabilire il ritmo a lei, di cederle il controllo, ma starsene lì e ubbidire alle istruzioni della partner non era proprio nel suo DNA. Voleva averla tutta. Voleva sentire il corpo nudo di Taylor contro il suo. Voleva *lei*.

Con gambe tremanti, Taylor scivolò giù da lui e si tolse sia i pantaloni che le mutandine. Eagle si sbottonò i jeans e se li sfilò; lei, ormai nuda, era in piedi vicino al letto e lo guardava denudarsi. Per quanto volesse strapparsi via la maglietta, Eagle, per via della ferita al braccio, dovette essere molto cauto nel togliersela: se la sfilò lentamente prima dalla manica sinistra, poi si liberò del tutto dell'indumento.

Restarono entrambi dov'erano, ammirandosi l'un l'altra per un lungo istante.

Taylor era perfetta per *lui*. Eagle sapeva che lei non

rispecchiava gli standard estetici socialmente accettati, ma la cosa non gli interessava. Taylor aveva le cosce leggermente grosse e il suo ventre non era esattamente piatto. Si era rasata il pube, cosa che lo eccitava oltremodo. I seni le si muovevano a ogni respiro e lui non vedeva l'ora di sentirli sulla pelle. Non vedeva l'ora di assaggiare Taylor, di sentire il pene affondare nella sua fessura umida e calda.

Eagle non era un uomo vanitoso, era consapevole di essere di bell'aspetto. Si allenava molto per mantenersi in forma. Doveva, del resto: la sua vita e quelle dei suoi amici dipendevano anche dalla sua capacità di correre, saltare e combattere; semplicemente, di essere più forte degli altri.

Gli piaceva da impazzire il desiderio che accendeva il viso di Taylor mentre lei lo scrutava attentamente. In quel momento, gli stava guardando il pene. Eagle non riusciva a trattenersi dal carezzarselo, eccitato al pensiero di ciò che la notte aveva in serbo per loro.

"Vieni qui," le disse poco dopo, offrendole la mano destra.

Taylor si leccò di nuovo le labbra, poi sorrise e tornò sul letto, muovendosi gattoni lungo il fianco sinistro di Eagle. Usando il braccio buono, lui la issò su di sé, di modo da ritrovarsela ancora a cavalcioni sullo stomaco. Nel movimento, sfregò la punta del pene eretto sulla schiena di Taylor; al contatto, entrambi emisero un gemito.

"Sei bellissimo," sussurrò lei.

Eagle era consapevole di avere sul volto un sorriso da scemo, ma non se ne curò. "Stavo per dire la stessa cosa di te."

Lei fece spallucce. "Il mio amore per le ciambelle è troppo grande."

"Per quel che mi riguarda, puoi continuare a mangiarle. Adoro il tuo corpo e adoro sentirlo sul mio."

Taylor cambiò posizione e Eagle, captando un soffio del suo delizioso odore, lo inalò e sorrise, al che Taylor arrossì. "Dannazione, adoro il tuo profumo," le disse. Poi, senza darle alcun preavviso, la afferrò per le natiche e drizzò la schiena, finché i loro visi non si ritrovarono alla stessa altezza.

"Oh!" esclamò lei, spostando il peso sulle ginocchia così da non rovinare su di lui.

"Proprio così, vieni qui da me," disse Eagle, lo sguardo fisso tra le sue cosce. Issandola sul proprio busto, riusciva a sentire sul petto gli umori di Taylor.

Eagle mosse con cautela il braccio sinistro e le afferrò la parte posteriore della coscia. Con la mano destra, prese Taylor per una natica e la portò nel punto dove la voleva: sulla propria bocca.

L'odore di Taylor si era fatto più intenso e Eagle non poteva più attendere: doveva leccarla. Per cercare di darle un orgasmo proprio lì, in faccia a lui. Non aveva mai fatto nulla del genere, non in quella posizione, ed era talmente eccitato che la punta del pene, già duro come un bastone, gli si inumidì di liquido pre-eiaculatorio.

"Io... non so... questo..." farfugliò Taylor.

Eagle si sarebbe fermato, se lei lo avesse voluto veramente, ma lui sentiva che non era così. Taylor era semplicemente nervosa. Lui decise di puntare sulla compassione: "Ho paura di sentire male al braccio, se proviamo in un'altra posizione," le disse.

Era una dannata bugia. Eagle, in quel momento, il braccio non lo sentiva nemmeno, ma la strategia funzionò, perché Taylor fece cenno di sì.

Lui, però, voleva assicurarsi che ne fosse convinta fino in fondo. Se Taylor avesse acconsentito senza desiderarlo veramente, lui non sarebbe riuscito a perdonarselo. "Mi fermerò, se me lo chiedi," le disse con voce bassa e calma.

Lei spalancò gli occhi. "Davvero?"

Eagle strinse i denti e si sforzò di distogliere lo sguardo dalle pieghe rosee di Taylor, che gli sembravano attendere nient'altro che il suo affondo. La guardò negli occhi. "Sì."

"Mi dovrei vendicare, se ti fermassi," disse lei dopo una pausa, con un timido sorriso sul volto. "Ma non prendertela con me se soffochi, laggiù."

Eagle rise. "Sarebbe un gran bel modo di andarsene," scherzò lui, poi la tirò a sé e diede una prima leccata.

Sentì sulla lingua un'esplosione di sapore. "Oh, cazzo," mormorò, sopraffatto dal desiderio di possederla. Poi chiuse gli occhi e si mise al lavoro, impegnandosi perché la sua donna se la godesse tanto quanto se la stava godendo lui.

CAPITOLO DODICI

Taylor non aveva molta esperienza tra le lenzuola, nessuno l'aveva mai leccata in quel modo. Un solo uomo. Una sola volta. Quando avevano fatto sesso, entrambi erano nervosi e l'interessato, che era il ragazzo con cui usciva al tempo, chiaramente non aveva apprezzato né il sapore di Taylor né altro di quell'esperienza. Tutto ciò l'aveva messa a disagio.

Ma dall'istante in cui la bocca di Eagle le raggiunse il punto tra le cosce, capì che lui apprezzava l'esperienza... altroché! Lui non esitò, né procedette per gradi. Dopo la prima leccata, si comportò come un affamato che aveva trovato in lei l'unica fonte di sostentamento in grado di garantirgli la sopravvivenza. La leccava tra le labbra, spingendo dentro la lingua e raccogliendo gli umori che, come lei sapeva bene, gli stavano colando su tutto il viso.

Poi le prese il clitoride tra le labbra e succhiò.

Taylor scattò e Eagle la rimise in posizione stringendo la presa sulla natica. Lei alzò le braccia e, con un gemito, le puntò al muro per tenersi in equilibrio; fu a quel punto che smise di pensare all'imbarazzo che la situazione le provocava e decise di godersela e basta. Eagle alternava leccate al clitoride a colpi di lingua che la penetravano. Proprio quando a lei sembrava di essere sul punto di venire, lui cambiava movimento: la stava facendo impazzire, a lei sembrò quasi di librarsi in volo.

Inconsciamente, cominciò a muovere il bacino al ritmo della lingua di Eagle, così da aumentare la pressione sul clitoride.

"Ti piace?" chiese lui; Taylor sentì su di sé il calore del fiato che accompagnava quelle parole. Quasi annaspando, annuì.

"Bene, perché io lo adoro, cazzo," mormorò lui. "Potrei continuare tutta la notte."

"Oh... sì... ti prego," lo incitò lei, la voce rotta da lunghi sospiri.

"Vuoi venire?"

"Sì! Ti prego..."

"Flower, è eccitante sentirti implorare, ma non voglio che mi preghi. Mai."

Poi alzò di nuovo la testa e tornò a concentrarsi sul clitoride. Taylor si rese conto che lui fino a quel momento non aveva fatto altro che stuzzicarla. La lingua di Eagle contro la carne più sensibile aveva l'effetto di un vibratore e Taylor sentiva il bisogno di una tregua, ma al tempo stesso sperava che lui non la smettesse.

"Eagle..." mormorò.

Per tutta risposta, lui succhiò ancora più forte.

Per Taylor, fu abbastanza: venne e fu l'orgasmo più intenso che avesse mai avuto. Le sembrò che ogni suo singolo muscolo si contraesse. Poco dopo tremava, scossa e perfettamente convinta di aver perso i sensi per almeno un secondo.

Quando ritornò in sé, si riscoprì seduta sul petto di Eagle. Non ricordava di essersi messa in quella posizione, ma pensò che probabilmente a un certo punto si era scostata dal suo viso per evitare di soffocarlo. Per un istante si sentì a disagio, poi Eagle parlò.

"Bellissimo, cazzo," disse lui, prima di leccarsi le labbra.

Taylor notò che il mento e le guance di Eagle quasi luccicavano, ricoperte com'erano da una patina di umori, il che la fece ripiombare nell'imbarazzo. Ma lui la afferrò per i fianchi e cominciò a muoverla in giù, lungo il ventre, fino ad averla sulle cosce.

"Ti voglio," le disse a bassa voce.

Sì. Anche lei lo voleva. Fece scendere una mano e gli afferrò l'uccello; a quel tocco, Eagle inspirò profondamente e lei assaporò la tensione del momento.

"Preservativo," disse lui con un filo di voce.

"Dov'è?" chiese Taylor.

"Nel portafoglio, nella tasca dei pantaloni."

Il fatto che Eagle si facesse trovare così pronto e incline a usare la protezione, avrebbe dovuto rasserenarla, ma invece la demoralizzò. Taylor non prendeva la pillola, né i due avevano parlato di malattie a trasmissione sessuale e metodi contraccettivi.

Lei si sporse di lato per recuperare i jeans, che erano finiti sul pavimento, non lontano dal letto, nella concitazione del momento. Fu lieta di potersi concentrare sulla ricerca del profilattico, di modo da potergli celare il proprio disagio.

O almeno così sperava.

Trovò il portafoglio, lo aprì e prese il profilattico. Ne studiò l'involucro, nella speranza di riattivare l'euforia che aveva provato fino a un istante prima, dopo il primo orgasmo.

Ma Eagle le tolse il profilattico dalle mani e la tirò a sé. Taylor puntò le mani ai lati delle sue spalle, per mantenere l'equilibrio.

"Tay, guardami," la esortò.

Lei eseguì, controvoglia.

"Ce l'ho nel portafoglio da due settimane. Non un giorno di più. Non sono uno che se ne va in giro con i preservativi, come un adolescente arrapato. Ma mi conosco. Ti desidero da tanto tempo e... anche se non avevo idea che sarebbe successo stasera, *volevo* che succedesse. Sono anni che non sto con una donna. Non ne sentivo la necessità. Finché non ti ho incontrata."

Taylor chiuse gli occhi e tirò un sospiro di sollievo.

"Taylor," la chiamò lui.

Lei riaprì gli occhi.

"Non posso prometterti che sarò perfetto. Probabilmente ti farò incazzare... Passo troppo tempo a pensare al lavoro e tendo a dimenticarmi di fare le cose di tutti i giorni, come portare fuori la spazzatura e ritirare la posta. Ma *posso* prometterti che non ti ferirò mai di proposito e che non ti metterò mai in pericolo. Fare l'amore con te senza protezione, prima ancora di aver parlato di contraccettivi, gravidanze e cose così... beh, sarebbe pericoloso. E poi voglio fare i test per le malattie veneree, per dimostrarti che sono sano."

Taylor deglutì a fatica. "Anch'io sono sana. E non prendo contraccettivi."

Lui annuì. "Tenevo questo profilattico nel portafoglio per usarlo con te. Te lo giuro."

"Ti credo." Era la verità.

"Bene. Ora, mettiti dritta."

Taylor obbedì.

"Tieni il peso sulle ginocchia," la istruì, "e fatti un po'
indietro."

Taylor decise che quel modo vagamente autoritario le
andava a genio. Si mise sulle ginocchia e arrossì quando si
rese conto di quanto fosse bagnata tra le cosce. Non era
mai stata così umida.

Eagle la contemplò lentamente, muovendo lo sguardo
dal viso al seno, poi allo stomaco e al pube. Lei sentì le sue
mani sfiorarle la fessura e fu percorsa da un brivido; sapeva
che Eagle si stava infilando il profilattico, ma non riusciva
a smettere di guardarlo negli occhi.

Lui la afferrò ancora una volta per i fianchi. "Ora
portami dentro di te," le disse.

Taylor abbassò lo sguardo e vide l'uccello fasciato dal
profilattico protendere verso il suo ombelico.

Lo afferrò, deliziata dal piccolo scatto che fece l'asta al
suo tocco.

"Cazzo," imprecò Eagle.

Taylor si fece avanti finché non fu esattamente sopra
l'erezione, poi si strisciò brevemente la cappella lungo la
fessura, facendo sentire a Eagle tutta la sua umidità.
Adorava il suo lungo uccello; non era particolarmente
grosso, ma lei pensò che prenderlo dentro in tutta la sua
lunghezza non sarebbe stato facile.

"Avanti," pressò Eagle.

Dopo aver posizionato l'uccello sull'entrata della
vagina, cominciò a calarsi lentamente.

Taylor si fermò a metà dell'asta. Era passato qualche
tempo dall'ultimo rapporto sessuale che aveva avuto e

sentire Eagle dentro di sé le stava provocando un lieve dolore.

"Andiamo piano," disse lui con voce bassa ma dolce; lei gli fu grata per non averla sopraffatta penetrandola completamente.

Eagle mosse una mano nel punto del loro incontro e con il pollice le carezzò il clitoride, ancora sensibile dal primo orgasmo.

Taylor fece uno scatto e lo accolse dentro di sé un altro po'.

"Basta così," disse Eagle. "Fa' con calma. Potrei restare qui tutta la notte ad ammirare il tuo corpo stupendo. La tua passera stretta intorno al mio uccello... è il momento più sensuale che io abbia mai vissuto."

Funzionò. Taylor gemette a quelle parole sconce e si abbandonò all'affondo, prendendolo tutto.

"Cazzo, che bello!" esclamò Eagle. "Sei caldissima, strettissima... praticamente me lo stai strangolando."

Taylor provò una piacevole sensazione di pienezza. Avrebbe giurato di sentire l'erezione di Eagle lambirle il collo dell'utero. Provava anche un leggero fastidio, che non la indusse, però, a voler scostarsi da lui.

Tutt'altro: non si sarebbe fermata, a quel punto... assolutamente no. Era quasi incredibile che Eagle fosse dentro di lei. Certo non si era immaginata che sarebbe andata in quel modo, quando prima gli aveva aperto la porta di casa. Ma non poteva essere più felice.

"Prenditi tutto il tempo che ti serve," le disse Eagle.

Sbattendo le palpebre più volte, Taylor si rese conto di essere rimasta immobile seduta su Eagle, mentre era persa nei suoi pensieri. Lentamente, alzò il bacino, per poi scendere ancora su di lui.

Eagle non disse nulla, ma l'espressione estatica sul suo volto parlava per lui. Taylor voleva farlo godere. Lui le aveva dato un orgasmo; era il momento di rendergli il favore. Non era mai venuta durante un rapporto sessuale; in effetti, dubitava che per lei fosse possibile. Ma voleva a tutti costi che almeno Eagle godesse.

Così cominciò a muoversi: su e giù, contraendo le pareti vaginali mentre saliva e facendo di tutto per fare in modo che quella loro prima volta fosse speciale per Eagle.

"Ti sforzi troppo," disse Eagle con un tono che era quasi di rimprovero.

Taylor si fermò e lo guardò dall'alto. "Come?"

"Ti sforzi troppo," ripeté lui. "Lasciati andare, fa' ciò che ti fa sentire bene."

"Tutto mi fa sentire bene," protestò lei.

"Ti fidi di me?" le chiese Eagle.

Taylor pensò di aver sbagliato qualcosa, altrimenti lui non le avrebbe parlato con tanta calma nel bel mezzo della loro prima scopata. Annuì, mordicchiandosi un labbro.

"Piegati un po' in avanti e aggrappati a me," ordinò Eagle.

Per quanto incerta, Taylor eseguì.

"Ora solleva il bacino... solo un po'... così, basta così. Proprio lì. Comoda?"

"Sì."

"Bene. Non ti muovere. Per nessuna ragione. Intesi?"

"Ma..."

"Niente ma. Non ti muovere," la interruppe lui.

Taylor non aveva la più pallida idea di cosa la aspettasse. Come potevano fare l'amore se lei doveva restare immobile?

Ma non ebbe il tempo di farsi troppe domande, perché sentì subito le dita di Eagle raggiungerle ancora il clitoride.

Annaspò e fece un altro scatto.

"Non ti muovere, Flower. Dico sul serio," la riprese Eagle.

Lei restò immobile.

Le dita non si fermavano, picchiettavano con vigore contro il clitoride... e nel giro di pochi secondi Taylor fu ancora sul punto di venire.

"Eagle!" gemette.

"Ecco... cazzo, adoro come ti stringi attorno al mio uccello. È bellissimo, dannazione... Voglio sentire che vieni su di me."

Non sarebbe riuscita a fermare l'orgasmo nemmeno se la sua stessa vita fosse dipesa da quello. Perse il controllo violentemente, mentre lui manipolava con destrezza il suo corpo.

Nel momento in cui cominciava l'orgasmo di Taylor, Eagle la prese per i fianchi e la penetrò con decisione. Lo shock provocato da quello scontro la fece urlare. Ma lui non si fermò. Continuando a tenerla sopra di lui, inferiva colpi forti e veloci. Lei sentiva quel lungo uccello entrarle dentro, più e più volte.

Ma Taylor non era sazia e allargò la sua postura, per prenderne ancora. La nuova angolazione permise a Eagle di entrare più in profondità e l'orgasmo di Taylor si prolungò a oltranza, mentre lui continuava a spingere. Non aveva *mai* provato nulla del genere.

Non ci volle molto perché Eagle gemesse sotto di lei. Intensificò la presa sui fianchi di Taylor, si produsse in un ultimo vigoroso affondo, poi la tirò a sé stringendola forte.

Come stregata, lei lo guardò deglutire con difficoltà,

riaprire la bocca e, nel momento dell'orgasmo, lanciare un grido a lungo trattenuto. Erano entrambi sudati. Taylor riusciva a sentirlo fremere e flettersi all'interno del proprio corpo.

Come se avesse trattenuto a lungo il fiato, dopo vari momenti Eagle finalmente espirò. Taylor gli crollò addosso, non si sentiva più gli arti; il petto di Eagle saliva e scendeva, mosso dal respiro affannato, e il cuore gli batteva forte sotto la guancia di Taylor.

"Oh, cacchio," bisbigliò lei.

Eagle sghignazzò. Lei sentì una mano scorrerle tra i capelli. "Mi hai ucciso," scherzò lui.

Taylor alzò la testa. "Pensavo avessi detto che dovevo prendere in mano io la situazione..."

Lui sorrise timidamente. "Il piano era quello, ma la tua incertezza mi ha fatto cambiare idea... e appena ti ho sentita sul mio uccello, non sono più riuscito a trattenermi. Scusa."

"Non scusarti," gli disse lei subito, appoggiandogli di nuovo la guancia sul petto. "È stato fantastico. Io non ero mai..." La voce di Taylor si affievolì.

"...mai cosa?" chiese lui con dolcezza.

Voleva essere con lui il più onesta possibile, così gli disse: "Non ero mai venuta durante un rapporto."

"Davvero?" chiese lui.

Taylor annuì.

"Beh, mi dispiace... ma ti prometto che farò tutto quello che posso per farti venire prima *e* durante i nostri rapporti... e magari anche *dopo*."

"Dopo?" chiese lei con voce assonnata.

"Già. Chi l'ha detto che non ci si può divertire anche dopo aver fatto l'amore?" domandò Eagle.

"Beh, nessuno, credo… È solo che non sono mai stata con un uomo che dopo essere venuto volesse fare qualcosa, a parte dormire."

"Per favore," la pregò Eagle, "non mi parlare delle tue esperienze sessuali mentre sei qui sdraiata tra le mie braccia, con quel sorrisetto soddisfatto."

Taylor annuì. "Scusa, ma mi hai fatto una domanda e io ti ho risposto."

"Vero… Comunque sia, a volte potrei divertirmi troppo per smettere dopo che ho avuto un orgasmo. Potrei leccarti ancora o usare un vibratore… vederti venire è dannatamente sensuale, Taylor, rischio di assuefarmi."

Taylor arrossì. Sentì una specie di contrazione interna e si rese conto che Eagle non era ancora uscito dal suo corpo. Alzò la testa e disse: "Uhm… sei ancora dentro di me."

"Sì," confermò lui, "ed è una sensazione fantastica."

"Ma com'è possibile?" gli chiese lei.

Lui sorrise. "Forse hai notato che il mio amico, qui sotto, è piuttosto lungo."

Taylor non fece altro che annuire, ma avrebbe voluto alzare gli occhi al cielo e chiedergli se da ragazzino se lo misurava e si vantava della sua lunghezza con i coetanei.

"Se nessuno di noi si muove, posso restare dentro di te anche tutta la notte, anche quando non è più duro," la informò.

Taylor lo guardò con un'ombra di incredulità.

"Non ti sto mentendo," insistette lui. "Ma, purtroppo, devo occuparmi del profilattico."

Lei fece una smorfia di scontentezza.

"Lo so," continuò Eagle, "neanch'io vorrei muovermi da questa posizione; niente mi piacerebbe di più che addormentarmi dentro di te e al risveglio ritrovarmi ancora lì."

Lo avrebbe voluto anche lei.

"Oh, cazzo... sbaglio o i tuoi muscoli interni hanno avuto uno spasmo? L'idea non dispiacerebbe neanche a te, vero?"

Mentirgli sarebbe stato sciocco. Taylor fece cenno di sì.

"Allora faremo così, dopo che avrò fatto gli esami e saprai che puoi fidarti di me. Se non vuoi restare incinta, devi cominciare a prendere un contraccettivo. Mi sa che se proviamo a farlo senza preservativo, mi piacerà al punto che non vorrò tornare indietro." Poi la scostò delicatamente dal suo petto, invitandola a spostarsi sulla destra; entrambi gemettero quando lui finalmente scivolò fuori dal corpo di Taylor.

"Torno subito," disse Eagle, accostandosi a lei per baciarla sulla fronte. "Resta qui."

Come se potesse muoversi. Taylor rimase sdraiata e guardò Eagle alzarsi e dirigersi a passi decisi verso il bagno adiacente. Sentì scorrere l'acqua del rubinetto, poi lui tornò al letto. Era ancora nudo e bello come lo aveva visto all'inizio di quella serata.

Ma la benda bianca che gli avvolgeva il braccio le ricordò duramente quanto fosse stata vicina a perderlo.

Eagle spense le luci della camera da letto e si rimise sotto le lenzuola; Taylor si voltò subito verso di lui.

"Mi ero dimenticata del tuo braccio. Hai sentito male mentre lo facevamo?"

"No," rispose lui tranquillo.

"È una bugia?" chiese lei con aria scettica.

Eagle ridacchiò. "No. Ti assicuro che l'unica cosa a cui

pensavo era come mi piaceva averti sopra di me, addosso a me..."

Con sua grande sorpresa, Taylor non era affatto stanca. Soltanto poco prima, le sembrava di essere sul punto di svenire, ma in quel momento desiderava restare sveglia per godersi il fatto di essere lì, sdraiata nel suo letto, con la testa appoggiata alla spalla di Eagle; mai avrebbe pensato che potesse succederle qualcosa di così bello.

"La vostra missione è andata bene?" gli chiese.

"Sì."

"E gli altri stanno bene? Sono stati feriti anche loro?"

"No, non si sono fatti nemmeno un graffio. Grazie per i messaggi che mi hai mandato mentre non c'ero," le disse Eagle. "Quando ho acceso il telefono e mi sono reso conto di quanto tu mi avessi pensato, ho provato una sensazione indescrivibile."

"Sì, ho pensato molto a te. Mi sembrava strano non poterti parlare tutti i giorni," ammise Taylor. "Negli ultimi due mesi mi ero abituata a sentirti spessissimo."

"Anch'io," ricambiò Eagle. "Sono state tante le volte in cui ho avuto l'istinto di prendere in mano il telefono, per poi ricordarmi che non potevo chiamarti. Dimmi del tipo strambo che hai conosciuto domenica al Centro."

Taylor sospirò. Pensò che non avrebbe dovuto scrivergli di quel tipo. In realtà, preferiva non parlarne proprio. Non certo con Eagle nudo nel suo letto. Ma raccontò comunque. "A dire il vero, non ha fatto nulla di particolare. Ha solo parlato, ma io... non so, mi dava una sensazione sgradevole stargli vicino. Poi mi ha chiamato per nome, senza che io mi fossi presentata, e a quel punto ho deciso che era troppo e me ne sono andata."

"Questo non me lo avevi detto. Sapeva il tuo nome?"

chiese Eagle.

Taylor riusciva a percepire tutta la preoccupazione di Eagle, il che le confermò che l'inquietudine che aveva provato dopo quello strano incontro non era stata un'esagerazione. Eagle avrebbe potuto immediatamente minimizzare l'episodio, ma non lo fece. "Già. Sì, insomma... può essere benissimo che sia stato qualcuno del personale medico a dirgli il mio nome, o forse uno degli ospiti. Ma mi è sembrato comunque strano."

"*È* strano," enfatizzò Eagle. "E poi i dipendenti del Centro non hanno il diritto di dire il tuo nome a uno sconosciuto."

"Sono cose che succedono," ribatté lei, senza nemmeno sapere bene perché stava cercando di convincere Eagle che la faccenda non era nulla di grave, quando invece lei stessa, dentro di sé, pensava che lo fosse. "Comunque sia, me ne sono andata subito dopo e non sono più tornata. Ho pensato che forse... forse potresti accompagnarmi tu, il prossimo weekend?"

"Certo che ti accompagnerò," rispose Eagle senza alcuna esitazione.

"Grazie."

"Non mi devi ringraziare. Sai che volevo venire con te al Centro già da un po'. Aspettavo che tu accettassi di farmi entrare, se posso dire così... che tu ti fidassi abbastanza da farti accompagnare da me."

"Beh, di certo stasera ti ho fatto *entrare*," scherzò Taylor.

Eagle fece una risata nasale. "Sai quello che voglio dire."

"Sì," disse lei, tornata seria. "Non so perché in passato preferivo andare da sola. Forse perché le demenze non sono così distanti dalla mia esperienza. Io capisco cosa provano quelle persone; anche se loro non sono in grado di esprimersi a parole, io *so* come si sentono. E mi terrorizza. E poi molti degli ospiti non hanno familiari che vanno a trovarli al Centro; sono soli, come me."

Eagle strinse il braccio con cui le avvolgeva le spalle. "Tu non sei più sola," le disse con tono quasi severo.

"Eagle, tu non hai la palla di cristallo; non puoi sapere ciò che ha in serbo per noi il futuro."

"Vuoi dei figli?"

La domanda colse Taylor di sorpresa. Non se l'aspettava... e sentì diffondersi nello stomaco lo stesso dolore che la invadeva ogni volta che pensava alla sua infanzia. "Sarei una pessima madre," disse.

"Ti sbagli... e non hai risposto alla mia domanda," le disse Eagle con voce calma.

Taylor era tutto fuorché *calma*. Le sensazioni portate dagli orgasmi di poco prima erano sparite. A quel punto avrebbe fatto meglio a cercare di dormire, dopo tutto. "Non importa se io li voglia o meno," gli disse, "ciò che importa è che non sarei in grado di riconoscere nemmeno i miei stessi figli. Se li portassi al parco, finirei per confonderli con i figli di altri. Se li andassi a prendere a scuola, dovrei aspettare che siano loro a venire da me. Sarebbe orribile."

"Ti sbagli," protestò Eagle energicamente. "Saresti una bravissima mamma. Al parco, sapresti cosa indossano i tuoi figli e li terresti d'occhio; e vale lo stesso per la scuola."

Taylor si limitò a scuotere la testa. "Ho avuto un'infanzia terribile," gli disse con voce bassa. Sai già che non sono stata in grado di costruire un rapporto con mia madre e che perciò lei mi ha abbandonata. Nelle famiglie a cui sono stata affidata c'è stato lo stesso problema. Quanto agli amici? Lasciamo perdere. A scuola ho sempre subito prepotenze di ogni genere, dall'asilo fino all'ultimo anno delle superiori. Non vorrei mai e poi mai mettere al mondo un figlio che ha il mio stesso disturbo."

"La prosopagnosia è genetica?" chiese Eagle con delicatezza.

"Sembra esserci una certa familiarità," rispose Taylor, poi sentì le dita di Eagle toccarla sotto il mento e sollevarle il viso, finché la sua unica opzione fu guardarlo negli occhi.

"Io penso che tu saresti una madre eccezionale... a prescindere dal fatto che tuo figlio abbia o meno il tuo stesso disturbo. Impareresti a riconoscerlo dal modo in cui si muove; da come inclina la testa, da come cammina o dal suono della sua voce. L'hai detto tu stessa: il tuo olfatto è particolarmente sviluppato. Sono certo che troveresti un modo per riconoscere il tuo bambino o la tua bambina, anche se dovessi fargli portare la cresta alla moicana o tingerle una ciocca di capelli di rosa."

"E la miglior cosa che può succedere a qualcuno con la prosopagnosia è di avere un genitore con lo stesso disturbo. Avrebbe sempre qualcuno con cui parlarne... pensa a che miniera di consigli potresti offrire. E potresti davvero capire ciò che prova. E poi... avresti tuo marito al tuo fianco. Non saresti mai da sola, nemmeno per un secondo."

Taylor sentì le lacrime inumidirle gli occhi. "Perché non ti ho incontrato anni fa, prima di disilludermi completamente?"

"Nulla succede per caso. Se mi avessi conosciuto cinque anni fa, non ti sarei piaciuto. Provavo rancore per quello che mi era successo nell'esercito ed ero un gran cazzone. Ci siamo incontrati al momento giusto, non ho alcun dubbio al riguardo."

"Grazie," disse Taylor a voce bassa.

"Non devi ringraziarmi perché penso che tu sia speciale," le disse Eagle. "Basta che cominci a crederci anche tu stessa."

Taylor annuì e lui alzò la testa per baciarla con passione sulla bocca, poi le lasciò andare il mento.

"Che altro è successo mentre ero via?" le chiese.

Fu lieta di quel cambio d'argomento, anche se si sentiva meglio dopo che lui l'aveva incoraggiata e le aveva mostrato di confidare in lei. "Una sera non avevo voglia di cucinare," gli rispose, "così sono andata al fast food. Ero in fila al drive-in per ritirare il mio ordine e... per la prima volta in vita mia, mi è capitata quella cosa di cui si parla ogni tanto... il cassiere mi ha detto che il tizio nella macchina davanti a me aveva pagato il mio ordine. È stata una bella sensazione e naturalmente mi sono sentita in dovere di pagare l'ordine della macchina dietro di me."

"Grandioso, Tay. Che altro?"

"Qualche giorno più tardi sono uscita a pranzo con Skylar e qualcuno ha pagato il nostro pranzo... una coincidenza pazzesca, visto quello che era successo al fast-food. Un altro giorno ancora sono andata al garage perché mi mancavi e pensavo che mi sarei sentita più vicina a te se fossi andata lì. Ti ho già informato che ho battuto il tuo record a flipper... scusa se non mi scuso, eh... Quel giorno è passata anche Skylar. Abbiamo parlato un po' e ci siamo messe d'accordo per andare insieme al centro commerciale. Ci siamo poi andate un paio di giorni fa e... ti giuro che mentre girovagavo per il centro commerciale mi sono sentita di nuovo adolescente. Skylar è uno spasso, mi piace un sacco."

"So da fonti bene informate che anche tu piaci a lei," le disse Eagle.

"Non ho mai avuto molta fortuna nei rapporti d'amicizia," ammise Taylor. "Ma Skylar è davvero alla mano. Spero proprio che le cose funzionino tra di noi."

"Funzioneranno."

"Ah... e mi sono anche fatta molto avanti con il lavoro; mi ha permesso di distrarmi dallo stare in pena per te," disse.

"Mi spiace che tu sia stata in pena, ma sai una cosa? Prima d'ora, nessuno si è mai preoccupato per me in questo modo."

Taylor percorse con un dito un paio di vecchie cicatrici che Eagle aveva sul petto. Non aveva idea di come si fosse ferito, ma sapeva che fare il soldato nelle Delta Force, come pure andare in missione con la Silverstone, non era esattamente come lavorare in ufficio. Quella di Eagle era una vita all'insegna del pericolo.

Eagle proseguì. "Io non ho un legame molto forte con la mia famiglia. Sì, insomma, siamo in rapporti cordiali... è solo che io sono completamente diverso da loro. Mio fratello ha dieci anni più di me; non ci vediamo mai. I miei genitori mi hanno sempre trattato bene, ma non hanno approvato la mia scelta di entrare nell'esercito e non hanno idea di cosa io faccia adesso. Non c'è mai stato nessuno ad aspettarmi mentre ero via in missione. Direi che mi piace avere qualcuno che si preoccupa per me."

Taylor si accoccolò a lui e come ricompensa ricevette un abbraccio ancora più stretto. "Sai a me cosa piace, invece?

"Cosa?"

"Questo. Averti qui con me e poterti parlare prima di addormentarmi. Molto meglio che telefonarsi." Ammetterlo fu rischioso, perché significava mostrarsi vulnerabile, ma era troppo tardi per rimangiarsi quelle parole.

"Piace anche a me," disse Eagle.

"Domattina dovrai farmi controllare la ferita al braccio. Alla fine me l'hai tenuta nascosta."

Una risatina rimbombò dal petto di Eagle. "Ok, Flower. Te la farò esaminare, così potrai baciarmela fino a guarirla."

"Wow, sembra una cosa da sporcaccioni," gli disse scuotendo la testa.

"Beh, il tuo uomo è uno sporcaccione," ribatté lui.

Il suo uomo. A Taylor piacque l'idea.

"Il tuo uomo è anche esausto, però," le disse Eagle. "Progettavo di parlare un po' con te e poi fare l'amore di nuovo, ma sento che mi si stanno per chiudere gli occhi."

"Va bene così. In effetti, mi sento un po' indolenzita," ammise Taylor.

"Avrei dovuto prepararti un bagno," disse Eagle con voce assonnata.

Il solo fatto che lui ci avesse pensato la emozionò. "Non c'è problema."

"Mi sei mancata, Flower," biascicò lui. Chiaramente, era in dormiveglia.

"Anche tu," ricambiò Taylor.

Poi lei non sentì altro che i respiri pesanti di Eagle, ormai addormentato.

Inalando forte il suo profumo, anche lei chiuse gli occhi. La serata si era rivelata diversa da come Taylor l'aveva immaginata; in effetti, era andata molto meglio di ogni sua aspettativa.

CAPITOLO TREDICI

Gli ultimi giorni erano stati idilliaci. Eagle si era rivelato il compagno ideale: attentissimo ai bisogni di Taylor e fantastico tra le lenzuola. Ogni volta che facevano sesso, lui si assicurava che lei venisse più volte; Taylor si era resa conto di tutto il piacere che le era mancato nella vita.

Ma tra di loro andava alla grande anche fuori dal letto. Eagle non le stava addosso, le dava modo di concentrarsi sul lavoro, mentre lui si dedicava all'Assistenza Silverstone. Quando Taylor doveva finire qualche correzione, lui non le rinfacciava di non passare abbastanza tempo insieme.

Il giorno dopo essere tornato dalla missione, Eagle era andato alla Silverstone e c'era rimasto fino a sera; lui e gli altri avevano steso una relazione sul loro operato. Taylor gli aveva controllato la ferita e aveva visto che, in effetti, si trattava solo di un colpo preso di striscio; il che però non significava che lei avesse smesso di preoccuparsi per lui e per il dolore che lui aveva al braccio.

Una sera, Taylor era uscita a cena con Skylar, la quale, semplicemente guardandola, aveva intuito che la relazione tra lei e Eagle era progredita oltre lo stadio dell'amicizia. Taylor provava ancora imbarazzo a parlare con un'altra donna della sua vita affettiva, ma il fatto che Skylar avesse i suoi stessi timori riguardo ai rischi che correvano i ragazzi quando erano in missione l'aveva rassicurata.

Nessun tipo strambo aveva più cercato di avvicinarla e persino la visita al Centro per la cura delle demenze senili era andata più che bene. Eagle era stato formidabile con gli ospiti del Centro: si era fatto da parte quando percepiva che la sua presenza metteva a disagio qualcuno e si era lanciato in una conversazione di mezz'ora con uno dei veterani di guerra residenti al centro.

Nel complesso, Taylor non si ricordava di essere mai stata tanto felice... cosa che la spaventava a morte, visto che, nella sua esperienza, la vita era solita tirarle un colpo basso non appena lei abbassava la guardia.

In quel momento, Taylor era seduta in cucina e stava revisionando la bozza di un libro che le avevano mandato. Si trattava di un giallo che figurava nella classifica dei libri più venduti stilata dal *New York Times*. Taylor stava cercando, non senza fatica, di fare il suo lavoro senza smarrirsi troppo nella trama del libro, quando sentì qualcuno bussare alla porta.

Sorpresa, Taylor guardò il telefono. Eagle era solito avvertirla con un messaggio prima di presentarsi a casa sua, ma non lo sentiva da ore. All'idea di dover interagire con un potenziale sconosciuto, sentì crescere in sé l'agitazione, ma si diresse comunque verso la porta. Guardò dallo spioncino e vide un uomo in piedi fuori dall'appartamento. Indossava una maglietta grigia e una tuta da lavoro blu; aveva in testa un berretto da baseball.

"Chi è?" chiese, restia ad aprire la porta a un estraneo.

"Manutenzione, signorina," rispose lui, alzando lo sguardo.

Taylor vide che sorrideva e aveva gli occhi marroni. Teneva con la mano destra un aggeggio largo e piatto, mentre nella sinistra stringeva un volantino. "Sono qui per cambiare il filtro dell'aria condizionata."

Taylor aveva visto l'avviso appeso in giro per il condominio e tirò un sospiro di sollievo. Quando erano previsti lavori di manutenzione o dovevano arrivare i disinfestatori, l'amministrazione lo faceva sempre sapere ai condomini con un certo preavviso. Taylor se ne era dimenticata, ma in quel momento ricordò. Tolse il catenaccio e aprì la porta.

"Salve, scusi la diffidenza," disse all'addetto alla manutenzione.

Lui scrollò le spalle. "Non si è mai troppo cauti, di questi tempi. Una bella ragazza come lei potrebbe ritrovarsi nei guai se non facesse abbastanza attenzione." Con quelle parole, la oltrepassò, entrando nell'appartamento.

Il sollievo che Taylor aveva provato svanì all'istante. Taylor si pentì di aver aperto la porta, ma ormai era successo.

Ci fu un altro particolare che la colpì. Quando l'uomo le passò davanti, Taylor captò un odore pungente.

Candeggina, disinfettante e urina.

Esattamente lo stesso odore che c'era al Centro... l'odore che aveva il tipo strambo che l'aveva approcciata qualche tempo prima, proprio al Centro.

Taylor si spremette invano le meningi cercando di ricordare qualche dettaglio dell'uomo del Centro. Le veniva in mente solo il suo abbigliamento, il che non le era di grande aiuto.

Si accorse di essere rimasta immobile all'entrata e si

mosse di qualche passo verso l'interno dell'appartamento, senza però chiudere la porta: se avesse avuto bisogno di una via di fuga, non voleva rischiare di perdere tempo a riaprire la porta, dando così modo all'uomo di avventarsi su di lei. E poi era pieno giorno e quasi tutti i vicini erano usciti per andare al lavoro; nei paraggi non c'era nessuno che l'avrebbe sentita urlare in cerca d'aiuto.

Detestava essere tanto sospettosa, ma il fatto che l'addetto alla manutenzione avesse lo stesso odore che c'era al Centro la confondeva. Le sembrava una coincidenza assurda. Forse frequentare Eagle l'aveva resa un po' paranoica... Comunque, c'era qualcosa che non andava.

Taylor si rese conto di avere ancora il telefono in mano. Per fortuna.

Alzando lo sguardo per vedere dove fosse l'uomo, lo vide inginocchiato in mezzo al corridoio, intento ad armeggiare con la grata che copriva il filtro dell'aria condizionata. Come se avesse percepito su di sé lo sguardo di Taylor, lui si voltò verso di lei.

"E così... nel condominio non c'è quasi nessuno a quest'ora. Lei lavora da casa?"

Taylor non aveva alcuna voglia di chiacchierare e il suo sesto senso le stava gridando di uscire al più presto da quella situazione, così toccò il nome di Eagle sullo schermo del telefonino e se lo portò all'orecchio.

"Ciao, Tay, come va?"

"Ciao, Kellan. Ho letto il tuo messaggio. Stai venendo qui?" Taylor sperava che Eagle, sentendole usare il suo vero nome, capisse subito che c'era qualcosa di strano. Inoltre, lui non le aveva scritto alcun messaggio, né stava andando da lei. Tutto ciò lo avrebbe allertato, o almeno così Taylor si augurava.

"Cosa succede?" disse Eagle, quasi con un ringhio.

"Ottimo. Il tecnico sta cambiando il filtro, ma possiamo andare appena ha finito."

"C'è qualcuno lì? A casa tua? Stai bene?"

"Già, è appena arrivato. Ma credo che non ci verrà molto, giusto?" chiese Taylor, rivolta all'uomo che era ancora inginocchiato nel corridoio; le parve che quella telefonata lo avesse irritato, anche se poteva benissimo trattarsi di uno scherzo della sua immaginazione stuzzicata dal panico.

"Giusto," borbottò l'uomo in risposta, tornando a concentrarsi sul filtro.

"Sto arrivando," disse Eagle, in sottofondo il rumore del motore della sua auto che si accendeva. "Resta vicino alla porta, intesi?"

"D'accordo," rispose lei.

"E se il tizio fa qualcosa che ti rende nervosa, vattene. Non importa se quello rimane dentro casa tua da solo… l'*unica* cosa che conta è la tua sicurezza."

"Ok," lo rassicurò lei. "Che ne dici se andiamo a mangiare italiano?"

"Stai andando alla grande," la incoraggiò Eagle. "Continua a parlare. Non metto giù finché lui non se ne va o non arrivo io."

"Va bene," disse Taylor, un po' più tranquilla. Continuò quella specie di monologo, tenendo sempre d'occhio il manutentore. Eagle le faceva coraggio e la aggiornava su dove si trovava e quanto mancava al suo arrivo.

"Ecco fatto," disse a un certo punto il tecnico, alzandosi. "Ora il condizionatore è come nuovo."

"Grazie," gli disse Taylor, senza mettere giù il telefono. Sapeva di sembrare maleducata; nel caso in cui l'uomo fosse davvero un addetto alla manutenzione, si sarebbe sentita in colpa per aver dubitato di lui in quel modo... ma, d'altronde, quell'odore continuava a inquietarla.

L'uomo camminò verso di lei e Taylor si sforzò almeno di non allontanarsi.

"Sta uscendo?" chiese Eagle al telefono.

"Mmmh... sì, sì."

"È stato un piacere vederla," disse l'uomo. "Buona giornata." Poi le fece un cenno e uscì dalla porta rimasta aperta.

L'uomo sparì dalla sua vista, ma Taylor aspettò altri dieci secondi per assicurarsi che fosse lontano. Certo, avrebbe potuto nascondersi appena fuori dalla soglia della porta, ma lei contò sul fatto che sarebbe stato stupido, da parte di quell'uomo, aggredirla mentre lei era al telefono con qualcuno... sempre che quello fosse il suo vero intento.

Taylor tirò un sospiro di sollievo solo dopo aver chiuso la porta e tirato il catenaccio.

"Se n'è andato?" chiese Eagle.

"Sì," rispose Taylor con voce tremante.

"È stato un piacere *vederla*? Che cazzo vuol dire?" disse Eagle chiaramente alterato.

A Taylor quel dettaglio era sfuggito. La maggior parte della gente non avrebbe forse detto "È stato un piacere *conoscerla*"? Solo allora Taylor si sentì *davvero* in preda al panico.

"Com'era vestito?" sbraitò Eagle al telefono. "Sono quasi arrivato. Voglio vedere se è ancora nel parcheggio e farci quattro chiacchiere."

"Maglietta grigia, tuta da lavoro, cappellino da baseball," disse Taylor. Fu sollevata dal fatto che Eagle non le avesse chiesto che aspetto aveva. Chiunque altro probabilmente le avrebbe fatto quella domanda, ma chiaramente Eagle sapeva che non era il caso.

"Credo abbia i capelli castani," aggiunse lei, cercando di essere d'aiuto. "Non sono sicura, per via del cappello... E portava delle scarpe da ginnastica bianche."

"Ok, piccola. Sto per svoltare nel parcheggio."

"E aveva un odore particolare," disse Taylor a voce bassa.

"Cosa?"

"Il suo odore. L'ho riconosciuto. È lo stesso odore che c'è al Centro dove faccio volontariato. Mi ha fatto subito pensare al tipo strano che si è seduto vicino a me in giardino... ma non può essere lui, vero?"

Invece di rassicurarla, Eagle le disse: "Adesso metto giù. Sono arrivato e voglio dare un'occhiata in giro prima di venire su. Ti mando un messaggio prima di bussare, così saprai che sono io. Ok?"

"Ok. Stai attento."

"Sempre." Certa che Eagle avrebbe fatto attenzione, Taylor chiuse la telefonata.

Si allontanò dalla porta, stringendosi il telefono al petto; il cuore le batteva all'impazzata.

Perché mai il tizio conosciuto al Centro avrebbe dovuto venire a casa sua? Come poteva sapere il suo indirizzo? Che quell'odore fosse una coincidenza? Forse l'uomo che era appena uscito dal suo appartamento era *davvero* un manutentore che lavorava per il condominio...

Le sembrava tutto insensato... il che la spaventava a morte.

Fissò la porta di casa, pregando che Eagle arrivasse presto da lei.

Eagle non sopportava vedere Taylor tanto spaventata. Quando si erano salutati, quella mattina, lui l'aveva lasciata ancora assonnata e soddisfatta. Nonostante non fosse sempre necessario, a Eagle non pesava affatto ricordarle al risveglio che era *lui* l'uomo nel letto accanto a lei. Ogni mattina, appena si svegliavano, lui le diceva immediatamente "Buongiorno, Flower," e quasi si scioglieva nel vedere il sollievo e l'amore che le riempivano gli occhi a sentire quelle parole.

Sapeva di essersi innamorato, perché anche lui provava quelle emozioni. Nessuno dei due si era ancora dichiarato, ma il sentimento, almeno per quanto riguardava lui, c'era ed era innegabile.

Sentire Taylor chiamarlo con il suo vero nome lo aveva sottratto allo stato di dolce quiete in cui aveva vissuto tutta la mattinata. Lei non lo chiamava *mai* Kellan, perciò aveva capito immediatamente che qualcosa non andava. Si era diretto alla macchina quasi senza pensarci, appena aveva percepito quell'insopportabile tremore nella voce di Taylor.

Bull, Smoke e Gramps erano in giro con i carroattrezzi, quindi Eagle non aveva potuto contare sul loro supporto. La sua unica preoccupazione era stata di raggiungere Taylor. Ma in quel momento il pericolo era passato e lei era relativamente al sicuro, chiusa dentro casa; perciò Eagle, mentre guidava lentamente per il parcheggio nella speranza di avvistare qualcuno che corrispondesse alla descrizione fatta da Taylor, si prese il tempo di chiamare Gramps.

"Ciao, Eagle. Che succede?" gli chiese Gramps rispondendo al telefono.

"Mi serve il tuo aiuto. Chiama anche gli altri."

"Perché? Qual è il problema?"

"Non lo so. Forse non è niente... ma non voglio che Taylor corra dei rischi." Raccontò al suo amico della telefonata di Taylor e di come lei sospettasse che il tecnico dell'aria condizionata fosse lo stesso uomo che l'aveva avvicinata al Centro per la cura delle demenze senili.

"Ora sono nel parcheggio," continuò Eagle. "Mi sto guardando in giro, ma può essere che mi serva una mano."

"Certo. Chiamo Bull e Smoke," disse Gramps. "Io sto finendo un intervento, ma verrò lì il prima possibile. Fino ad allora ce la fai da solo?"

"Sì. Taylor si è chiusa in casa, quindi per il momento è al sicuro. Grazie, amico."

"Non ringraziarmi," ribatté Gramps. "A fra poco." Poi chiuse la chiamata.

Eagle non aveva visto nessuno che somigliasse anche solo lontanamente al tizio descritto da Taylor, il che era di per sé un elemento da tenere in considerazione: se il tizio fosse stato davvero mandato dall'amministrazione condominiale, allora avrebbe ancora dovuto essere lì in giro a bussare alle porte di altri appartamenti, a recuperare materiale o attrezzi da un ripostiglio o da un veicolo, o qualcosa del genere. Ma le uniche persone che Eagle aveva visto nei paraggi erano chiaramente residenti.

D'altronde, l'uomo avrebbe potuto cambiarsi i vestiti, proprio per mimetizzarsi tra la gente. Visto che Taylor non era in grado di ricordare le caratteristiche facciali dell'uomo, Eagle era decisamente svantaggiato. Era una situazione insolita per lui e non gli piaceva. Per niente.

Mandò un breve messaggio a Taylor.

Eagle: Qui tutto ok. Sto aspettando i ragazzi, mi daranno una mano a controllare i dintorni. Tu stai bene?

La risposta non si fece attendere.

Taylor: Sì, sto bene. Mi sento un po' stupida, in realtà. Probabilmente era davvero solo l'addetto alla manutenzione. Mi dispiace averti trascinato qui per una caccia ai fantasmi.

Il piano di Eagle era aspettare che arrivassero i suoi amici e poi cercare in ogni angolo del condominio e dell'area circostante. Ma prima doveva prendersi un paio di minuti per parlare faccia a faccia con Taylor.

Eagle: Vengo su. Sarò lì tra circa un minuto.

Si diresse verso le scale, le salì due scalini alla volta e fu davanti all'appartamento di Taylor in quarantacinque secondi. Fece un profondo respiro e bussò, cercando di sembrare calmo; la telefonata di Taylor l'aveva scosso più di quanto non fosse disposto ad ammettere.

Eagle aveva avuto a che fare con terroristi, assassini, personaggi il cui scopo nella vita era uccidere altri essere umani... ma non si era mai preso uno spavento così grosso come quando si era reso conto che Taylor era in casa con uno che forse voleva farle del male. Non aveva idea di chi potesse aver preso di mira la sua ragazza, sempre che non si trattasse di un falso allarme; a ogni modo, avrebbe fatto tutto ciò che era in suo potere per proteggerla.

Era stato nelle Delta Force. Forze speciali. Lui e gli altri erano stati addestrati per compiti di quel tipo, per neutralizzare persone pericolose, ma... come potevano combattere contro un fantasma? Taylor non poteva fornire una descrizione, né era il caso di gettarsi in una cieca caccia all'uomo nella speranza di identificare il bersaglio dall'odore che emanava.

Eagle batté tre volte sulla porta. "Tay? Sono io, Eagle. Apri la porta, Flower."

Nel momento in cui Eagle disse la parola in codice, sentì scattare il catenaccio. Taylor fu subito tra le sue braccia. Eagle la sospinse verso l'interno dell'appartamento senza porre fine all'abbraccio, poi chiuse la porta con un calcio. Guardò in giro e non notò nulla che potesse destare sospetto. Tirò un sospiro di sollievo e per un istante si rifugiò con il viso nella chioma di Taylor.

Come al solito, i riccioli di Taylor erano in disordine. Per una frazione di secondo, se la figurò sdraiata sul pavimento, ferita ed esangue, quei bellissimi riccioli che le incorniciavano il viso come una specie di macabra aureola.

Scuotendo la testa, Eagle si ribellò all'orribile pensiero di Taylor senza vita. No. L'aveva appena trovata. Non l'avrebbe persa.

Si scostò da lei e le portò le mani ai lati della testa. Lei lo guardò negli occhi, stringendogli i polsi. "Stai bene?" le chiese; voleva una conferma.

Lei fece cenno di sì.

"Raccontami cosa è successo. Dall'inizio."

"Ho sentito bussare alla porta. Sapevo che non eri tu, perché mi avverti sempre prima di venire qui. Non avevo idea di chi potesse essere. Ho guardato dallo spioncino e ho chiesto chi era. Il tizio ha detto di essere un tecnico che doveva cambiarmi il filtro dell'aria condizionata. Così l'ho lasciato entrare... Eagle, era credibile... aveva proprio l'aspetto di un tecnico e teneva in mano uno dei volantini che avvertivano i condomini della manutenzione in corso; quei volantini sono in giro da qualche giorno. Non avrei aperto la porta, se non fossi stata convinta che lui fosse chi diceva di essere."

"Lo so. Continua pure," disse Eagle.

"Ok, quindi aveva il filtro dell'aria condizionata in mano e quando mi è passato di fronte, dopo che gli avevo aperto la porta, ho sentito il suo odore. Non sono pazza," disse Taylor con fermezza. "Non c'è nessuna ragione per cui un manutentore dovrebbe avere quell'odore. Candeggina, disinfettante e urina. Ho passato al Centro abbastanza tempo da ricordarmi bene quell'odore."

"Ti credo," la rassicurò Eagle.

Quelle due parole sembrarono calmarla.

"Il suo odore mi ha terrorizzato. Ricordo il tizio che si è seduto troppo vicino a me al Centro... aveva lo stesso odore. Così ho tenuto la porta aperta, in modo da poter scappare in caso di pericolo; poi ho chiamato te. Ho cercato di non fargli capire che mi sentivo a disagio, ma mi sa che se n'è accorto comunque. Mentre ero al telefono con te, lui ha finito di cambiare il filtro e se n'è andato. Non mi detto quasi nulla, in realtà."

"Ti sei comportata bene," commentò lui con tono rassicurante.

"Cosa succede, Eagle?" chiese Taylor.

Lui si sporse e la baciò sulla fronte con riverenza. "Non lo so, ma farò del mio meglio per capirlo."

"Ok."

Una sola parola non era mai valsa tanto. Taylor confidava che lui la proteggesse, che scoprisse se l'addetto alla manutenzione era lo stesso uomo del Centro di cura, che capisse che cazzo stava succedendo. Eagle non l'avrebbe delusa.

"Ho chiamato gli altri, stanno arrivando. Daremo un'occhiata in giro. Te la senti di restare qui da sola per un po'?

"Certo. Ora che ci sei tu, so che quel tizio non tornerà."

Eagle voleva dirle che la amava, ma quello non era il momento giusto. Però non sarebbe riuscito a tenerselo dentro a lungo. Desiderava con tutto se stesso farle sapere quanto lei significasse per lui, prometterle che non l'avrebbe lasciata andare. Mai.

Ma prima... doveva risolvere quel mistero.

———

Brett si incupì ripensando al ragazzo di Taylor che pattugliava il parcheggio. Telefonando al tizio, quella stupida puttana gli aveva rovinato la festa. Brett ignorava il motivo per cui la ragazza aveva sospettato che lui non fosse chi diceva di essere. Doveva essersi tradito in qualche modo, altrimenti Taylor, non potendolo riconoscere, non avrebbe avuto ragione di allarmarsi.

Ma anche se quel giorno non era riuscito a incasinarle la testa, il tremore che percorreva la voce di Taylor mentre era al telefono lo aveva elettrizzato. Era arrivato a lei... proprio com'era nei suoi piani, era stato spassosissimo.

Non riusciva a non pensare al terrore che Taylor avrebbe provato, quando lui l'avrebbe portata nel suo seminterrato e l'avrebbe legata. Sarebbe stata in suo completo potere e non avrebbe potuto chiamare nessuno in cerca di aiuto.

Era quasi il momento di passare alla fase operativa del piano. La seguiva ormai da mesi e più la conosceva, più era eccitato. Ma il piano prevedeva ancora un incontro faccia a faccia...

Qualche giorno prima, mentre la seguiva tra le corsie di

un supermercato, l'aveva sentita di sfuggita fare la civetta in modo disgustoso; era chiaro che stava parlando con il suo ragazzo... e l'aveva chiamato *Eagle*.

L'ultima sorpresa che aveva in serbo per lei sarebbe stata perfetta. Si sarebbe presentato a Taylor con quel nome e lei si sarebbe fidata ciecamente di lui... per poi impazzire, quando si fosse resa conto della sua "recita".

Quanto al rapimento, bisognava aspettare il momento opportuno. Avrebbero dovuto essere loro due da soli, senza che ci fossero in giro potenziali testimoni in grado di descriverlo alla polizia.

L'avrebbe sopraffatta e portata a casa sua.

"Donald?" Brett sentì la madre chiamarlo dal pianterreno e sospirò, esasperato.

"Me la sono fatta addosso ancora... ho bisogno d'aiuto!" disse lei con una voce rotta dallo spavento.

"Cazzo," imprecò Brett. Non era un problema quando le sue vittime si pisciavano addosso per la paura; anzi, trovava la cosa divertente, persino eccitante. Ma pulire gli escrementi della madre era una cosa che detestava.

Optando per lasciarla nella sua stessa sporcizia ancora un po', Brett si concentrò nuovamente sulla pianificazione del prossimo incontro con Taylor. Dopo gli ultimi sviluppi, la ragazza sospettava qualcosa, il che rendeva il compito più difficile. D'altronde, sapere il nome dello stronzo con cui Taylor si vedeva avrebbe aiutato Brett a guadagnare la sua fiducia. Sì, ci sarebbe stato un momento in cui Taylor si sarebbe pentita di non aver usato più prudenza... ma quel momento per lei sarebbe stato troppo tardi.

Già, fotterle il cervello era uno spasso, ma era giunto il momento di agire. Il *vero* divertimento stava per cominciare.

CAPITOLO QUATTORDICI

Eagle guardò Taylor e non poté fare a meno di sorridere. Erano nel seminterrato della Silverstone e lei stava leggendo un manoscritto, la fronte solcata da una ruga dovuta alla concentrazione. Eagle non avrebbe mai pensato di potersi innamorare del modo in cui una donna leggeva.

Lui e i suoi amici non avevano trovato nulla nel parcheggio, né nell'area circostante il condominio dove Taylor viveva. Eagle aveva parlato con l'amministratore, il quale gli aveva detto che la manutenzione *era* in programma, ma il cambio dei filtri negli appartamenti al piano di Taylor era fissato per il giorno seguente. Se lei non avesse avuto la lucidità di telefonargli mentre quell'uomo era nel suo appartamento, avrebbe potuto succederle di tutto; Eagle non ci voleva nemmeno pensare.

Taylor era stata molto dura con se stessa, rimproverandosi che non avrebbe dovuto permettere a quell'uomo di entrare in casa. Eagle le ripeteva che non aveva fatto nulla di sbagliato... ma entrambi, dopo quell'episodio, avevano cominciato a prendere più precauzioni per la sicurezza di Taylor.

In seguito all'incidente del manutentore, come lo chiamavano loro, Taylor aveva cominciato a passare le notti a casa di Eagle. All'inizio, il fatto di averla così spesso nel proprio spazio personale lo aveva vagamente preoccupato: temeva che fosse una situazione strana e, per lui, un po' opprimente. Ma si erano rivelati timori infondati; in realtà, adorava averla intorno. I due sembravano sempre avere qualcosa di cui parlare e lei si sentiva perfettamente a suo agio anche stando semplicemente seduta vicino a lui in silenzio. Quella convivenza stava portando una ventata di freschezza nella sua vita e corroborava la sua decisione di fare tutto il possibile per convincere Taylor a voler stare con lui per sempre.

Di solito, passavano le giornate al garage. Lei lavorava mentre lui andava in giro a fare interventi con il carroattrezzi. Eagle e i ragazzi discutevano della missione successiva... probabilmente sarebbe stata in Africa e come bersaglio avrebbe avuto il leader di Boko Haram, l'organizzazione terroristica che recentemente aveva attaccato un'altra scuola femminile e aveva preso in ostaggio altre studentesse, forse anche una cittadina americana. Non si sapeva nulla né di lei né degli altri ostaggi. Era un fottuto casino e il capo dell'organizzazione andava fermato.

A parte tenersi informati sulla situazione internazionale, i ragazzi stavano anche cercando di capire chi fosse l'uomo che era stato nell'appartamento di Taylor. Per il momento, però, non avevano fatto alcun progresso. Il Centro di cura non era stato in grado di fornire informazioni sull'uomo e nei video di sorveglianza che avevano ottenuto dall'amministrazione condominiale, lui teneva sempre la testa bassa, il che rendeva impossibile identificarlo.

Era l'ora di pranzo quando il telefono di Taylor squillò. Eagle non poteva sentire l'interlocutore, ma ascoltò ciò che diceva Taylor.

"Pronto? Sì, sono io. Oh... salve! Sì... certo, mi ricordo, mi era piaciuta quella storia... Davvero? Wow, è grandioso! È una richiesta dell'autrice? Uhm... sì, mi interessa... Quando sarebbe?"

Taylor incrociò lo sguardo di Eagle, mentre continuava: "Bisogna che controlli i miei impegni, poi la richiamerò... Certo, capisco... Sono onorata che l'autrice abbia pensato a me, i correttori di bozze di solito non finiscono sulla lista degli invitati alle premiazioni... Lo so, lo so, ma è comunque una bella sorpresa. La richiamo appena possibile, probabilmente entro oggi... Grazie per la telefonata... Ok, la saluto."

"Di che si tratta?" chiese Eagle appena lei chiuse la chiamata.

"Era l'agente di uno degli autori per cui ho lavorato. L'anno scorso ho corretto la bozza di un libro che è rimasto nella lista dei libri più venduti per un paio di settimane. L'autrice vive a Bloomington e lavora all'Università dell'Indiana. L'università sta organizzando una cerimonia di premiazione e lei vuole invitare tutti coloro che hanno partecipato alla pubblicazione del libro: l'agente, quelli della casa editrice e me, la correttrice di bozze."

"È fantastico, Tay," disse Eagle, felice che l'impegno proferito da Taylor nel suo lavoro venisse riconosciuto. "Quando c'è la cerimonia?"

Taylor si mordicchiò un labbro. "Questo weekend. So che il preavviso è poco e l'agente se ne è scusata; ha detto che ha pensato che non sarebbe stato un problema per me andare in macchina, visto che vivo vicino a Bloomington. Però non lo so, questo è un periodo un po' delicato...

"Accetta l'invito," la interruppe Eagle.

"Ma..."

Lui le si avvicinò. "Faresti bene ad andare. Lavori sempre sodo e mi sembra una buona idea fare un giro fuori da Indianapolis. Ti lascerai per un po' lo stress alle spalle."

"Sei sicuro?"

"Sì."

Lei lo guardò con aria incerta. "Uhm... posso portare con me un accompagnatore. Non so se la cosa possa interessarti. Se non vuoi venire, posso chiederlo a Skylar, è solo che..."

"Certo che voglio venire," sbottò Eagle, stupito che lei avesse pensato il contrario anche solo per un istante.

"Oh... bene, allora."

"Taylor," disse lui con tono pacato, "non so come tu stia vivendo quello che ci succede, ma per me la nostra non è una storia qualsiasi. Stavo già pensando di candidarmi come tuo accompagnatore, ma non volevo sembrare presuntuoso. Io sono fierissimo del tuo lavoro e voglio supportarti, per quanto posso. Se uno dei tuoi clienti ti invita a una cerimonia di premiazione, è naturale che mi faccia piacere essere coinvolto."

"Non sarò *io* a essere premiata," ribatté lei seccamente.

"Non importa. L'autrice ti ha invitata perché hai avuto un ruolo nel suo successo. È una cosa fantastica."

Taylor lo fissò per un lungo istante, poi disse: "A volte, di notte, resto sveglia nel letto a chiedermi perché mai tu stia insieme a me. Mi sembra non abbia senso. Io sono quella che non ha mai avuto né una famiglia né amici veri...

e ora tu stai colmando entrambi i vuoti. I tuoi amici, che sono come la tua famiglia, mi hanno invitato nel loro mondo senza nemmeno pensarci due volte. È folle."

"È perché tu sei fatta per me," spiegò lui con aria seria. "Noi ci compensiamo: io riconosco chiunque e tu non riconosci nessuno. Siamo una coppia perfetta."

Eagle notò che Taylor deglutiva con difficoltà e si mordicchiava ancora il labbro. Lui odiava vederla piangere, anche quando si trattava di lacrime di gioia, così le chiese subito: "Riusciresti a ottenere una lista degli invitati? Così potrei studiarla, trovare foto dei personaggi più in vista e darti qualche dritta quando siamo nel mezzo della festa."

Lei lo guardò stupita. "Lo faresti?"

"Flower, farei qualsiasi cosa per te," rispose Eagle senza esitazione.

"Posso chiedere la lista all'agente e mostrarti dei primi piani degli invitati quando arriviamo a casa."

Casa. Gli piaceva il suono di quella parola pronunciata da Taylor. "Grande."

Taylor gli si gettò tra le braccia e Eagle fece una risatina e l'abbracciò, mentre indietreggiava di un passo per via dell'impatto. "Sei felice?" le chiese.

"Sì... tanto da temere che, se lo ammetto, tutto svanisca.

"Non svanirà nulla," disse Eagle con fermezza.

Taylor si scostò da lui. "E riguardo al tizio della manutenzione? Non sappiamo niente di lui, né della ragione che lo ha spinto a casa mia."

"Lo troveremo," disse Eagle sicuro di sé.

"Come?"

"Se quell'uomo è davvero ossessionato da te, immagino che cercherà ancora di arrivare a te. Proverà a contattarti.

Ma ora tu sei più consapevole di chi ti circonda e farai più attenzione. Se succede qualcosa di insolito, te ne accorgerai."

"Però continuo a non capire il *perché*," disse Taylor. "Io non sono nessuno, sono solo... io!"

"Non è vero che non sei nessuno," ribatté Taylor. "Sei Taylor Cardin e sei fantastica."

Lei sorrise. "Grazie."

"Figurati. A che punto sei con la correzione? Ti va di mettere qualcosa sotto i denti?"

Taylor giocherellò con la targhetta che Eagle si era applicato sul petto appena era entrato all'Assistenza Silverstone. Nessuno dei dipendenti si era lamentato di doverla indossare; anzi, quasi tutti si erano mostrati interessati a saperne di più sulla prosopagnosia.

"Oh, sì! Richiamerò l'agente più tardi. Non voglio farmi sentire pochi minuti dopo l'invito, sembrerei troppo emozionata all'idea di partecipare all'evento."

Eagle ridacchiò. "Allora andiamo a procacciare un po' di cibo per te."

"Cibo per *me*? Ma se sei tu che scalpiti da stamattina per sapere cos'ha preparato Shaw."

"Vero. Beccato."

Mentre salivano le scale, Taylor gli prese la mano, al che lui si ripromise ancora una volta di fare tutto il possibile per proteggerla, anche se prima o poi Taylor avrebbe voluto tornare a vivere nel suo appartamento. Eagle adorava averla nel proprio spazio personale, ma non aveva intenzione di farle fretta perché si trasferisse stabilmente da lui. Preferiva che prendesse una decisione del genere perché era ciò che entrambi volevano, non perché era spaventata e temeva di non aver altra scelta.

———

Taylor non riusciva a tenere gli occhi aperti. Dopo un pranzo delizioso e abbondante, dopo aver richiamato l'agente e averle detto che il weekend seguente sarebbe andata a Bloomington e che Eagle l'avrebbe accompagnata, il weekend con Eagle, e dopo aver letto per tre volte lo stesso paragrafo senza la minima concentrazione, capì che aveva bisogno di una pausa.

Avrebbe potuto andare al piano di sopra a fare un pisolino in una delle camere da letto, ma aveva davvero bisogno di stare un po' da sola. Dopotutto, era un'introversa. Le piaceva la solitudine. Negli anni aveva imparato ad apprezzare il tempo che passava solo con se stessa e nell'ultima settimana non ne aveva praticamente avuto.

Adorava stare con Eagle, che riusciva sempre a farla sentire a casa sua, ma in quel momento aveva davvero bisogno di un po' di intimità con se stessa.

D'altronde, non voleva tornare nel suo appartamento. Per quanto detestasse la cosa, non ci si sentiva più al sicuro.

"Eagle?"

"Sì?" rispose lui, alzando gli occhi dallo schermo del computer a cui stava lavorando da quando avevano finito di pranzare. Taylor sapeva che lui e i suoi amici, a parte condurre le ricerche per la loro prossima missione, stavano anche cercando di identificare l'uomo misterioso che le aveva fatto visita. Così, mentre lei correggeva il manoscritto, Eagle era rimasto al computer, intento a cliccare e a fissare lo schermo.

"Vorrei andare a riposarmi un po' a casa tua."

Senza esitare, Eagle chiuse il portatile e fece per alzarsi.

"No... voglio dire... mi fa piacere se mi dai un passaggio, ma credo di aver bisogno di stare da sola per un po'."

Lui la guardò attentamente.

"Non è che non voglio stare con te," spiegò lei. "Adoro quando siamo insieme, direi che è chiaro. È solo che... sono abituata a passare molto tempo da sola... e anche se quest'ultima settimana è stata fantastica, mi piacerebbe avere un po' di tempo tutto per me. Non andrò da nessuna parte, te lo prometto. Magari dormirò un po', poi preparerò un caffè e riprenderò il lavoro."

Eagle la raggiunse al tavolino dov'era seduta e si chinò per baciarla sulla nuca. "Non mi devi spiegare nulla, Taylor. Ti capisco."

"Davvero?"

"Certo. Anch'io ho vissuto da solo per molto tempo. Mi piace averti sempre vicino, ma so di poter diventare piuttosto impegnativo, a volte... e non c'è problema se hai bisogno di una pausa."

"Non c'entri tu," cercò di chiarire lei. "C'entrano tutti... Mi piace un sacco stare qui al garage e mi sento sicura... ma, a volte... ho solo bisogno di un po' di tranquillità e solitudine. Faccio fatica a spiegarlo."

"Invece te la cavi bene. Ti sentirai sicura a casa mia da sola?"

"Sì," disse lei immediatamente. "Ti sembrerà stupido, ma... ci sento il tuo odore... e il tuo odore mi calma: mi fa sentire come quando sei vicino a me. In effetti, non è escluso che prenda una delle tue magliette e la tenga stretta mentre dormo."

Eagle fece un largo sorriso. "Sentiti libera di appropriarti dei miei vestiti come e quando vuoi. Mi piacerebbe vedere che ti aggiri per casa mia con indosso una mia maglietta."

Taylor alzò gli occhi al cielo. "Che cosa da maschio…"

"Beh, che dire… sono colpevole," ammise Eagle. Poi la aiutò ad alzarsi e furono entrambi in piedi, uno accanto all'altra. "Mi farei in quattro per darti qualsiasi cosa di cui tu abbia bisogno; se si tratta di un po' di tempo da dedicare a te stessa, lo avrai. E poi il mio condominio è sicuro."

"Grazie. Anch'io farei di tutto per te, anche se non sono certo Wonder Woman. Sai, non vorrei mai opprimerti… da una settimana, praticamente mi sono trasferita da te, ma posso tornare a casa mia, se me lo chiedi. Non voglio esagerare."

"Non stai affatto esagerando," la rassicurò Eagle. "Adoro averti con me a casa. Dormire ogni notte abbracciato a te non è mica un sacrificio… quindi non ti preoccupare."

"Ok."

"Ok. Prendi su le tue cose, ti accompagno a casa. Vuoi che mi fermi a prendere qualcosa per cena, quando rientro?"

"Beh, sì… se ti va. Potrei cucinare, ma non so cosa c'è in frigorifero. E poi il compito di cucinare potrebbe sovrapporsi al mio pisolino," disse Taylor sorridendo.

"Perfetto. Ci penso io, allora. Taylor?"

"Sì?"

Eagle la fissò a lungo, tanto che lei cominciò a sentirsi a disagio. Poi lui parlò: "Niente. È solo che sono davvero felice che entrambi ci siamo dati una svegliata e abbiamo ammesso che volevamo qualcosa di più di un'amicizia."

"Lo sono anch'io," ricambiò Taylor.

———

Tre ore più tardi, Taylor si sentiva molto meglio. Eagle l'aveva accompagnata a casa e, dopo averla salutata con un bacio appassionato, l'aveva lasciata sola. Lei si era messa una delle magliette che aveva trovato nell'armadio e aveva dormito per tre quarti d'ora, poi aveva lavorato un po' sul manoscritto che stava correggendo. In quel momento era sdraiata sul divano, intenta a guardare un programma di cucina alla TV.

Era ormai ora di mangiare, come le stava ricordando il suo stomaco; aspettava che Eagle tornasse con la cena.

Non si ricordava esattamente quando aveva cominciato a sentirsi completamente a suo agio a casa di Eagle, ma quella sensazione non le creava alcun problema. In realtà, quando era con Eagle, le sembrava sempre di essere a casa, non importava dove fossero. Da bambina era stata in diverse famiglie adottive, senza però mai sviluppare un senso di appartenenza. Il suo appartamento, poi, per quanto fosse un posto comodo e tranquillo, non le aveva mai dato l'impressione di una vera e propria casa.

Si guardò intorno: tutto le ricordava Eagle. Il suo odore era dappertutto, permeava l'aria.

Improvvisamente, qualcuno bussò alla porta e Taylor si irrigidì.

No, cacchio... un'altra volta no!

Guardò subito al telefono, nella speranza di essersi persa un messaggio di Eagle. Niente. Sarebbe dovuto tornare verso quell'ora, ma perché mai avrebbe dovuto bussare? Aveva le chiavi.

Per dare l'impressione che in casa non ci fosse nessuno, raggiunse la porta in punta di piedi. Guardò dallo spioncino e vide un uomo con indosso una maglietta rossa e blu e in mano una grande scatola piatta che Taylor identificò immediatamente: pizza.

"Chi è?" chiese lei.

"Devo consegnare una pizza," rispose l'uomo.

Taylor chiuse gli occhi e cercò invano di capire se avesse già sentito quella voce. "Non ho ordinato nessuna pizza."

"Sì. Il tizio che ha telefonato ha chiesto di dirle che l'ha ordinata Eagle."

Al sentire quel nome, la paura di Taylor si dissipò.

"È anche già pagata," aggiunse lui.

"Può lasciarla fuori dalla porta," disse Taylor senza aprire. Dopo l'episodio dell'addetto alla manutenzione, aveva imparato la lezione. Era probabile che Eagle avesse in effetti ordinato la pizza, visto che il tizio conosceva il suo nome, ma Taylor non voleva correre rischi.

"D'accordo, come preferisce," disse l'uomo.

Dallo spioncino, Taylor lo vide abbassarsi per appoggiare la scatola sul pavimento. Aspettò che fosse andato via, poi aprì la porta con circospezione.

Raccolse la scatola, dalla quale proveniva un profumino delizioso, richiuse a chiave la porta e si diresse in cucina. Avrebbe voluto cominciare a mangiare subito, ma sarebbe stato maleducato da parte sua; e poi, se Eagle aveva ordinato la pizza, voleva dire che stava tornando a casa. Così aprì il forno, lo accese al minimo e ci mise la pizza, sperando che si mantenesse calda fino al ritorno di Eagle.

Venti minuti dopo, un messaggio fece vibrare il telefono di Taylor.

Eagle: Sto salendo.

Grata per la premura con cui lui la trattava sempre,

Taylor si alzò dal divano; non vedeva l'ora che lui arrivasse. Una volta lo aveva aspettato fuori dalla porta, ma lui l'aveva sgridata, dicendole che preferiva saperla chiusa a chiave dentro casa, al sicuro, e che a un eventuale aggressore sarebbero bastati dieci secondi per sopraffarla.

Lei si era trovata subito d'accordo. Noi era bello lasciarlo armeggiare con le chiavi per aprire la porta, ma fece come lui le aveva chiesto.

Meno di minuti più tardi, Taylor sentì lo scatto familiare della serratura. Eagle aprì la porta. "Ciao, Flower," la salutò.

"Ciao!" ricambiò lei, raggiungendolo. Si alzò sulle punte dei piedi e gli diede un bacio lungo e pieno di passione.

Quando si separarono, Eagle le disse con un gran sorriso: "Se mi merito un saluto del genere dopo averti lasciata sola per qualche ora, insisto perché tu stia sola tutti i giorni."

Anche lei sorrise. Dormire nel letto di Eagle e respirare il suo profumo tutto intorno a lei l'aveva eccitata. Non si era masturbata, ma aveva ripensato a tutti i modi in cui lui l'aveva amata in quel letto. Era pronta e calda, non vedeva l'ora di mostrargli quanto apprezzava tutte le piccole attenzioni che di recente lui le aveva riservato.

Un invitante profumo di cibo le assalì le narici. Abbassò lo sguardo: Eagle aveva in mano due sacchetti di carta con il logo del loro ristorante cinese preferito. Lo guardò confusa. "Hai preso il cinese?"

"Sì. Te l'avevo detto che avrei portato la cena."

"Ma hai ordinato la pizza..."

"Cosa?" chiese lui.

"La pizza," ripeté lei. "L'ho messa in forno per tenerla

calda. Il tizio che l'ha consegnata ha detto che l'avevi ordinata tu."

"Ha detto proprio il mio nome?" chiese Eagle, facendosi serio tutto d'un tratto. Andò in cucina e Taylor lo seguì.

"Sì," rispose lei, che poi chiuse gli occhi nello sforzo di ricordare le parole esatte. "Ha detto: *'l'ha ordinata Eagle'*."

"Cazzo!" imprecò Eagle. "Non ho ordinato alcuna pizza, Taylor. Ti avrei avvertito, se l'avessi fatto. E poi, nel caso, sarei passato a prenderla io, non avrei lasciato che un estraneo ti spaventasse presentandosi alla porta."

"Oddio... che stupida che sono..." bisbigliò lei.

"Va bene. Tu stai bene."

Lei scosse la testa. "Stavolta, almeno, non ho aperto la porta. Gli ho detto di lasciare la pizza in corridoio."

"Bella mossa," disse Eagle. .

Taylor lo guardò. "Come poteva sapere il tuo nome?"

"Non ne ho idea."

Quella risposta di certo non la confortò. Per lunghi istanti, restarono entrambi in piedi senza dire nulla, poi Eagle andò verso il forno e lo aprì. La vista della pizza, che a Taylor prima era sembrata tanto appetitosa, la disgustò.

Eagle si mise un guanto da forno e tirò fuori la scatola. La appoggiò sul top, lesse la ricevuta fissata a un angolo e... si scurì in volto.

"Che c'è?" chiese Taylor. "Cosa dice?"

"Dice che è per Thanatos," rispose lui con aria lugubre.

A Taylor venne la pelle d'oca sulle braccia. "Sei sicuro?"

"Sì."

"Era il nome del tizio che mi ha tamponato," disse Taylor; fu un commento superfluo, chiaramente Eagle si ricordava quel nome.

"E c'è scritto il tuo indirizzo, non il mio," continuò lui. Eagle aprì il coperchio di cartone e imprecò ancora.

Taylor si spostò di fianco a lui e fissò la pizza. Era coperta di formaggio fuso, salame piccante, salsiccia, olive tagliate... ma le olive erano disposte in maniera tale da formare una parola.

Presto.

Taylor fu percorsa da un brivido violento.

"Chiamo la polizia," disse Eagle tirando fuori il telefono.

Taylor gli afferrò il braccio. "E cosa dirai? Che ho fatto entrare nel mio appartamento uno che mi ha cambiato il filtro dell'aria condizionata e poi se n'è andato? Che un tizio mi ha tamponata, ha promesso di occuparsi del danno e poi non l'ha fatto? Che ci hanno portato una pizza che non abbiamo ordinato? Non ci prenderebbero seriamente, anche perché non sarei in grado di descrivere quell'uomo. Sì, posso dire com'era vestito, che quando è venuto nel mio appartamento indossava una tuta, mentre stasera aveva una maglietta rossa e blu... ma niente di più. Non abbiamo uno straccio di prova!"

Finì di parlare quasi in preda a una crisi isterica.

"Io ti proteggerò," le disse lui.

Taylor scosse la testa. "Non puoi farlo! Quello mi sta prendendo per il culo. L'altra volta avrebbe potuto facilmente aggredirmi, perché sono stata tanto stupida da aprirgli la porta! Ora mi vuol far sapere che può arrivare a me in qualsiasi momento. Persino qui! Ma per qualche ragione, aspetta l'occasione giusta. Sono il suo giocattolo!"

"Ascoltami," la implorò Eagle, ma lei era fuori di sé: le sembrava che il mondo le stesse crollando addosso.

"Conosce il tuo nome! Cosa farà ora? Si metterà a

perseguitare anche *te*? Non sappiamo nemmeno chi sia quest'uomo, né la ragione per cui mi tormenta!"

"Spero proprio che se la prenda con me," ribatté Eagle.

"No! Io non voglio che se la prenda con te! E nemmeno con me! Non ha alcun *senso*! Cos'ho fatto per meritarmelo? Voglio solo che tutto finisca!"

"Finirà."

"Quando, Eagle? *Quando* finirà?"

"Non lo so, ma..."

"Nessuno lo sa! Magari non finirà *mai*! Magari questo tizio continuerà a incasinarmi la testa anche quando avrò più di ottant'anni!"

"No. Prima o poi commetterà un errore e..."

Taylor era troppo agitata per ascoltare Eagle che cercava di tranquillizzarla. "Devo andarmene... trasferirmi in un posto dove nessuno sa chi sono e da dove vengo... forse là potrò..."

Eagle non le lasciò finire la frase. La tirò a sé, mettendole una mano dietro la nuca e avvolgendole l'altro braccio intorno alla vita.

Taylor cercò di divincolarsi, ma lui non glielo permise.

"Io ti amo!" gridò Eagle, quasi con rabbia.

Taylor smise di muoversi.

"Io *ti amo*," ripeté lui con tono più dolce. "Non lascerò che nessuno ti faccia del male. Taylor, in vita mia non ho mai provato quello che ora provo per te e non permetterò a *nessuno* di rovinare quello che c'è tra me e te."

Taylor alzò la testa. Eagle spostò la mano che le teneva sulla nuca e le dita gli finirono tra i suoi riccioli. "Mi ami?" chiese lei, come ammansita da quella dichiarazione.

"Sì," disse lui con calma e semplicità.

Taylor era senza parole. Per quanto ricordava, nessuno le aveva mai detto di amarla.

"Tay? Di' qualcosa," la esortò Eagle.

Per la prima volta da che si conoscevano, Taylor vide un'ombra di disagio negli occhi di Eagle. Forse si era dichiarato con troppa foga, ma lei non voleva che lui si pentisse di averglielo detto, nemmeno per un secondo.

"Ti amo anch'io," gli rispose, la voce rotta dalla commozione. "Hai reso la mia vita migliore... in così tanti modi che non saprei nemmeno da dove cominciare, se li dovessi elencare." Poi ammise, con grande vergogna: "Nessuno mi ha *mai* amata."

"Peggio per chi ha perso l'opportunità di farlo," cercò subito di rincuorarla Eagle. "Sei la persona più amabile che io abbia mai conosciuto," le disse.

Si guardarono negli occhi per un po', poi Taylor chiese: "Eagle, cosa facciamo con questo tizio?"

"*Tu* non dovrai fare nulla. Ce ne occuperemo io e i ragazzi. Troveremo questo bastardo e, nel frattempo, tu continuerai a vivere la tua vita come meglio puoi. L'unico problema è che nel prossimo futuro non avrai a disposizione molto tempo per stare da sola, almeno finché non troviamo lo stronzo."

"Nessun problema," Taylor ribatté senza esitazione.

"Dovrai abituarti ad avermi intorno tutto il giorno, tutti i giorni," la avvertì Eagle.

"Ok," disse lei, poi gli chiese: "Sarebbe una specie di punizione? Perché a me sembra quasi un premio."

Le pareva incredibile essere lì a scherzare con lui, pochi secondi dopo aver avuto un principio di crisi isterica. In passato, quando era stata oggetto di prepotenze, le famiglie presso cui viveva non si erano mai mostrate molto comprensive. Nessuno aveva mai preso le sue difese. Ma in quel momento davanti a lei c'era un ex soldato delle Delta Force, furioso e deciso a trovare e fermare chiunque la stesse perseguitando. In tutta sincerità, non si era mai sentita tanto al sicuro in vita sua.

"Eagle?"

"Sì?"

"Ricordi ieri sera, quando mi hai detto che mi avresti insegnato a succhiartelo?"

Eagle sgranò gli occhi e lei poté vedergli le pupille che si dilatavano. "Sì..."

"Ci ho pensato tutto il pomeriggio. Sono pronta. Voglio darti piacere come tu ne dai a me. Aiutami a dimenticarmi di questa storia, di quel bastardo... almeno per un po'. Per favore."

Eagle si mosse rapidamente. Si girò e richiuse la scatola della pizza, poi prese i sacchetti con il cibo cinese e li mise in frigorifero. La prese per mano e praticamente la tirò lungo il corridoio, fino alla camera da letto.

"Mangeremo dopo... e chiamerò Bull e gli altri per dire loro di quella dannata pizza."

Con gli occhi fissi alla nuca di Eagle, Taylor non poté trattenere un sorriso. Probabilmente avrebbe dovuto essere ancora angosciata al pensiero che in giro c'era qualcuno che si divertiva a terrorizzarla, ma in quel momento, non voleva fare altro che mettere mani e bocca sull'uccello di Eagle. Fino ad allora, durante i loro rapporti, Eagle era stato piuttosto restio a farglielo anche solo toccare, sostenendo che lui avrebbe perso subito il controllo. Ma quella sera tutte le regole potevano saltare. Lei era nelle sue mani e viceversa. "Va bene. Ti amo, Eagle."

"Ti amo anch'io, Flower."

———

Brett non riusciva a smettere di fantasticare: la sua Taylor doveva essere impazzita quando aveva aperto la scatola e letto il messaggio che lui le aveva lasciato sulla pizza. Non sapeva se la ragazza avesse letto anche il nome sulla ricevuta, ma non importava. Taylor era sua e lui se la sarebbe presto presa.

Per ferirla.

Per torturarla.

Per ucciderla.

Usare il nome del suo fidanzato era stata una trovata geniale. Quando lo aveva pronunciato, il sollievo nella voce di Taylor era stato evidente. Seguirla e spiarla gli era valsa quell'informazione, che si era rivelata preziosissima per tormentare ancora di più la sua vittima. Andare all'appartamento del fidanzato era stato un rischio che valeva la pena correre.

Non gli rimaneva altro che tenersi sempre pronto, in ogni momento. L'avrebbe seguita e avrebbe aspettato l'opportunità giusta per rapirla. Brett non aveva dubbi: ci sarebbe riuscito. Non lo avevano mai beccato proprio perché era cauto e avveduto.

Taylor Cardin sarebbe stata presto alla sua mercé. Non gli serviva altro che una piccola opportunità per agire, poi l'avrebbe fatta sua. Nessuno poteva mettersi in mezzo, nemmeno il suo dannato fidanzato, con quel nome ridicolo.

E se anche quel tipo doveva morire per consentire a Brett di ottenere ciò che aspettava da mesi... beh, anche lui sarebbe morto.

CAPITOLO QUINDICI

"Questo tizio è un fantasma," disse Bull con aria esasperata. "Mi sta facendo incazzare."

"È stato fortunato," aggiunse Gramps.

"Fortunato?" sbottò Smoke. "Non è in nessuno dei video di sicurezza su cui siamo riusciti a mettere le mani. Non sappiamo niente di lui, se non la sua altezza approssimativa e il fatto che ha i capelli castani. È riuscito in qualche modo a evitare le telecamere della videosorveglianza sia da Taylor che da Eagle. Mi sembra chiaro che si tratta di uno bravo a passare inosservato; è come se fosse abituato a non dare nell'occhio."

Eagle era seduto al tavolo dentro il bunker, intento ad ascoltare gli amici che discutevano dell'uomo che perseguitava Taylor. Erano passati cinque giorni da quando il tizio aveva lasciato quella maledetta pizza fuori dall'appartamento di Eagle, ma i ragazzi non avevano fatto alcun progresso nella ricerca. Quell'uomo sapeva dove vivevano Eagle e Taylor, con ogni probabilità conosceva anche l'indirizzo della Silverstone. E sapeva il nome di Eagle. Tutto ciò significava che quel maniaco era arrivato troppo vicino a Taylor; al solo pensiero, a Eagle veniva il voltastomaco.

Taylor, d'altronde, poteva contare sul fatto che Eagle non avrebbe lasciato che quel bastardo la avvicinasse ancora.

Lei e Eagle si erano praticamente trasferiti al garage; per un estraneo, era quasi impossibile superare tutte le misure di sicurezza per accedere. Inoltre, là dentro Taylor non era mai sola, per quanto la cosa non la entusiasmasse sempre.

Dopo l'episodio della pizza, Eagle non era più andato in giro a fare interventi con il carroattrezzi. Passava la maggior parte del suo tempo a cercare di identificare il misterioso uomo che perseguitava Taylor; senza alcun risultato, almeno fino a quel momento.

Pareva davvero che il tizio fosse un fantasma: svanito nel nulla. C'era da essere frustrati.

Sorprendentemente, Taylor aveva accettato la situazione senza batter ciglio. Non aveva protestato per quello che, in buona sostanza, era un confinamento all'interno dell'Assistenza Silverstone. Bull, Smoke e Gramps erano colpiti dal suo stoicismo. Quando Eagle, la notte prima, le aveva chiesto se andasse tutto bene, lei si era messa a ridere... e di gusto! Poi gli aveva detto: "Se proprio devo starmene chiusa da qualche parte, sono contenta di starmene chiusa qui. C'è un bunker, ho uno chef privato, posso giocare a flipper quando voglio e tu sei sempre nei paraggi. Di cosa mi dovrei lamentare?

Visto che lei la metteva in quei termini, Eagle non poteva certo darle torto. Ma, in realtà, lui sapeva che per Taylor non era facile. Sapere che qualcuno la stava perseguitando, ma non sapere nemmeno il perché, doveva essere una sensazione decisamente sgradevole.

Nel giro di un'ora, comunque, sarebbero partiti per Bloomington. Ne avevano parlato e avevano deciso di partire un giorno prima. Avrebbero passato la notte in albergo e il giorno seguente avrebbero visitato la città, prima di prendere parte alla cerimonia di premiazione; sarebbero rimasti a Bloomington anche sabato sera, per poi rientrare a Indianapolis domenica. Un fine settimana fuori città avrebbe fatto bene a entrambi, inoltre in quel modo si sarebbero goduti un po' dell'intimità che di recente era mancata loro. Gli amici di Eagle avrebbero continuato le ricerche per identificare quel maledetto stalker. Insomma, sembrava la soluzione ideale per tutti.

Ma Eagle non riusciva a liberarsi del senso di timore che gli cresceva dentro.

"Quando partite, ragazzi?" chiese Gramps, sottraendo Eagle alle sue riflessioni.

"Fra circa un'ora. Dobbiamo fermarci sia da me che da Taylor per prendere su un paio di cose. A me serve lo smoking e Taylor deve prendere il vestito da sera e non so che altro."

"Che strada farete?" chiese Smoke.

"Penso che prenderemo la statale 37 fino a Martinsville. Volevo prendere la strada panoramica da lì, ma non credo sia una buona idea lasciare la via principale, nel caso qualcosa vada storto..."

Bull e Smoke annuirono, ma Gramps disse: "Però potrebbe essere più difficile seguirvi, se arrivate a Bloomington da una via secondaria."

"Ci ho pensato anch'io," commentò Eagle. "Andrò a

istinto. Se non sarò del tutto sicuro che siamo fuori pericolo, prenderò la superstrada."

"Per qualsiasi cosa, basta che ci fai un fischio," disse Bull.

"Sapete che lo farò," Eagle lo rassicurò. "Spero che per Taylor sia un weekend rilassante. Anche se per ora ha saputo gestire lo stress, so che allontanarsi dal garage la rende nervosa."

"Brutta storia," osservò Smoke preoccupato.

"E il braccio come va?" chiese Gramps. "La ferita è guarita completamente?"

"Sì, va bene," rispose Eagle. "Per un po' l'ho sentito rigido, ma ora mi fa solo prurito la ferita, ogni tanto, e non mi fa male nemmeno quando faccio le flessioni."

"Ottimo."

"Ehi, Eagle," lo chiamò Bull.

"Sì?"

"Ho piacere per te," gli disse l'amico. "È chiaro che tu e Taylor non siete più solo amici. Sembri felice."

"Lo sono," ammise Eagle senza il minimo imbarazzo. "Le cose tra di noi hanno preso una piega diversa quando sono tornato dall'ultima missione. Essere ferito mi ha costretto a pensare a cosa sarebbe successo se il proiettile mi avesse beccato un po' più a destra... e quando Taylor ha visto che ero stato colpito, si è spaventata a morte."

"Taylor piace a tutti noi," aggiunse Smoke. "È capace di farti ridere, il che è fantastico."

"La vera sfida sarà trovare a Gramps una donna che sia in grado di far ridere *lui*," disse Bull sghignazzando.

"Fottiti," protestò Gramps scuotendo la testa, "sono capace anch'io di ridere."

"Beh, non ridi molto... e quando ridi, di solito, ridi di noi," intervenne Smoke.

"Ti ci metti anche tu?" sbottò Gramps, rivolto a Smoke. "Pensavo che tu fossi dalla mia parte, essendo single come me."

"Vedi... la prima volta che Eagle ci ha parlato di Taylor, non ero entusiasta, lo ammetto, come non lo ero in generale riguardo alle relazioni sentimentali. Ma poi, quando ho avuto modo di conoscerla, mi sono affezionato a lei. Ora mi ha conquistato. E anche Skylar. Hanno avuto un effetto positivo su Eagle e Bull." Smoke scrollò le spalle. "Se anch'io trovassi una donna in gamba come loro, potrei pensare di sistemarmi. Sai, una donna a cui non frega niente di quanti soldi ho in banca, una donna a cui piaccio per *come sono*. Ma non è detto che riesca a trovarla."

"Sarà dura trovare qualcuna di queste parti che non sappia che hai ereditato una barca di soldi da tuo zio," osservò Eagle.

"Già," concordò Eagle con un sospiro. "Ma diamine... se Bull e Eagle hanno trovato una ragazza, allora c'è speranza anche per un bastardo come me. Devo solo andare a fare più interventi con il carroattrezzi, prima o poi troverò la mia damigella in pericolo." Sorrise.

Gli altri tre alzarono contemporaneamente gli occhi al cielo. "Non ti serve una damigella in pericolo," gli disse Bull. "Ti serve una donna che sappia difendersi da sola quando le cose si mettono male, una donna che non perda il controllo se la situazione si fa critica; una che sappia combattere, quando è al tuo fianco tanto quanto tu non ci sei."

"Esistono donne del genere?" chiese Smoke.

"Sì," risposero Bull e Eagle all'unisono, dopodiché si sorrisero.

"È naturale che la pensiate così," brontolò Smoke, "voi vi siete già sistemati."

"Gramps? Come mai questo silenzio inquietante da parte tua?" chiese Bull guardando l'amico con un sorrisetto sul volto.

"Non ho speculazioni da fare sull'amore. Non so se là fuori c'è una donna per me. Se c'è, la prenderò così com'è: alta o bassa, magra o grassottella, dolce o sarcastica... timida o abituata a dire quello che pensa. Mi andrà bene comunque, se è disposta a sopportarmi."

"Non sei poi *troppo* difficile da sopportare," disse Eagle.

"Ho quarantacinque anni e non sono mai stato sposato. Questo cosa ti suggerisce?"

"Mi suggerisce che sei uno che non si accontenta della prima che capita... ed è giusto così," disse Bull. "Non scendere a compromessi. Dammi retta, quando troverai quella giusta, varrà tutti gli anni di solitudine che ti hanno portato a lei."

Tutti restarono in silenzio per qualche istante.

"Detto questo... mi pulsa la testa a furia di scervellarmi su chi possa essere questo stronzo che perseguita Taylor," ammise Eagle. "Ora me ne vado e lascio il compito a voi, ragazzi. Se avete bisogno di me o se trovate qualche informazione utile, fatemi sapere. Mi prendo il weekend, ma... solo apparentemente. C'è la remota possibilità che questo tizio ci segua fino a Bloomington; nel caso, mi dovrò far trovare pronto."

"Pensi che vi seguirà?" chiese Gramps.

"Il problema è proprio questo. Non sappiamo *cosa* abbia in testa il tizio. In passato, deve aver pedinato Taylor fino al mio appartamento. Finora non è passato alla violenza, ma rappresenta comunque una minaccia. Finché non scopriamo chi è e capiamo perché ha preso di mira Taylor, non possiamo farci un'idea del suo piano. Potrebbe seguirci o pensare che sia meglio per lui non uscire dall'area di Indianapolis. A ogni modo, non voglio correre rischi."

"Chiamaci, se succede qualcosa di strano," lo esortò Smoke.

"Certo," lo rassicurò Eagle. "Mi farò sentire se e appena ho bisogno di voi."

"Tieni sempre il telefono acceso," si raccomandò Gramps con eccessiva premura. "Possiamo localizzarti triangolando il segnale, se qualcosa dovesse andare storto. E se ce ne sarà bisogno, attiverò i contatti che abbiamo con la polizia di Bloomington per informarli della situazione."

"Se lo fai, ci chiederanno perché non ci siamo rivolti prima alla polizia," obiettò Eagle.

"Lo so... e glielo spiegherò, nel caso. Ma se questo tizio davvero ti preoccupa, come mi sembra, vuol dire che hai le tue buone ragioni, anche se Taylor non è in grado di descriverlo e il tizio non ha fatto ancora nulla di illegale."

"Non so spiegarvelo, ma questa dannata storia mi puzza tanto..." cominciò Eagle, ma Gramps lo interruppe alzando una mano.

"E non ci devi alcuna spiegazione," lo rassicurò. "Siamo compagni di squadra da un sacco di tempo e sappiamo che se qualcuno di noi sente puzza di bruciato, qualcosa che brucia c'è. Farò in modo che gli sbirri sappiano che la faccenda è seria, se deciderò di chiamarli."

"Lo apprezzo," disse Eagle, grato com'era già stato tantissime volte per avere amici formidabili.

"Cercate anche di spassarvela un po'," lo incoraggiò Gramps. "So che avete entrambi i nervi a fior di pelle, ma Taylor dovrebbe comunque essere fiera di questo riconoscimento."

"Farò il possibile... e Taylor è fiera di sé," disse Eagle alzandosi. "Passate anche voi un buon weekend."

Eagle salutò gli amici e si diresse verso il bunker, sorridendo quando incontrò Taylor vicino al flipper, intenta a dare consigli di gioco a Christine, che stava giocando.

"Là... vedi se riesci a colpire quello... vale il doppio dei punti."

"Ma non blocca la biglia?" chiese Christine.

"Sì, ma è una cosa positiva, perché se ottieni altre due biglie, questa e questa, poi le rilascia tutte e due contemporaneamente e ogni punto che fai vale il doppio. Il ritmo del gioco aumenta ma fai un sacco di punti."

"E cosa faccio se... Oh, cacchio!" esclamò Christine quando la biglia finì tra le alette.

"Ah! Va bene lo stesso, continua a fare pratica," le disse Taylor.

"Basta che non diventi tanto brava da battere la mia Taylor," scherzò Eagle.

Taylor girò la testa e sorrise. "Eagle! Hai finito?"

"Sì," rispose lui. "Pronta per partire?"

"Solo se sei sicuro di poter staccare un po' prima."

"Portatelo via," intervenne Christine con lo sguardo ancora incollato al piano inclinato del flipper. "Sennò resterà qui in piedi a pungolarmi."

"Adori quando ti pungolo," disse Eagle alla sua dipendente.

"Come no... illuditi pure," ribatté lei con spiritosa impertinenza.

Eagle ridacchiò, poi le chiese con tono serio: "Tutto bene, Christine? Sei in anticipo sul tuo turno."

"Sto bene, grazie," rispose lei sovrappensiero. "I bambini sono dai nonni e Bob rientra solo domani, quindi ho deciso di venire qui a mangiare uno dei manicaretti di Shawn, invece di restare da sola a casa e cucinare per me stessa. Così posso anche giocare un po' a flipper."

"Grande. Dacci dentro, allora. L'importante è che vada tutto bene"

In quel momento, Christine alzò lo sguardo e Eagle sentì il suono della biglia che finiva di nuovo tra le alette. A Christine sembrò non importare molto. "Grazie per l'interessamento," disse con sincerità a Eagle.

"Figurati," rispose Eagle, che poi prese la mano di Taylor: "Andiamo, principessa, passiamo a prendere quello che ti serve e poi dritti al ballo."

Taylor rise e gli disse: "Non sono così sicura di poter diventare principessa, ma grazie per la fiducia."

Eagle la tirò a sé e le strofinò il naso dietro all'orecchio. Le spostò dietro la spalla alcune ciocche di riccioli, i quali parvero sul punto di fondersi con le sue dita. "Tu sei la *mia* principessa," le disse con dolcezza, percependo il brivido che la percorse quando le respirò in prossimità dell'orecchio. "Non vedo l'ora di fare l'amore con te, stanotte. Potremo urlare quanto vogliamo."

"Cosa te lo fa pensare? Voglio dire, saremo in albergo e..." obiettò timidamente Taylor mentre si lasciava condurre da Eagle verso le scale, lontano dal raggio uditivo di Christine.

"Esatto. Non mi interessa se qualche estraneo ti sente

urlare di piacere… ma so che ti avrebbe imbarazzato farti sentire dai nostri dipendenti, qui in sede.”

“È vero,” confermò Taylor con un piccolo sorriso.

“Non hai nulla in contrario?” le chiese Eagle mentre salivano le scale.

“A cosa? Al tuo piano di fare l'amore e darmi orgasmi che mi faranno urlare come una matta? Uhm… no. Nulla in contrario. E poi… per la cronaca, l'altro giorno, quando te l'ho succhiato… quando ci siamo fermati a casa tua perché dovevi prendere qualche vestito… beh, *sapevo* che in realtà non avevi bisogno di vestiti, ma di un po' di intimità… anche tu qualche urletto l'hai fatto.”

Eagle non riuscì a trattenere una risata. Taylor l'aveva beccato. In quell'occasione, Eagle era consapevole del fatto che sarebbe stato meglio non fermarsi a casa sua; ma era pieno giorno e c'era lui in compagnia di Taylor, quindi aveva pensato che si potesse fare uno strappo alla regola. D'altronde, Eagle aveva bisogno di restare un po' da solo con la sua ragazza. Aveva chiuso a chiave la porta e subito Taylor si era messa in ginocchio davanti a lui: lì, Eagle aveva capito che anche lei sentiva l'urgenza di recuperare la fisicità del loro rapporto.

Avevano fatto l'amore anche al garage, con tenerezza e quasi con tranquillità; era stata un'esperienza molto diversa dagli amplessi intensi, frenetici e persino folli che avevano avuto da lui. A Eagle piacevano entrambi i tipi di rapporto sessuale, ma ciò che più amava era vedere Taylor liberarsi da ogni inibizione.

“Mi dichiaro colpevole,” disse Eagle con calma mentre teneva aperta per Taylor la porta in cima alle scale.

Lei gli sorrise e lui fece del suo meglio per memorizzare quel momento. Era da un po' che si impegnava a farlo:

fissare nella mente ricordi di Taylor, di modo da poterli recuperare quando non era con lei.

"Pensi che a Shawn dispiacerà se ci portiamo via qualcosa da mangiare?" chiese lei.

Eagle sbuffò. "Devo cominciare a temere che mi scarichi per metterti con il nostro cuoco?"

Tutt'altro che irritata, Taylor sorrise ancora e si accoccolò a lui, stringendogli le braccia intorno alla vita. "Geloso?" gli chiese.

"Non sarò mai in grado di cucinarti un pranzetto delizioso come fa lui," ammise Eagle.

"Non serve che cucini per me," lo rassicurò lei con aria seria. "Ti voglio così come sei. Non hai idea di quanto mi rendi felice, semplicemente essendo te stesso. Sei l'unico che riesce a guardare oltre il mio disturbo e a vedere *me*. Sarei un'esagerata se mi indispettisse il fatto che non sai cucinare. Ti amo, Eagle. Sono contenta di aver conosciuto meglio Shawn e i suoi piatti mi fanno impazzire, ma non è *lui* l'uomo che amo."

"Meglio così," Eagle ribatté sorridendo, "visto che mi dispiacerebbe dover prenderlo a pugni."

Taylor alzò gli occhi al cielo. "Come ti pare, ma lascialo stare: a te piace la sua cucina tanto quanto piace a me."

"È vero. Ti amo, Flower, tantissimo."

Lei sorrise raggiante: "Grazie per accompagnarmi a Bloomington. Credo che avrei rinunciato, se tu non avessi potuto o voluto venire... e non per paura dello stalker, ma perché non sono una tipa da grandi celebrazioni. Ai party mi sento sempre a disagio."

"Quel disagio fa parte del passato," disse lui. "Te l'ho già detto e non mi stancherò di ripetertelo: ci sono io con te. Ora e per sempre. Mi hai mostrato la lista degli invitati e io ho fatto qualche ricerca online, così se qualcuno ti avvicina posso sussurrarti all'orecchio di chi si tratta."

Negli occhi di Taylor brillò la scintilla dell'amore. "Nessuno ha mai fatto una cosa tanto carina per me."

"Stai con uno che ricorda ogni singola persona che vede," disse Eagle con semplicità. "Direi che siamo una coppia bene assortita."

Taylor lo guardò con aria vagamente avvilita. "Pare che dei due sia io quella che ci ha guadagnato di più."

Eagle si guardò intorno, vide che non c'era nessuno e scese con una mano fino a palparle una natica. Era a pochi centimetri dalla passera, ma ebbe la forza di trattenersi dal toccarla più intimamente.

Taylor si alzò sulle punte dei piedi ed esclamò: "Eagle!"

"Ti sei abbandonata a me," le disse lui. "Per me vuol dire tutto: sei la migliore amica che io abbia mai avuto *e* la miglior scopata della mia vita. Ti amo così tanto che a volte mi spaventa quello che provo. Dei due, sono certamente io quello che ci ha guadagnato di più."

"Beh, dovremo rassegnarci a pensarla diversamente," disse Taylor, sfiorandogli la nuca con le dita. A quel tocco, per la prima volta Eagle si rese conto di essere sensibile in quel punto. "E faccio fatica a crederci io stessa, ma sono piuttosto emozionata all'idea di andare alla festa. Non c'è mai stato nessuno che mi guardasse le spalle come fai tu. Ai party, io di solito sono la tipa strana che sta in disparte e fissa l'orologio, chiedendosi quanto tempo ancora deve passare per poter andarsene senza risultare maleducata."

"Domani non sarà così."

"Infatti no... e tra gli invitati c'è un'autrice che adoro. Oh, sarei disposta a tutto per farle da correttrice di bozze," ammise Taylor. "Spero che consideri di assumermi, se domani le faccio una buona impressione."

"Lo farà," le disse Eagle sicuro di sé. "Perché non dovrebbe?"

"Grazie, Eagle, avere il tuo appoggio è fondamentale per me."

"Tornando a noi," disse lui. "Ora, mi piacerebbe molto che tu ti aggrappassi a me con le gambe, così potrei portarti in una stanza e fare l'amore con te finché non saremo entrambi flaccidi come due spaghetti; ma sarà meglio che andiamo."

Taylor fece un profondo respiro, poi annuì. Arretrò di un passo, al che Eagle, di malavoglia, lasciò cadere la mano che le teneva ancora sul sedere. Gli sembrava pazzesco avere quel desiderio costante di toccare Taylor. Si chiese se sarebbe sempre stato così e decise di sperare di sì. Si immaginò a ottantacinque anni, ancora così follemente innamorato di quella donna da cercare sempre un contatto fisico con lei.

"A cosa pensi?" gli chiese Taylor, inclinando la testa mentre gli faceva la domanda.

"Solo a quanto mi piace stare insieme a te," rispose lui. La prese per mano e la tirò verso la cucina. "Vediamo cos'ha lasciato nel frigorifero Archer. Se ti sbrighi, prometto di non dire ai dipendenti che hai sgraffignato cibo un'altra volta."

Sorrise, le lasciò la mano e si misero insieme a cercare cosa ci fosse da portare con loro.

Sarebbe stato il loro primo viaggio in macchina e Eagle era impaziente di capire che tipo di viaggiatrice fosse Taylor. Avrebbe dormito? Avrebbe preferito parlare? O forse avrebbe voluto ascoltare la radio? Gli avrebbe chiesto di fermarsi ogni mezz'ora per andare in bagno? Non vedeva l'ora di scoprirlo. Bloomington non distava molto da Indianapolis, ci sarebbe voluta un'ora per arrivarci, ma lui era pronto ad attraversare in auto tutto il paese, se a Taylor fosse piaciuta l'idea.

Pochi minuti dopo, mentre uscivano dal garage, Eagle le appoggiò una mano sulla parte bassa della schiena; era consapevole del sorriso ebete che aveva stampato sul volto, ma la cosa non gli creava alcun problema: voleva solo arrivare all'albergo e mostrare a Taylor quanto la amava.

CAPITOLO SEDICI

Taylor non ricordava di essere mai stata tanto felice.

E il meglio doveva ancora venire, visto che l'indomani avrebbe incontrato alcune delle persone più influenti del mondo editoriale, persone su cui sperava davvero di fare una buona impressione: agenti letterari, autori, editori e altri correttori di bozze. Se tutto ciò le fosse successo prima di conoscere Eagle, l'attesa le avrebbe provocato una grave crisi di panico.

Ma lui le aveva infuso la fiducia per affrontare con entusiasmo quella serata. Taylor l'aveva visto con i propri occhi studiare le foto degli invitati e sapeva che lui sarebbe stato in grado di informarla con discrezione sull'identità di chi la avvicinava, evitando di farle fare brutte figure. Nei mesi scorsi, glielo aveva visto fare più e più volte.

Ogni tanto, Taylor sentiva ancora il bisogno di darsi un pizzicotto, per convincersi che l'uomo che aveva trovato e che sembrava davvero rispettarla e adorarla non era frutto della sua immaginazione. Era consapevole del fatto che insieme facevano una strana coppia: lui era alto, muscoloso e bellissimo... o almeno così le ripeteva Skylar. Inoltre, Taylor sapeva riconoscere le espressioni di ammirazione e desiderio, quando le vedeva; ed era esattamente quelle espressioni che scopriva sul viso di molte delle donne che guardavano il suo uomo. Quanto a lei, sapeva di essere una donna nella media. La sua caratteristica più apprezzabile erano i riccioli, ma Taylor non era certa che la sua meravigliosa chioma bastasse a impreziosire quello che le pareva un aspetto piuttosto ordinario.

Ma Eagle era pazzo di lei e la riteneva perfetta per sé. E la amava. D'altronde, a Taylor non interessava che le altre donne considerassero il suo uomo attraente: Eagle era suo e non se lo sarebbe lasciato scappare.

Se un giorno i sentimenti che Eagle provava per lei fossero cambiati, lei ne sarebbe uscita distrutta. Ma, per il momento, i due si amavano e la vita sorrideva loro.

In macchina, Taylor lo guardava. Eagle guidava con la stessa sicurezza con cui faceva qualsiasi altra cosa. Teneva una mano sul volante e l'altra su quella di Taylor, sulla console centrale. Di tanto in tanto, le carezzava il dorso della mano con il pollice, provocandole piacevoli brividi lungo il braccio. Intanto, lei non poteva far altro che attendere con impazienza di raggiungere l'hotel e scoprire quali sconcerie Eagle avesse pianificato.

Sulla statale non avevano trovato molto traffico. Poco prima di arrivare allo sbocco della superstrada che li avrebbe portati a Bloomington, Eagle le chiese: "Che ne dici se prendiamo la strada panoramica?"

Taylor corrucciò le labbra. "È pericoloso?"

"Penso di no. Ho tenuto d'occhio le auto dietro di noi e non ho notato nulla di strano," rispose lui.

"Beh, se è così, per me va più che bene," disse Taylor

con entusiasmo. "Questa zona dell'Indiana è davvero bella... Quando posso, sono ben felice di prendere la strada secondaria anziché la superstrada."

"Grandioso. Usciremo a Martinsville. Da lì parte una strada che attraversa il parco forestale di Morgan-Monroe; ci sono già passato, è stupenda. Arriveremo all'albergo un po' più tardi ma credo che ne valga la pena."

Taylor sospirò con aria appagata. "Nel caso mi dimentichi di dirtelo, sappi che sono stata benissimo questo weekend."

Lui sorrise. "Vale anche per me."

Pochi minuti dopo, Taylor gli chiese: "Posso farti qualche domanda sulla Silverstone?"

Eagle annuì immediatamente. "Certo, ma ci sono alcune cose che non posso dirti."

"Lo so. Sono solo curiosa di sapere come decidete dove andare e quali missioni accettare."

"A volte si tratta semplicemente di ascoltare le ultime notizie. Altre volte, ci consultiamo con il nostro contatto all'FBI. Controlliamo le liste dei criminali più ricercati, a livello sia nazionale che internazionale. Abbiamo anche degli informatori sparsi per il paese; può succedere che ci chiamino e ci chiedano di prendere in considerazione un certo caso."

"Tipo una segnalazione?"

"Una specie. Visto che siamo stati nell'esercito, abbiamo contatti anche nelle Forze speciali. Per esempio, conosciamo un tizio in Pennsylvania che è un esperto di investigazioni digitali," spiegò Eagle.

"In che senso?"

"Il suo computer è una vera e propria arma, può usarlo

per fare qualsiasi cosa. Trova chiunque, ovunque si trovi, ed è in grado di recuperare ogni tipo di informazione. È davvero capace di fare miracoli e io e gli altri siamo stati fortunati a poter contare sul suo aiuto quando eravamo nell'esercito. Da quando abbiamo messo insieme la Silverstone, lui ci ha chiesto un paio di favori e noi non abbiamo esitato ad aiutarlo."

"Sembra davvero un grande," commentò Taylor.

"Lo è. Ci ha aiutato a raccogliere informazioni prima di un paio di missioni e ci ha sempre azzeccato. Poi abbiamo un altro contatto in Colorado, è specializzato nelle ricerche di persone scomparse, soprattutto donne e bambini. Sua moglie è stata rapita più di dieci anni fa, mentre erano in vacanza a Las Vegas. Era frustrato dalla mancanza di progressi nelle indagini della polizia, così ha messo su una squadra tutta sua per trovare le vittime di rapimento e sfruttamento sessuale."

"Wow."

"Già. La parte migliore è che alla fine è riuscito a ritrovare sua moglie... *viva*. Ci sono voluti dieci anni, ma ora sono di nuovo insieme e vivono felici in Colorado."

Per quanto le sembrasse strano emozionarsi tanto per una coppia che non aveva mai conosciuto, a Taylor si inumidirono gli occhi. "È una storia... non trovo nemmeno le parole..." Entrambi si concentrarono sul paesaggio, che era effettivamente stupendo, come aveva anticipato Eagle. Ai loro lati scorrevano fitte schiere di alberi che, insieme al susseguirsi delle dolci curve attraverso cui si snodava la strada, infondevano un'ulteriore aura di intimità alla conversazione.

Eagle le strinse la mano. "Quando ci ha chiesto di

andare in Perù per eliminare il capo del cartello di traffico umano che aveva rapito sua moglie, abbiamo accettato immediatamente."

"Davvero?" bisbigliò Taylor. "L'avete ucciso?"

Eagle fece cenno di sì con il capo.

Lei cominciò a piangere copiosamente.

"Tay?" la chiamò Eagle con apprensione. "Scusa... non te ne avrei parlato, se avessi saputo che ti avrebbe scosso in questo modo."

"È solo che sono davvero fiera di te," disse tra un singhiozzo e l'altro. "Chissà quante vite hai salvato..."

Eagle scrollò le spalle. "Purtroppo, qualcuno avrà già rimpiazzato quel mostro. Succede sempre così."

"Sì, ma il tuo contatto e sua moglie ora saranno finalmente tranquilli, sapendo che l'uomo che li ha fatti tanto soffrire non potrà più tormentarli."

"Questo è vero," disse Eagle con convinzione.

"Ti amo," gli disse Taylor. "Probabilmente dovrei essere sconvolta, pensare che quello che fai è moralmente sbagliato... ma non ci riesco. Non sono stata molestata da piccola, il che è di per sé un miracolo, visto che passavo da una famiglia all'altra... ma so di altri bambini nella mia stessa situazione a cui è successo. Non capirò *mai* come un adulto possa fare una cosa del genere. Mai. Ma sapere che in giro ci sono persone che combattono certe ingiustizie, persone come te, i tuoi amici e quell'uomo in Colorado... mi fa stare bene."

"Sono contento."

"Quando eravate in missione, ho parlato con Skylar del rapimento di cui è stata vittima. La parte che mi ha colpito di più è stata la scala di valutazione dei vostri obiettivi."

"Quella che va da uno a dieci?" le chiese Eagle.

"Già."

"È un'idea di Bull."

"Ora, sapendo la storia del trafficante sessuale, capisco meglio il senso della classifica. Uno che tiene prigioniera una donna per dieci anni è decisamente un numero dieci," disse Taylor ancora emozionata, mentre si asciugava le lacrime dagli zigomi.

"In realtà, ognuno di noi ha una sua versione personale della scala."

"Davvero?"

"Sì. È chiaro che terroristi come Khatun e Mullah sono numeri dieci. Lo scopo della loro vita era di far fuori quanti più occidentali potevano. E quel pezzo di merda del trafficante sessuale era al loro livello. Ma mentre Bull considera Ricketts, il pedofilo che ha rapito Skylar, un numero tre... per me si piazza più in alto."

"E dove?"

Eagle sospirò. "Sei sicura di voler toccare l'argomento?"

Taylor annuì.

"Ok. Per me è un otto e mezzo... e l'avrei eliminato ben volentieri. Non era un serial killer, ma era un molestatore di bambini, recidivo. Nella maggior parte dei casi, personaggi del genere non sono in grado di fermarsi. Più fanno ciò che fanno, più lo farebbero. Se fosse riuscito a sparire con Sandra, non l'avrebbe mai lasciata andare; avrebbe abusato di lei finché lei non sarebbe stata troppo grande per i suoi gusti, poi ne avrebbe trovato un'altra. Il ciclo si sarebbe ripetuto."

"Forse ti sembreranno solo mie supposizioni, ma... rovinare il futuro di un bambino può dare il via a una reazione a catena e avere ripercussioni su chiunque avvicini la vittima negli anni a venire. Ecco perché non avrei esitato a ficcare una pallottola in testa a quello schifoso."

Taylor lo ascoltava rapita. Non aveva mai pensato al problema in quei termini.

"Ti ho spaventata?" le chiese lui. "Non dici nulla."

"No. È solo che non avevo mai guardato alla cosa da questo punto di visto."

"E ti dirò di più," aggiunse Eagle.

Dato che lui non proseguiva subito nel discorso, Taylor gli strinse la mano: "Sì?"

"Chiunque *provi* soltanto a cazzeggiare con te per me è automaticamente un numero dieci."

Taylor spalancò gli occhi e lo fissò. Eagle era concentrato sulla strada, ma lei notò che gli si irrigidì il viso. Pensò a cosa dire ma non le venne in mente nulla, poi fu ancora Eagle a parlare."

"Non sto dicendo che ammazzerei uno solo perché si è messo a dirti delle stronzate. In quel caso, ti difenderei e farei capire al colpevole che se ti mancherà ancora di rispetto, se ne pentirà. Ma ora sto parlando di violenza fisica contro di te. Se qualcuno prova a derubarti, a introdursi dentro casa tua o farti del male in qualsiasi modo... per lui sarà la fine."

Taylor rabbrividì. "Eagle?"

Lui si voltò per guardarla. "Sì?"

"Avremmo davvero fatto meglio a prendere la superstrada."

"Accidenti... perché? Hai il mal d'auto? Vuoi che accosti?"

Lei scosse la testa. "No, no, sto bene."

"Allora che c'è che non va?"

"C'è che ho una gran voglia di scopare e dimostrarti quanto conta per me tutto ciò che hai appena detto. In passato, nessuno hai mai preso le mie difese. Da piccola ero la bambina strana di cui tutti si prendevano gioco. Ho preso calci, sputi e pugni... a nessuno è mai fregato niente di me. Ho sempre detestato la violenza, ma sapere che tu non esiteresti a difendermi con ogni mezzo non mi spaventa, né mi disgusta... mi fa sentire valorizzata. Certo, non voglio che tu te ne vada in giro a sparare a qualcuno che mi urta per sbaglio, o a massacrarlo di botte; ma il solo pensiero che tu *vorresti* farlo mi fa sentire più al sicuro."

"Non vado proprio fiero di essere quel genere di uomo," ammise Eagle, "ma il solo pensiero che qualcuno possa farti del male mi fa perdere la ragione. Mi spiace essere stato iperprotettivo durante quest'ultima settimana... È che più penso a questo tizio che si è avvicinato a te, a quello che avrebbe potuto farti... più mi innervosisco."

"Non capisco chi possa essere," disse Taylor con voce pacata.

"Non me ne frega niente di chi sia," ribatté Eagle. "Non può spaventarti così. Se pensa di arrivare a metterti le mani addosso... beh, non riuscirà. Scopriremo chi è e io farò quattro chiacchiere con lui."

"Non voglio che tu ti metta nei guai," disse Taylor preoccupata.

"Stai tranquilla," la rassicurò Eagle, che poi aggiunse con calma: "So quello che faccio, Flower."

Taylor si sentì subito un po' meglio. Non doveva fare altro che confidare in Eagle e nella sua capacità di gestire la situazione. Era stato nelle Delta Force; non era una testa calda incline a perdere le staffe alla minima provocazione.

Aprì la bocca per dirgli che si fidava di lui, ma... non ne ebbe l'occasione.

Una macchina li tamponò da dietro. La collisione fu forte. La serie di curve che avevano percorso aveva impedito loro di vedere il veicolo fino a un momento prima dell'impatto, quando in effetti era già troppo tardi.

L'urto fece deviare la Wrangler. Pur avendo la cintura di sicurezza, Taylor si sbilanciò sulla destra, rischiando di colpire con la testa il finestrino, ma mancandolo di un soffio.

La macchina fu colpita di nuova e Taylor urlò. Questa volta fu il lato dell'autista a essere speronato. La jeep scivolò fuori dalla carreggiata per finire in un fosso basso, dove si ribaltò e, dopo aver fatto un giro completo su se stessa, atterrò sul tettuccio.

Taylor si ritrovò a testa in giù, in stato confusionale. Si voltò verso Eagle, che sembrava privo di sensi e perdeva sangue dalla testa; lei non riusciva a vedere la ferita, ma doveva essere piuttosto seria, a giudicare dalla quantità di sangue che gli si era raccolta sotto la testa.

"Eagle!" urlò Taylor in preda al panico.

Sentì una voce provenire dall'esterno dell'abitacolo: "Signorina?" Taylor lanciò un grido di terrore, poi si voltò e vide un uomo inginocchiato fuori dal finestrino in frantumi.

"Mi dispiace averla spaventata, ma devo tirarla fuori da lì. Esce fumo dal motore."

Taylor non sentiva puzza di fumo, ma del resto era ancora sotto shock.

L'uomo estrasse un coltello, il che la indusse a tirarsi indietro, per quanto poteva.

"Ora stia calma. Taglierò la cintura di sicurezza. Si tenga stretta da qualche parte, altrimenti batterà la testa."

L'uomo aveva una voce bassa e rassicurante, ma la cosa non la faceva certo sentire meglio. Prima che riuscisse a dirgli di lasciarla lì dov'era e di occuparsi prima di Eagle, lui recise la cintura di sicurezza.

Taylor cadde sull'interno del tettuccio con un lamento, poi gridò: era finita con le mani sui vetri rotti dei finestrini.

Senza che riuscisse nemmeno a orientarsi, l'uomo la afferrò per un braccio. "Avanti, da questa parte... la aiuto io... così, brava... scivoli fuori."

Sopraffatta dagli eventi, lasciò che l'uomo la tirasse fuori dall'auto capovolta.

"Sono un infermiere fuori servizio," disse lui. "Ero dietro all'auto che vi ha speronato. Che razza di bastardo... Andiamo alla mia auto, così può sedersi. Ho già chiamato la polizia."

Taylor incespicò mentre raggiungevano l'altra macchina. Si voltò verso la jeep e sobbalzò: la fiancata sul lato del guidatore era completamente distrutta.

"Eagle!" gridò.

"Vado subito dal suo amico," disse l'uomo che l'aveva soccorsa. "Prima voglio che lei si metta seduta."

Taylor incespicò ancora e si rese conto che l'uomo le stringeva il braccio molto forte; praticamente la stava trascinando verso l'auto.

Nell'istante in cui se ne accorse, Taylor raggelò. Cercò di resistere agli strattoni, ma lui continuava a tirarla.

"No… io sto bene… mi lasci andare," gli disse con voce più tremante di quanto avrebbe voluto.

"Non credo proprio, Taylor," ribatté lui, stringendo ulteriormente la presa.

L'adrenalina le stava già scorrendo nelle vene, ma sentirlo pronunciare il suo nome le fece venire il batticuore.

Taylor riconobbe l'auto verso cui lui la stava portando: era una Cadillac marrone scuro.

Era la stessa auto che l'aveva tamponata diverse settimane prima, era pronta a scommetterci.

Guardò l'uomo e si scervellò nel tentativo di ricordare anche un solo dettaglio. Che fosse lo stesso tizio che l'aveva tamponata e si era poi profuso in un mare di scuse? Quello che le aveva chiesto le informazioni dell'assicurazione?

Taylor cercò di respirare profondamente per rallentare il cuore che le batteva all'impazzata, ma tutto ciò che ottenne fu di intensificare la propria angoscia. Riconobbe l'odore.

Disinfettante, urina e candeggina.

Era *lui*: l'uomo che l'aveva spaventata al Centro di cura, il manutentore che le aveva cambiato il filtro dell'aria condizionata e… ne era certa, anche il tizio che le aveva consegnato la pizza con le olive disposte in modo da formare la parola *presto*.

Taylor si guardò intorno terrorizzata e si rese conto che si trovavano nel mezzo del nulla. Nessuna macchina in vista, né in una direzione né nell'altra. Non un'abitazione. Era in grossi guai.

Cercò di divincolarsi dalla stretta dell'uomo, ma lui la teneva a sé senza sforzo. "Oh, no, non te ne andrai tanto facilmente," le disse. "È da tempo che aspetto e pianifico questo momento e non ti lascerò scappare."

Taylor doveva fare qualcosa. in caso contrario, nessuno l'avrebbe mai più rivista, ne era certa.

Voltandosi ancora verso la jeep nella speranza di vedere Eagle uscirne e accorrere in suo aiuto, Taylor non vide altro che un sottile filo di fumo alzarsi dal motore. Stava per scoppiare a piangere.

"Eagle!" gridò un'altra volta, sempre cercando di lottare per liberarsi.

L'uomo che la teneva in pugno rise. "È morto," le disse brutalmente. "Non ti può salvare. Nessuno può salvarti. Ora non fare storie, andiamo," ringhiò l'uomo tirandola per il braccio con cattiveria.

Le fece male, ma Taylor ignorò il dolore. Al pensiero che Eagle potesse essere morto, si sarebbe gettata al suolo a piangere.

Si accorse che la parte anteriore della Cadillac era danneggiata; probabilmente l'auto si poteva guidare ancora, ma i fanali erano andati e la griglia del radiatore completamente distrutta.

Era stato lui a speronarli.

Se fossero partiti a bordo della Cadillac, forse una pattuglia della polizia li avrebbe fermati a causa dei danni al veicolo... ma non poteva contare su quella possibilità. Una volta sull'auto, sarebbe stata praticamente spacciata.

Anziché aprire lo sportello del passeggero, l'uomo raggiunse la parte posteriore della macchina e aprì il porta-bagagli.

La prospettiva di ritrovarsi rinchiusa là dentro la liberò da ogni esitazione. L'uomo aveva le chiavi della macchina in mano; quando allungò il braccio, Taylor agì d'istinto, colpendolo forte sull'avambraccio.

L'uomo gridò, probabilmente più per la sorpresa che per il dolore, e lasciò cadere le chiavi.

"Cagna!" inveì lui, tirandole un manrovescio tanto forte da farla cadere sul suolo all'indietro.

Ignorando il dolore al viso, Taylor si rialzò di scatto e corse verso gli alberi che circondavano la strada. L'uomo aveva commesso un errore lasciandola andare... e lei avrebbe approfittato di quel passo falso.

Correndo più veloce che poteva, Taylor penetrò nella fitta boscaglia.

"Torna qui!" urlò lui, ma Taylor cercò invece di accelerare.

Scansando tronchi e saltando cespugli, Taylor soppresse l'istinto di voltarsi e guardare dietro di sé. L'uomo la stava inseguendo, lo sentiva imprecare e gridarle che si sarebbe pentita di essere scappata da lui.

Mentre si guardava freneticamente intorno, Taylor cercava di individuare un potenziale nascondiglio. Era improbabile che potesse seminare l'inseguitore, ma forse poteva batterlo in astuzia; forse lui si sarebbe stancato di correrle appresso, sarebbe tornato alla sua auto e se ne sarebbe andato... e lei avrebbe potuto fare dietrofront e andare vedere come stava Eagle.

Non poteva essere morto. Proprio no... *non poteva*!

Trovava inconcepibile l'idea che l'uomo di cui era innamorata non ci fosse più.

I postumi dell'incidente cominciavano a farsi sentire. Taylor sentiva dolore alla gabbia toracica e a un piede. Abbassò lo sguardo e notò che calzava solo una scarpa.

Non aveva idea di dove fosse finita l'altra; almeno, aveva ancora il calzino.

Sorprendentemente, non le veniva più da piangere. Nemmeno un po'. Era spaventata a morte per quello che era successo a Eagle, ma non era isterica. Era come se il suo corpo avesse azionato l'autopilota e lei, incoscientemente, sapesse che non poteva fermarsi, se voleva sopravvivere. Non doveva assolutamente consentire a quell'uomo di chiuderla nel portabagagli.

Taylor continuò a correre, perdendo il senso del tempo e della distanza, finché non si rese conto che il tizio non la stava più inseguendo; né si sentivano più le sue grida.

Si fermò per riprendere il fiato e si mise in ascolto. Davvero lui non la inseguiva più? Che avesse rinunciato e fosse tornato alla sua macchina? Prima o poi qualcuno sarebbe passato lungo la strada e avrebbe visto la scena dell'incidente, giusto?

Stava per avviarsi nella direzione da cui era venuta, quando sentì alla sua destra il rumore di un ramoscello che si spezzava.

Girò la testa e vide l'uomo fermo a una decina di metri da lei. Si fissarono per un lungo istante, durante il quale Taylor ravvisò la follia nello sguardo torvo del suo avversario.

Senza dire nulla, lui scattò; Taylor si girò e riprese a correre.

L'inseguimento era ricominciato. Era chiaro che il tizio non avrebbe desistito: era determinato ad acciuffarla; ma lei non aveva alcuna intenzione di permetterglielo.

Doveva trovare un nascondiglio. Era quella la sua unica possibilità.

Taylor continuò a correre tra gli alberi, procedendo a

zig-zag e con frequenti cambi di direzione; più di una volta attraversò macchie di arbusti e sterpaglie che le lasciarono brutti graffi sulla pelle scoperta. Doveva complicare il percorso il più possibile, nella speranza di far perdere le sue tracce all'inseguitore; questi era più corpulento di lei e avrebbe perciò faticato a passare dagli spazi angusti che Taylor cercava di prediligere in quella folle fuga.

Poco alla volta, la distanza tra i due crebbe, finché dietro di sé Taylor sentì ancora una volta il silenzio.

Non aveva idea di quanto si fosse allontanata dalla strada, ma vide un tronco cavo non troppo distante da lei e le venne un'idea.

Guardandosi alle spalle, Taylor non vide alcun segno dell'inseguitore. Sicuramente lui l'avrebbe raggiunta, ma non era facile immaginare quanto ci avrebbe messo. Di certo l'uomo era ancora nei paraggi, Taylor non aveva alcun dubbio al riguardo. In prossimità del tronco, si mise carponi, fece un profondo respiro e strisciò verso quello che le sembrava il miglior nascondiglio che il bosco potesse offrirle.

Taylor fece del suo meglio per coprire le proprie tracce, nella speranza di eliminare le prove del suo passaggio e fare in modo che il nascondiglio non desse nell'occhio. Poi, con un dolore lancinante alle costole e il cuore in gola, si impegnò a smettere di ansimare.

Non aveva molto tempo; di certo lui sarebbe arrivato sul posto a breve.

Pregò che lì non ci fossero serpenti né insetti velenosi, poi strisciò ancora e si contorse fino a raggiungere la posizione che riteneva più riparata. Sperando di aver fatto tutto il possibile ed essere completamente coperta, cercò ancora di regolarizzare il respiro. Qualcosa le fece il solletico a una gamba, ma lei non reagì: in quel momento, agitarsi per via di un ragno o di una formica avrebbe potuto esserle fatale.

Era nascosta da una trentina di secondi, quando il rumore di rametti che si spezzavano e foglie secche che scricchiolavano sotto passi umani la avvertì che l'inseguitore si stava avvicinando.

Taylor chiuse gli occhi per non sentire su di sé lo sguardo dell'uomo, poi si mise a pregare.

CAPITOLO DICIASSETTE

Eagle non sapeva perché la testa gli facesse tanto male. Aprì gli occhi con un gemito. Gli ci volle qualche secondo per rendersi conto di dove si trovava. Era appeso all'ingiù nella sua Wrangler; sentiva un forte dolore alla testa, gli sembrava che stesse per spaccarsi in due.

Non ricordava cosa fosse successo o come fosse finito in quel posto, ma di certo non poteva rimanere a lungo in quella posizione a testa in giù, mentre cercava di ricordare.

Frugò in cerca del pulsante per sganciare la cintura di sicurezza; quando lo trovò, lo premette e piombò come un sacco sul tettuccio della sua amata jeep. Spinse lo sportello, ma era troppo danneggiato per aprirsi. Probabilmente sarebbe riuscito a uscire passando dal finestrino rotto, ma scartò l'ipotesi per il timore di tagliarsi il torso strisciando sulle schegge di vetro. Allora si mosse con difficoltà verso lo sportello dal lato del passeggero, che sembrava socchiuso, quando un oggetto catturò la sua attenzione.

Una borsa.

Non una qualsiasi: la borsa di Taylor.

Restò immobile e in una frazione di secondo ricordò tutto.

Lui e Taylor stavano andando a Bloomington per partecipare alla cerimonia di premiazione di un'autrice per cui lei aveva lavorato.

Taylor.

Cazzo.

Dov'era finita? Che fosse ferita? Come mai non era nell'auto?

Lo sportello del passeggero era aperto. Guardò in basso e vide che la cintura di sicurezza era stata tagliata. Per un istante, fu sollevato all'idea che Taylor fosse uscita dal veicolo; qualcuno doveva essersi fermato per soccorrerla.

Ma appena riemerse dal veicolo capovolto e si guardò in giro, capì che la situazione era critica.

A speronarli era chiaramente stata la Cadillac marrone sul ciglio della strada, come dimostravano i danni ai fanali e al radiatore. Ma c'era di più: Eagle ricordava nitidamente che Taylor aveva descritto quell'auto quando gli aveva raccontato del tamponamento alla sua Kia.

Gli aveva detto che la Cadillac sembrava più vecchia di lei.

Era un dettaglio tutt'altro che inutile. Quella Cadillac era decisamente un vecchio modello, risalente ad anni in cui la carrozzeria delle auto veniva costruita per essere solida e resistente. Ecco perché chi la guidava era riuscito a spingerli fuori strada, eseguendo quella che i poliziotti chiamavano "manovra di immobilizzazione dell'inseguimento".

Ai tempi dell'addestramento per entrare nelle Delta

Force, Eagle aveva imparato come fermare un'auto durante un inseguimento; era chiaro che chiunque fosse stato al volante della Cadillac conosceva quella tecnica, a meno che non fosse stato estremamente fortunato. Per essere sicuro che non ripartissero, il bastardo li aveva poi speronati, spingendo la jeep nel fosso, dove si era rovesciata su se stessa.

Ma né Taylor né l'autista della Cadillac erano nei paraggi.

Forse l'uomo che la perseguitava aveva un complice? Forse avevano abbandonato lì la Cadillac e si erano allontanati su un altro mezzo, portandosi via la sua ragazza?

Eagle sbatté le palpebre; il sangue che usciva da una ferita sulla fronte gli era finito in un occhio, annebbiandogli la vista. I tagli in testa sanguinavano sempre molto, dannazione. Si pulì il viso usando un braccio, ignorando la ferita. Gli importava solo di Taylor.

Tornò a vedere normalmente, anche se sapeva che quel taglio avrebbe continuato a sanguinare. Fece un giro intorno alla Cadillac, in cerca di indizi. Arrivato di fronte al baule, vide per terra una chiave.

Guardando più attentamente, notò delle impronte che dal ciglio della strada andavano verso il bosco, lo stesso bosco che lui e Taylor avevano ammirato fino al momento dell'incidente.

Che razza di *idiota* era stato a prendere la strada panoramica! Aveva pensato ai rischi in cui sarebbero incorsi, ma poi era stato imprudente, pensando che lasciare la superstrada sarebbe stato sicuro, visto che gli era sembrato che nessuno li stesse seguendo.

Ma si sarebbe preso a calci più tardi, in quel momento doveva cercare Taylor.

Tirò fuori il telefono e chiamò Smoke.

"Ciao... siete già arrivati a Bloomington?" chiese Smoke appena rispose.

"Voglio che mi rintracci una targa," disse Eagle.

"Cazzo... che succede?"

"Non so se la targa è ancora valida... la macchina è vecchia e leggo che il bollo è scaduto da sei anni."

Smoke non fece altre domande, cosa che Eagle apprezzò. "Dimmi la targa."

"LLC 432."

"Ok. Ti serve altro?"

"Un elicottero. Mentre andavamo verso Bloomington," spiegò brevemente Eagle, "siamo stati fermati con una manovra di immobilizzazione, poi speronati. Sono tra Martinsville e Bloomington, da qualche parte nel parco forestale di Morgan-Monroe. Pare che Taylor sia scappata e che qualcuno l'abbia inseguita. Io mi metto a cercarla, ma l'elicottero può usare un rilevatore termico a raggi infrarossi per individuarla nella boscaglia. Rintraccia il segnale del mio telefono per dare le coordinate al pilota."

"D'accordo. Arriviamo," disse Smoke.

Eagle chiuse la telefonata, certo che il suo amico sarebbe stato di parola. Con l'aiuto di un elicottero munito di telecamera a raggi infrarossi, avrebbero potuto trovare Taylor entro un'ora.

Gli si formò un nodo allo stomaco al pensiero che, forse, Taylor aveva a disposizione molto meno di un'ora. Se l'uomo che la inseguiva era lo stesso che la perseguitava da tempo, e Eagle era pronto a scommettere che lo fosse, allora la sua ragazza era in pericolo di vita.

Si infilò il telefono in tasca, poi, nella certezza che i

suoi amici sarebbero arrivati sul posto il prima possibile, cominciò ad addentrarsi nella boscaglia.

Doveva fermarsi piuttosto spesso, per asciugarsi il sangue che gli colava sugli occhi; ma né la brutta ferita sulla fronte, né i continui giramenti di testa gli avrebbero impedito di cercare Taylor.

Eagle era stato addestrato anche per rintracciare obiettivi e in quel momento fu grato per tutto ciò che aveva imparato nell'esercito. Fu in grado di seguire le tracce lasciate da Taylor e di capire dove si era fermata per riprendere fiato; Eagle sperava che lei fosse riuscita a seminare l'inseguitore, ma pareva che lui le fosse rimasto alle calcagna, stando alle impronte.

D'altronde, anche se l'uomo si fosse perso nella foresta, Eagle non si sarebbe messo a cercarlo: la sua missione era ritrovare Taylor. Accertarsi che fosse al sicuro e incolume. Al momento dell'incidente, era nella jeep con lui, quindi poteva benissimo avere delle contusioni; o forse l'uomo che le dava la caccia l'aveva ferita prima della fuga.

Nel bosco regnava un silenzio innaturale. Non si sentiva nemmeno il cinguettio degli uccelli; in lontananza, nessun rumore suggeriva che l'inseguimento stesse continuando. Eagle stesso, muovendosi con estrema cautela, non produceva alcun suono, per non rivelare la propria presenza al suo nemico.

Continuò con determinazione a seguire le tracce lasciate da Taylor; era colpito dal modo in cui lei aveva evidentemente cercato di seminare l'inseguitore: si era tenuta alla larga dai passaggi più facili e scontati, preferendo attraversare rovi e punti dove la vegetazione era più fitta. Eagle riuscì a mantenere la calma e la concentrazione, almeno finché non vide delle tracce di sangue su un tronco.

Ebbe il presentimento che si trattasse del sangue di Taylor. L'albero in questione si trovava subito dopo un gruppo di rovi particolarmente fitto. Ricordò che Taylor indossava una maglietta a maniche corte e immaginò che si fosse scorticata le braccia scoperte passando all'interno del cespuglio spinoso.

Digrignando i denti, Eagle si pulì il viso per l'ennesima volta: la ferita sulla fronte non smetteva di sanguinare. Si fermò per qualche istante e chiuse gli occhi, ascoltando attentamente nella speranza di udire un rumore che potesse essergli d'aiuto nella ricerca. Qualsiasi rumore.

Poi, incredibilmente, il silenzio fu rotto da un urlo, non troppo lontano da lui.

Fino a quel momento, Eagle non aveva idea di quanto vantaggio Taylor e l'inseguitore avessero su di lui, quindi quell'urlo, un potenziale indizio che si stava avvicinando all'obiettivo, lo galvanizzò.

Riaprì gli occhi e si avviò di buon passo verso il punto da dove gli sembrava essere provenuto l'urlo, lasciando perdere le tracce sul terreno. Non sapeva se a urlare fosse stata Taylor o l'inseguitore, ma l'istinto gli suggeriva che i due fossero insieme.

Più accelerava il passo, più distintamente sentiva i rumori di fronte a lui. Il bosco non era più taciturno come poco prima.

Quella che sentiva era decisamente una voce maschile e le parole che pronunciava gli raggelarono il sangue.

"Non puoi nasconderti da me, Taylor!" stava gridando l'uomo. "Ti troverò, dovunque tu sia! E sai perché? Perché tu sei perfetta! Non riuscirai mai a riconoscermi! Ti terrò in catene nel mio seminterrato... e capirai cosa significa sentirsi *davvero* indifesi!"

Eagle si mise a correre, cercando però di procedere a passi leggeri. Sapeva di essere vicino, ma non aveva ancora capito con precisione dove fosse quell'uomo; la voce echeggiava tra gli alberi e il fatto che Eagle fosse ancora leggermente stordito per via del colpo alla testa non lo aiutava certo.

"Non vedo l'ora di stringerti le mani al collo e guardarti soffocare. Ma non ti preoccupare. Mi fermerò un istante prima che tu muoia, così potremo ricominciare il nostro gioco. Ma la parte più divertente è che tu non saprai mai se a strangolarti è tutte le volte lo stesso uomo! Ecco perché sei fottutamente perfetta!"

Eagle si rammaricò di non aver preso la pistola, quando si era allontanato dalla macchina. L'aveva sempre con sé, ma il disorientamento che aveva provato appena uscito dalla jeep capovolta gli aveva giocato un brutto scherzo.

D'altronde, per uccidere quel bastardo non aveva bisogno di una pistola.

Poteva farlo altrettanto facilmente a mani nude.

Non sapeva quanto tempo fosse passato da che si era messo sulle tracce di Taylor, ma evidentemente non era abbastanza per far arrivare l'elicottero. Eagle doveva agire da solo. Ma non sarebbe stato un problema.

Avvicinatosi tanto da sentire vicina la voce dell'uomo, Eagle rallentò e cercò di muoversi con ancora più discrezione. Si fermò a una decina di metri da lui e si mise a scrutare la vegetazione per farsi un'idea chiara del terreno e per elaborare un piano d'azione.

L'uomo, sulla quarantina, si trovava in un piccolo spiazzo tra gli alberi. Era leggermente più basso di Eagle, aveva i capelli castani e qualche chilo di troppo. Per come poteva vederlo Eagle, sembrava un soggetto del tutto ordinario, senza nessun segno particolare o caratteristica saliente. Anche se Taylor non avesse sofferto di prosopagnosia, probabilmente la descrizione che avrebbe fornito alla polizia non avrebbe prodotto un identikit molto utile.

Un grande tronco coperto di erbacce e piante rampicanti giaceva a terra accanto all'uomo, che parlava come se fosse certo che Taylor vi si nascondesse all'interno; mentre parlava, rovistava con una mano a un'estremità del tronco, mentre nell'altra stringeva un coltello.

"Fai prima a uscire da sola, Taylor, questa faccenda può finire in un solo modo. Tornerai a casa con me... e il nostro gioco potrà cominciare." Senza fare alcun rumore, Eagle scivolò alle spalle dell'uomo.

A pochi passi dall'obiettivo, calpestò un ramoscello che scricchiolò sotto al suo piede.

Si maledì e pensò che, se ci fosse stato Smoke al suo posto, non avrebbe commesso un errore tanto grossolano. L'altro si girò di scatto e Eagle si mise in guardia.

Il sorrisetto che l'uomo aveva stampato in volto svanì, rimpiazzato da una smorfia di rabbia e incredulità. Eagle aveva visto fin troppo orrore in vita sua, sapeva riconoscere il male, quando se lo ritrovava davanti... e capì immediatamente che il tizio che aveva davanti apparteneva alla categoria dei peggiori criminali che ci fossero in giro.

Non sapeva chi fosse, né cosa avesse fatto in passato, ma Eagle non aveva dubbi: Taylor non era la sua prima vittima. Il bastardo l'aveva già fatto. Aveva perseguitato, rapito e torturato altre donne.

Muovendosi con una rapidità che non lasciò all'avversario il tempo di reagire, Eagle lo colpì al viso con tutta la forza che aveva in corpo.

L'uomo incespicò ma non cadde. Si lanciò contro Eagle lanciando un urlo disumano e brandendo il coltello.

Eagle si spostò di lato e colpì ancora l'uomo che, mancandolo, gli sfilò accanto. Quel secondo colpo lo mise in ginocchio; lasciò cadere il coltello e si portò istintivamente le mani al naso, che doveva essere rotto.

Prima che il tizio potesse rialzarsi, Eagle gli fu addosso. Da dietro, gli strinse un braccio intorno al collo, immobilizzandolo. Erano entrambi in ginocchio e l'uomo si sbracciava e tirava colpi indietro a casaccio, nella vana speranza di liberarsi dalla presa.

Nessuno dei due disse nulla, concentrati com'erano sul combattimento. Entrambi sapevano che la lotta era all'ultimo sangue.

Eagle intensificò la presa e restò impassibile quando l'uomo smise di cercare di colpirlo e si portò le mani alla gola nel tentativo di allentare la stretta. Mentre cercava Taylor, quel bastardo aveva detto che voleva soffocarla più volte, senza che lei sapesse se a strangolarla fosse sempre lui o un uomo diverso ogni volta. Quelle parole erano rimaste impresse nella mente di Eagle.

Gli strinse ancora il braccio intorno al collo, accecato dall'ira provocatagli dal pensiero che la sua Taylor potesse ritrovarsi in una situazione simile, alla mercé di un pervertito che la torturava fisicamente e psicologicamente al solo fine di soddisfare i propri insani desideri.

Ma ci sarebbe voluto troppo tempo per ucciderlo in quel modo. Per quanto Eagle volesse che il bastardo soffrisse le stesse pene che voleva infliggere a Taylor, voleva finire il lavoro in fretta. Doveva trovare Taylor e accertarsi che stesse bene.

Nel disperato tentativo di respirare, l'uomo emetteva una specie di gorgoglio. Eagle mollò la presa con gesto rapido. Come aveva previsto, il tizio era troppo rinfrancato dal poter di nuovo respirare per riprendere subito il combattimento. I suoi boccheggi echeggiarono nello spazio circostante, ma Eagle li notò a malapena; era concentrato sulla sua prossima mossa.

Senza perdere tempo e senza dire nemmeno una parola, Eagle afferrò la testa dell'uomo e gliela girò di lato con un colpo secco.

Il collo che si spezzava produsse uno schiocco che parve assordante nel silenzio del bosco. Eagle non provò alcun rimorso. Quell'uomo era una minaccia per Taylor, aveva pianificato di fare cose orribili e se ne era vantato. Senza di lui, il mondo sarebbe stato un posto migliore... e con lui morto, Taylor sarebbe stata più al sicuro.

Dopo aver lasciato andare il cadavere, che cadde faccia a terra, Eagle si alzò. Aveva eliminato la minaccia e poteva concentrarsi su Taylor. Asciugandosi ancora il viso sporco di sangue, la chiamò.

"Taylor?"

Nessuna risposta.

Si mise in ginocchio all'estremità del tronco dove aveva visto frugare l'uomo e guardò all'interno.

Vuoto. Taylor non era lì.

Eagle si rialzò, confuso. Perché mai il tizio la stava cercando nel tronco, se Taylor non era nascosta al suo interno?

Mentre il terrore si faceva strada in lui, si guardò freneticamente intorno, scrutando disperatamente lo spiazzo e le immediate vicinanze in cerca di un qualsiasi indizio.

Improvvisamente, si sentì alto sopra la foresta il rumore di un elicottero, ma l'arrivo dei rinforzi non portò a Eagle alcun sollievo. Che Taylor giacesse lì in giro da qualche parte, incapace di muoversi o di rispondere?

Per la prima volta in vita sua, Eagle si fece prendere dal panico. Era arrivato troppo tardi?

No, quell'idea gli sembrò inaccettabile.

"Taylor!" urlò a squarciagola. "Dove sei?!"

Nessuno rispose al suo grido disperato, seguito solo dal rimbombo delle pale dell'elicottero che roteavano sopra di lui.

———

Taylor quasi non osava nemmeno respirare. Il cuore le batteva fortissimo, producendo un suono che le riempiva la testa e le impediva di ascoltare qualsiasi altro rumore, tanto che, pur avendo sentito che l'inseguitore la stava minacciando, non era riuscita a distinguere chiaramente le sue parole.

Aveva scelto il nascondiglio con cura, nella speranza che lui si fosse concentrato sul tronco vicino, coperto di rampicanti.

Quel tronco doveva funzionare come diversivo.

Non trovandola lì, immaginava Taylor, lui avrebbe pensato che lei fosse corsa altrove e avrebbe a sua volta ripreso a correre. A quel punto, lei sarebbe stata libera di tornare all'auto di Eagle, dove avrebbe trovato il suo telefono, o quello di Eagle, e avrebbe chiamato i soccorsi.

Si rifiutava di credere che il suo ragazzo fosse morto.

Lo stalker doveva averle mentito per gettarla nel panico; o almeno così sperava Taylor.

Su un lato del piccolo spiazzo tra gli alberi, c'era un altro enorme roveto. Senza esitare, Taylor si era messa carponi e c'era entrata, cercando poi di coprirsi con terriccio, foglie e ramoscelli. Non sapeva se fosse riuscita a mimetizzarsi completamente, ma era fondamentale che continuasse a controllare il proprio respiro, evitando anche il minimo movimento.

Quando sentì gridare il proprio nome nella foresta, Taylor ebbe un sussulto; era in preda al terrore, ma fece del suo meglio per evitare di mettersi a piagnucolare. Se lui l'avesse trovata, senza dubbio l'avrebbe uccisa.

Poi sentì lo squillo di un telefono.

Nel bel mezzo di una foresta, le parve un suono assurdo. Non sapeva con chi stesse parlando l'inseguitore... il battito assordante del cuore le impediva di distinguere le parole, peraltro dette a bassa voce.

Proprio nel momento in cui cominciò a pensare di essere stata fortunata, ipotizzando che l'uomo si fosse allontanato dallo spiazzo per cercarla altrove, sentì un fruscio di foglie lì vicino.

Era finita. Lo stalker l'aveva trovata e presto sarebbe morta.

"Flower?" gridò lui.

Le parve una voce spaventata, incerta, diversa da quella di Eagle.

Taylor voleva palesarsi all'uomo che aveva usato la parola in codice ideata da Eagle, ma allo stesso tempo voleva sprofondare nel terreno. Restò immobile.

Forse lo stalker aveva scoperto la parola in codice. Del resto, conosceva il soprannome di Eagle ed era riuscito a seguirli in macchina. Che fosse lui a chiamarla? A cercare di ingannarla perché gli rivelasse la sua posizione?

"Oddio, Flower!" esclamò lui.

Taylor sentì delle mani che le toglievano il terriccio dal corpo.

Pensò che, se doveva scattare per riprendere la fuga, quello era il momento di provarci. Alzò la testa.

Incontrò un paio di occhi blu che la guardavano sconvolti.

Non riconosceva l'uomo inginocchiato accanto a lei. Aveva un brutto taglio sulla fronte e il viso impiastricciato di sangue rappreso. Qualcosa nello sguardo dell'uomo le infuse una specie di calma.

"Flower, sei ferita?"

Con il capo scoperto e senza il rimbombo del battito cardiaco, Taylor poté finalmente sentire chiaramente la voce dell'uomo.

Quando sentì pronunciare ancora una volta il proprio nome, non ebbe dubbi: era Eagle.

Uscì con un balzo dagli arbusti, scagliando in aria le foglie e i ramoscelli sotto cui si era nascosta, per gettarsi tra le braccia di Eagle. Lui cadde sul sedere per l'impatto, ma riuscì comunque a stringerla tra le braccia. Le spine del roveto le si erano impigliate ai capelli e le avevano graffiato le braccia, già sanguinanti, ma in quel momento non le importava nulla di tutto ciò.

Eagle era vivo... e l'aveva trovata.

Era certa che l'uomo che l'aveva trovata era il suo ragazzo. Lo stalker avrebbe potuto sapere della loro parola in codice, ma l'istinto le diceva che le cose non erano andate in quel modo.

E riconobbe Eagle anche dal profumo, dal modo in cui

la stringeva, dalla sensazione che le dava essere avvolta dalle sue braccia.

"Eagle!" gridò lei.

"*Cazzo*," imprecò lui con aria sfinita.

Restarono abbracciati per un lungo istante, poi Taylor cercò di ritrarsi e disse in preda al panico: "Dobbiamo andarcene da qui. Lui ci troverà!"

"È morto," ribatté Eagle, senza lasciarla andare.

"Cosa?"

"Morto. L'ho ammazzato," disse lui con voce stridula, facendo un cenno con la testa verso il cadavere alle sue spalle.

Taylor guardò dietro di lui e vide il corpo dell'uomo riverso sul terreno, vicino al tronco d'albero dentro il quale lei aveva dapprima pensato di nascondersi.

Sentirono il rumore di un elicottero e Taylor alzò lo sguardo, incapace però di vedere il velivolo al di là del fitto fogliame. Fu presa di nuovo dall'angoscia e cercò di divincolarsi dall'abbraccio di Eagle.

"Dobbiamo scappare! Diremo alla polizia che il tizio è scappato e che non sappiamo cosa gli è successo... poi forse potremo tornare qui a seppellire il cadavere... o qualcosa del genere..."

"Taylor, va tutto bene."

"No! Non va bene! Non puoi finire in galera... non lo sopporterei!" Era nel pieno di una crisi isterica, ma non poteva farci niente.

"Non finirò in galera," le disse lui con voce calma.

"Sì, invece! L'hai *ucciso* e io non sarò in grado di identificarlo come l'uomo che mi perseguitava. Voglio dire... so che era lui per via del suo odore, ma nessuno mi crederà. Gli avvocati faranno a pezzi questa linea di difesa!"

"Aveva ancora un odore così forte?" le chiese Eagle.

"Come fai a restare così calmo?!" Taylor stava praticamente sbraitando. "Sì! Mi ha detto che era un infermiere e voleva che mi sedessi nella sua macchina di modo che lui potesse controllare come stavi tu, ma io ho riconosciuto quel suo rottame, era la stessa macchina che mi aveva tamponato tempo fa. E poi ho sentito l'odore. Voleva rinchiudermi nel baule, ma io l'ho colpito a un braccio e gli sono cadute le chiavi. Poi mi ha dato uno schiaffo e io ho cominciato a correre."

"Ti ha dato uno schiaffo?" ringhiò Eagle, scostandole i capelli dal viso per controllare se ci fossero lividi.

"Eagle, per favore!" lo scongiurò, agitandosi tra le sue braccia.

"Apprezzo veramente il fatto che tu voglia proteggermi, ma non è necessario, credimi," le disse; la voce era di nuovo pacata, anche se Eagle aveva intensificato la stretta su di lei e le stava osservando lo zigomo gonfio. "I ragazzi saranno qui nel giro di pochi minuti, andrà tutto bene."

"I ragazzi?" chiese Taylor confusa. "Ma se siamo a quasi un'ora dalla Silverstone..."

"C'erano loro nell'elicottero. Ci hanno localizzato con un termografo a raggi infrarossi, hanno effettuato una discesa a corda doppia e in questo momento stanno convergendo qui."

Taylor inclinò la testa. "*Cosa?*"

"Nessuno andrà in prigione," la rassicurò.

Taylor cercò di credergli. Scosse la testa, ancora in stato confusionale. "Stai sanguinando," osservò.

"Lo so," disse lui. "Devo avere anche una lieve commozione cerebrale. E tu? Ti ha fatto nient'altro a parte darti uno schiaffo?"

"No. Ma sento un forte dolore alle costole e mi fa male il piede, ho corso senza una scarpa; poi mi sono fatta un bel po' di graffi con tutte le spine che ci sono in questo bosco."

Eagle chiuse gli occhi e la tirò a sé.

Taylor capì. Non voleva che la lasciasse. Tutto era successo davvero in fretta ed entrambi avevano rischiato di morire.

Un paio di minuti più tardi, Bull, Smoke e Gramps li trovarono seduti a terra. Taylor si era accoccolata in grembo a Eagle ed erano stretti l'uno all'altra come per non lasciarsi andare mai più.

CAPITOLO DICIOTTO

Taylor era seduta in una delle stanze per gli interrogatori della stazione di polizia vicino all'Assistenza Silverstone. Erano passati due giorni da quando lo stalker aveva tamponato di proposito la jeep di Eagle e aveva cercato di rapirla. Lei e Eagle si erano persi la cerimonia di premiazione a Bloomington, ma visto quanto era successo, la cosa non aveva molta importanza. Entrambi non si erano ancora ripresi del tutto, ma Taylor non voleva rimandare quell'incontro con la polizia. Voleva delle risposte e sapeva che lo stesso valeva per Eagle.

Bull, Smoke e Gramps avevano chiesto di partecipare all'incontro e i poliziotti, che conoscevano bene il team della Silverstone, avevano acconsentito. Taylor era più che d'accordo, doveva la vita a quegli uomini. Avevano raggiunto lei e Eagle più velocemente di quanto lei non avesse potuto immaginare. Erano i fratelli che non aveva mai avuto e non avrebbe esitato a condividere con loro informazioni sul guaio in cui si era ritrovata e in cui li aveva trascinati.

Taylor alzò lo sguardo verso Eagle, che quel giorno si era rifiutato di bendare la cospicua cicatrice che aveva sulla fronte; aveva detto che gli faceva prurito e che era meglio lasciar prendere un po' d'aria ai punti. Taylor non aveva ancora deciso se preferiva Eagle con o senza la benda. Al momento, la cicatrice era arrossata e leggermente infetta, inoltre le estremità del filo nero con cui erano stati dati i punti emergevano a dalla pelle, dando l'impressione che insetti muniti di antenne gli si stessero arrampicando sulla fronte; il che faceva propendere Taylor per preferire Eagle bendato.

Eagle la sorprese mentre lo guardava e le prese la mano. Si avvicinò a lei con la sedia e si appoggiò su una coscia la mano di Taylor, intrecciata alla propria. "Cos'avete scoperto" chiese agli investigatori.

Anziché rispondere a Eagle, l'uomo e la donna a cui era stato affidato il caso si voltarono verso Taylor con aria solidale.

Taylor si irrigidì.

"Prima di tutto, nel caso siate preoccupati, possiamo assicurarvi che non ci saranno accuse nei confronti del signor Trowbridge," disse l'investigatrice Allen, che indossava i jeans e una polo scura con lo stemma del dipartimento di polizia.

Taylor impiegò un paio di secondi per ricordare che il signor Trowbridge era Eagle, poi annuì.

"L'uomo che vi ha speronato si chiamava Brett Williams. Aveva quarantatré anni. Abbiamo ragione di credere che fosse un serial killer assai recidivo."

Taylor la guardò scioccata. "Cosa?"

"Siamo convinti che abbia ucciso più di dieci donne

negli ultimi tre anni," disse l'altro detective, che si era già presentato come James Wolfe.

"Come lo sapete?" chiese Eagle.

Taylor fu lieta che Eagle l'avesse chiesto; lei stessa era rimasta senza parole ed era troppo inorridita anche solo per pensare a che domande fare.

"Teneva fotografie delle sue vittime," spiegò Wolfe. "Delle istantanee. Probabilmente le scattava dopo aver ucciso le vittime. Tutte le donne erano state dichiarate scomparse, ma non sono mai stati trovati indizi su cosa fosse successo loro."

"Williams viveva con la madre, che è affetta dal morbo di Alzheimer," continuò Allen. Quando siamo arrivati a casa loro, l'abbiamo trovata chiusa in camera da letto. Era disidratata, sporca e confusa; continuava a chiedere dove fossero il marito, Donald, e il loro bambino, Brett."

Taylor si sentì male pensando a quella povera donna. Capì perché Brett aveva quell'odore.

"Com'è nata la sua ossessione per Taylor?" chiese Eagle. "Dove l'ha vista la prima volta?"

Wolfe aprì la cartella che aveva davanti e scorse con lo sguardo una relazione. "Durante una perquisizione nel seminterrato della sua abitazione, dove pare che Williams trascorresse la maggior parte del suo tempo, è stato ritrovato una specie di diario personale. Il contenuto dimostra chiaramente il suo coinvolgimento negli omicidi delle donne di cui conservava le foto. Scriveva in maniera dettagliata che cosa provava mentre le torturava e come le soffocava finché non perdevano i sensi; poi le faceva rinvenire con la respirazione artificiale e ripeteva il ciclo più volte, finché a un certo punto non le uccideva. Pare si eccitasse così. In base al diario, ipotizziamo che tenesse in vita le sue vittime per periodi che andavano da qualche giorno a due settimane."

Taylor deglutì con molta fatica e trasalì quando sentì le dita di Eagle sulla guancia: le stava asciugando le lacrime; le erano scese durante il racconto senza che lei nemmeno se ne accorgesse.

"So che per voi questi casi sono normale amministrazione," commentò Eagle con voce ferma, "ma potreste limitarvi a darci i dettagli su come ha avvicinato Taylor? Ciò di cui avete appena parlato sarebbe potuto succedere a lei..."

I due investigatori sembrarono mortificati.

"Scusateci," disse Wolfe.

"Per tornare alla sua domanda," continuò la detective Allen, "stando al diario, Williams ha visto la signorina Cardin per la prima volta fuori da un supermercato, sulla scena di un incidente. Williams aveva assistito all'incidente ed è stato interrogato dalla polizia. Naturalmente, in quell'occasione non ha detto né fatto nulla che insospettisse gli agenti... anzi, è passato del tutto inosservato, quindi non è stato trattenuto."

Taylor si sporse in avanti. "È stato quando quei due tizi si sono picchiati per il parcheggio?" chiese.

La detective diede un'occhiata agli appunti che aveva davanti e annuì. "Sì."

"Ricordo che c'erano diverse persone che venivano interrogate," disse Taylor, "ma non mi sembra che tra di loro ci fosse qualche tipo strano..."

"Beh, Williams quel giorno ha scritto sul suo diario che aveva trovato il suo prossimo 'giocattolo', dilungandosi su quanto lei fosse perfetta, visto che non avrebbe potuto riconoscerlo, e su come le avrebbe manipolato la mente. In base ai suoi piani, avrebbe finto di essere diverse persone, una volta che fosse riuscito a imprigionarla nel seminterrato."

Taylor ebbe un conato di vomito. Avrebbe voluto controbattere che il piano di Brett non avrebbe funzionato, che lei si sarebbe resa conto che era la stessa persona a torturarla... ma, in tutta onestà, non era sicura né di *come* avrebbe reagito né di *cosa* avrebbe pensato. Se Brett si fosse cambiato spesso i vestiti o se avesse indossato un cappello, lei non avrebbe capito che il suo aguzzino era uno e uno solo.

Chiuse gli occhi, sentendosi umiliata.

Quasi fosse riuscito a leggerle nel pensiero, Eagle le strinse la mano e disse agli investigatori: "Taylor sapeva che l'uomo che l'ha soccorsa dopo l'incidente era lo stesso che l'aveva perseguitata; è per questo che si è rifiutata di salire in macchina con lui."

"E come l'ha riconosciuto?" chiese Wolfe.

Taylor riaprì gli occhi e guardò l'uomo che le aveva fatto quella domanda; nel suo sguardo vide solo curiosità.

"Dall'odore," spiegò. "L'ho notato mentre era seduto accanto a me al Centro di cura. Ora capisco perché aveva quell'odore: si prendeva cura della madre. Era un misto di candeggina, disinfettante e urina," chiarì. "A parte l'odore, ho anche riconosciuto la sua auto, era la stessa che mi aveva tamponato. Forse lui ha pensato che, visto che non sono in grado di memorizzare le facce, non posso nemmeno ricordare un'automobile... ma quella vecchia Cadillac non passa proprio inosservata..."

"Impressionante," commentò Wolfe. Poi guardò per un istante la collega, prima di tornare con lo sguardo a Taylor. "E secondo lei era lo stesso uomo che si è introdotto a casa sua fingendo di essere un manutentore e che poi ha consegnato la pizza, giusto?"

Taylor fece cenno di sì.

"È stata molto fortunata," disse la detective Allen. "Williams ha scritto sul suo diario di entrambi gli episodi. Pianificava di rapirla quando è venuto nel suo appartamento, ma ha desistito quando ha saputo che il suo ragazzo stava arrivando."

"Che altro ha fatto?" chiese Taylor. Avrebbe preferito non chiederlo, ma *doveva* sapere.

L'investigatrice scorse ancora i suoi appunti. "Pare che sostanzialmente l'abbia seguita per un paio di mesi, dopo averla vista nel parcheggio del supermercato... e fantasticava molto su ciò che le avrebbe fatto quando sarebbe riuscito a catturarla... Vediamo... le ha parlato all'ufficio postale, in biblioteca... è già al corrente del tamponamento che ha subito... Poi un giorno ha pagato per lei quando si è fermata in un drive-in per prendere un hamburger. Williams in realtà era all'interno del locale; ha pagato per lei e ha chiesto al cassiere di dirle che il conto era stato saldato dalla macchina che lei aveva di fronte. Pare anche che l'abbia vista mentre pranzava con un'amica in una tavola calda e anche in quel caso le abbia offerto il pasto."

"Nel diario si leggono anche diversi riferimenti al suo ragazzo. Williams era irritato perché vi vedevate e perché lei trascorreva le notti fuori dal suo appartamento. Si lamentava di quanto tempo aveva dovuto impiegare per scoprire chi fosse il suo compagno. Sembra evidente che il fatto che lei e il signor Trowbridge abbiate cominciato a uscire insieme ha complicato le cose per Williams. Non gli piaceva che lei interagisse con qualcuno che avrebbe potuto riconoscerlo."

Taylor era incredula: c'era Brett dietro *ognuno* di quelli che lei recentemente aveva creduto essere gesti gentili da parte di estranei. Quell'uomo aveva... *Cosa* aveva fatto, in realtà? Visto che lei ignorava che ci fosse lui dietro tutti quegli episodi, non si poteva certo dire che Brett le avesse incasinato il cervello. Taylor ipotizzò che l'uomo fosse in cerca del brivido della caccia; probabilmente godeva a guardarla senza che lei sapesse di essere guardata.

"Come ho detto prima," proseguì l'investigatrice, "lei è stata molto fortunata. Ma ha reagito bene quando Williams ha deciso di passare all'attacco. Non è salita sulla sua macchina. A volte è meglio stare al gioco dei rapitori, far credere loro che hanno la situazione sotto controllo e aspettare il momento perfetto per scappare; in questo caso, tuttavia, ribellarsi era la cosa giusta da fare. In questo modo, lei ha dato al suo ragazzo il tempo di riprendersi dopo l'incidente e di venire a cercarla."

"Non mi sono assolutamente reso conto che ci stava seguendo mentre andavamo a Bloomington," disse Eagle. "Eravamo soli su quella strada e... un attimo dopo ci è corso addosso. Le curve mi hanno impedito di vederlo avvicinarsi."

Taylor sapeva che Eagle si sentiva in colpa. Era stato lui a suggerire di prendere la strada panoramica, il che aveva facilitato notevolmente il compito del suo persecutore. Brett avrebbe comunque agito nel corso del weekend, su quello non c'erano dubbi; ma passando da una strada poco frequentata che attraversava la foresta, gli avevano dato la possibilità di speronarli e cercare di catturare Taylor.

"Deve essersi preparato molto per diventare tanto abile nello stalking," disse il detective Wolfe realisticamente.

In quel momento fu Taylor a stringere la mano di

Eagle, che si rimproverava di aver perso i sensi e non essere stato in grado di impedire a Brett di tirare Taylor fuori dalla jeep. D'altro canto, gli agenti che erano arrivati sulla scena dell'incidente avevano detto che i due avrebbero potuto rimanere uccisi nello scontro, se non fosse stato per la destrezza di Eagle al volante.

"A ogni modo, come già sa," intervenne Allen rivolgendosi a Eagle, "non verrà incriminato per la morte di Williams. È stata chiaramente legittima difesa... e poi," aggiunse a voce bassa, "ha fatto risparmiare alla città e allo stato un sacco di soldi, visto che ora non dovremo fare alcun processo. Per le famiglie delle altre vittime di Williams, questa storia si è finalmente conclusa. Nel diario ci sono appunti su dove ha seppellito tutte le donne che ha ucciso... sospettiamo che tornasse nei luoghi di sepoltura per rivivere le sensazioni che aveva provato mentre infliggeva torture. I familiari delle vittime ci metteranno molto tempo a metabolizzare l'accaduto, ma grazie a voi due, potranno dare degna sepoltura alle loro care."

Taylor non era sicura che chiunque scoprisse che la propria moglie, sorella o figlia era stata uccisa da un serial killer potesse in qualche modo sentirsi meglio; ma immaginò che se l'alternativa era non sapere dove fossero o cosa fosse successo loro... beh, non era certo più invitante.

Continuò il detective Wolfe: "Sembra che Williams abbia seppellito le vittime in diverse aree boschive fuori città. Le seppelliva nel cuore della notte e scavava fosse profonde; ci sarebbero voluti anni per ritrovare i cadaveri, ammesso che fossero ritrovati."

"Che ne sarà della madre?" chiese Gramps, che era appoggiato al muro.

Taylor trasalì. Si era completamente dimenticata che alle sue spalle c'erano gli altri tre membri della Silverstone.

"Non abbiamo trovato altri parenti," rispose Wolfe. "Per il momento è in ospedale, ma verrà presto spostata altrove. Nella parte occidentale della città c'è una struttura che prende in carico pazienti che non hanno chi si prenda cura di loro, né possono permettersi di farsi ospitare in una casa di cura a pagamento."

Taylor capì dal tono della voce di Wolfe che la struttura a cui lui aveva fatto riferimento era piuttosto scadente. Per quanto odiasse Brett Williams con tutta se stessa, la madre era completamente all'oscuro di ciò che aveva fatto suo figlio; in fin dei conti, l'anziana signora non era stata che un'altra delle sue vittime."

"Pagherò perché venga ricoverata in un centro specializzato," intervenne Smoke.

Taylor si girò verso di lui a bocca aperta.

Smoke non distolse lo sguardo dagli investigatori. "Ho i soldi per farlo. Vi contatterò per sapere dove si trova la signora e mi occuperò personalmente della cosa. Quella donna non merita ciò che le è successo."

Ancora una volta, Taylor non riuscì a trattenere le lacrime. Non sapeva perché si trovasse come amici le persone più generose e compassionevoli che avesse mai conosciuto, ma si ripromise di non dare mai per scontata la loro amicizia.

"È un gesto molto bello da parte sua," commentò il detective. "Le darò il nome del dottore che la sta seguendo."

Smoke annuì. "Grazie."

"Avete altre domande?" chiese Allen.

Mentre i ragazzi della Silverstone facevano diverse altre

domande, Taylor si estraniò. L'unica cosa a cui riusciva a pensare era che per un soffio non aveva fatto la fine delle undici donne che Brett aveva rapito prima di lei. Era stata incredibilmente fortunata. Un serial killer l'aveva puntata per *mesi* senza che lei nemmeno se ne accorgesse.

Per di più, aveva messo in pericolo Eagle... e anche Skylar. In effetti, tutti alla Silverstone avevano corso dei rischi per colpa sua. Cosa sarebbe successo se Brett, vedendo Skylar, avesse deciso di farne un'altra delle sue prede? O se si fosse messo a perseguitare la piccola Sandra? O magari Christine o Leigh? Quel folle avrebbe potuto sabotare la sua stessa auto e chiamare l'Assistenza Silverstone per farsi soccorrere. Sarebbe andata bene anche agli altri così com'era andata bene a lei?

A Taylor stava venendo un mal di testa lancinante, più restava seduta in quell'angusta stanza, più diventava claustrofobica.

Come al solito, Eagle percepì il suo stato d'animo. "Penso che possa bastare per oggi," annunciò a tutti i presenti; Taylor alzò la testa e lo guardò.

"Se avremo altre domande, vi contatteremo," aggiunse Eagle, che poi si fece indietro con la sedia e si alzò; teneva ancora Taylor per mano, perciò si alzò anche lei. Appena furono in piedi, Eagle le lasciò andare la mano e le avvolse un braccio alla vita, avvicinandosela al fianco. Quel gesto vagamente prepotente avrebbe potuto indisporla, ma lei era troppo felice di lasciare la stazione di polizia per protestare.

Eagle strinse la mano a entrambi gli investigatori e Taylor fece lo stesso, poi lui la condusse fuori dalla stanza degli interrogatori e attraverso il corridoio. Come in trance, lei si lasciò guidare fuori dall'edificio; non appena furono usciti dalla porta che dava sul parcheggio, Taylor respirò l'aria fresca a pieni polmoni.

Eagle la girò verso di lui, tenendole un braccio intorno alla vita e sollevandole il mento con la mano libera, così che lei lo guardasse negli occhi. "Tutto bene?"

Taylor fece cenno di sì, ma disse: "Non proprio."

Eagle la guardò con aria preoccupata e lei si pentì della risposta che aveva dato.

"Come vanno le costole?" le chiese.

"Non mi fanno quasi più male."

"E il piede?"

Mentre scappava da Williams, Taylor aveva calpestato con il piede scalzo una scheggia di vetro, che le si era conficcata nella pianta del piede. Aveva fatto infezione, ma il dottore le aveva detto che, con l'aiuto degli antibiotici, la ferita sarebbe presto guarita, visto che lei non aveva altri problemi di salute.

"C'è ancora un po' di infezione, ma migliora."

Anche i graffi che si era procurata sulle braccia correndo tra i rovi nella foresta le davano noia, ma Taylor non aveva di che lamentarsi. Le era andata più che bene e quei pochi acciacchi non le sembravano che piccoli inconvenienti.

"Vieni qui," disse Eagle avvolgendola in un abbraccio.

Taylor si rifugiò in lui, stringendolo come se non volesse più lasciarlo andare; gli appoggiò la testa sulla spalla e inalò il suo fresco profumo.

"Dannazione," mormorò lui, "non riesco a credere di essere stato così vicino a perderti. Per la cronaca," continuò senza lasciarla andare, "non avrei smesso di cercarti; ti avrei comunque trovata e salvata."

Taylor non sapeva se credere a quelle parole, ma si

crogiolò nel pensiero che Eagle avrebbe fatto di tutto per salvarle la vita.

Restarono abbracciati nel parcheggio tanto a lungo che Taylor perse la cognizione del tempo. A un certo punto Bull li avvicinò chiedendo loro se fossero pronti per andarsene. Eagle annuì e aprì lo sportello posteriore della Altima di Bull; era stato lui ad accompagnarli alla stazione di polizia, visto che a Eagle non era ancora stata consegnata la nuova jeep.

Nessuno dei tre parlò molto mentre tornavano al garage. Dopo aver parcheggiato, Bull si voltò verso Eagle e Taylor, entrambi seduti di dietro.

"Giusto perché lo sappiate, non è stata una mia idea; anzi, ho cercato di convincere Skylar a lasciar perdere, ma lei ha insistito."

"Per fare cosa?" chiese Eagle con aria stanca.

Taylor aveva solo voglia di riposare, ma dovette ammettere a se stessa che era curiosa di sapere cosa avesse organizzato Skylar.

"Dentro ci sono tutti," disse Bull.

"Tutti?" chiese Eagle.

"Già. Tutto lo staff della Silverstone. Archer ha preparato un vero e proprio banchetto e il party è già cominciato."

"Portaci a casa mia," tagliò corto Eagle.

Taylor gli appoggiò una mano sul braccio. "Va bene così."

"*Non va* bene così. Tu sei stressata, dannazione, lo sono anch'io. Nessuno di noi due è dell'umore giusto per andare a una festa e fingere di spassarsela. Sarei di poche parole e scontroso... non voglio urtare nessuno e so che lo stesso vale per te."

Eagle non aveva tutti i torti e Taylor fu lieta che lui cercasse di tutelarla con tanto fervore. Nessuno aveva mai preso le sue difese e sentirsi protetta la emozionava moltissimo.

"Credo che ci farà bene," gli disse con tono pacato. "Non voglio rimuginare su ciò che gli investigatori ci hanno detto, né voglio continuare a pensare a quanto poco c'è mancato che finissi nelle mani di quel pazzo bastardo. Nessuno mi ha mai organizzato una festa a sorpresa e per me è una sensazione nuova avere degli amici che mi vogliono così bene da mobilitarsi in questo modo. Inoltre, Shawn ha cucinato... ho una fame da lupi e... mi sa che a casa tua non c'è niente da mangiare e certo io adesso non ho intenzione di mettermi in cucina."

Eagle la scrutò."Non dici tanto per dire, vero?"

"Già."

"Ma appena senti di non poterne più, dimmelo e ce ne andremo."

Taylor annuì. "Promesso."

"Skylar ha agito con le migliori intenzioni," spiegò Bull. "Ha imparato sulla propria pelle cosa significa sfuggire alla morte. Voleva solo rendersi utile."

"Lo so," lo rassicurò Taylor. "Sono fortunata ad avere un'amica come lei."

"Andiamo, smettiamo di tenere tutti sulle spine. Sono certo che ci stanno guardando dalla telecamera di sorveglianza e si stanno chiedendo di che diavolo stanno parlando," disse Eagle aprendo lo sportello.

Taylor scivolò sul sedile e scese dall'auto dopo Eagle. Avrebbe potuto uscire dall'altro lato, ma non si sentiva ancora pronta a lasciare la mano del suo ragazzo. Quel continuo bisogno di contatto fisico con lui le creava un leggero imbarazzo, ma sembrava che a Egle la cosa non importasse affatto.

Tutti e tre entrarono nel garage e si misero le targhette con i loro nomi, le ultime rimaste appese al pannello di metallo nei pressi dell'entrata, poi si incamminarono insieme verso lo stanzone principale.

Bull non aveva esagerato: alla festa c'erano tutti i dipendenti della Silverstone, tranne i pochi che erano in servizio. Quando i tre entrarono, tutti li salutarono a gran voce e Taylor non poté trattenere le lacrime. Non ricordava com'era passata da una vita di quasi completa solitudine alla scena che le si presentò davanti agli occhi, ma... *sapeva* che avrebbe fatto tutto il possibile per non perdere i suoi nuovi amici.

Skylar si affrettò verso di loro e diede a Taylor un lungo e sentito abbraccio. Poi si scostò e le chiese: "Stai bene?"

"Ora, sì," rispose Taylor con un sorriso. Era la verità. Solo un minuto prima, nonostante le rassicurazioni che aveva dato a Eagle e Bull quando ancora erano in macchina, non era sicura di voler stare con nessuno a parte il suo ragazzo. Ma in quel momento, ritrovandosi in mezzo a tutte quelle persone, che erano sinceramente sollevate e felici di rivederla sana e salva, Taylor non avrebbe voluto essere altrove.

Mentre girava per la stanza salutando i presenti in compagnia di Eagle, Taylor si sentì ancora una volta estremamente fortunata. Ognuno portava la targhetta, così lei non dovette chiedere il nome a nessuno. Anche se non ricordava i visi dei presenti, ormai li conosceva bene. Robert detestava il flipper, ma era un campione al calcetto. Jose era un sentimentalone. Christine si lamentava di quanto gli altri fossero disordinati, ma il suo armadietto era sempre il più incasinato. Taylor sapeva dei loro figli e dei turni che preferivano.

Anche se non lavorava lì, aveva trascorso tempo con ognuno dei dipendenti e aveva imparato a conoscerli; loro, d'altro canto, avevano imparato a conoscere lei.

Alla Silverstone aveva trovato ciò di cui aveva più bisogno: un gruppo di amici.

Le si avvicinò Shawn e Taylor, che in quel momento era oltremodo emotiva, quasi si rimise a piangere. Lui la strinse tra le sue grosse braccia senza dirle nulla; dopo un lungo istante, si scostò da lei e la guardò negli occhi, poi annuì. "Stai bene," disse sicuro di sé.

"Sì," confermò lei.

Allora Shawn si sporse e le disse in un orecchio: "Se ti viene fame, ho fatto una torta al caramello solo per te. L'ho nascosta nel cassetto delle verdure del secondo frigorifero. È chiusa con della carta stagnola e sopra c'è un biglietto con scritto 'Toccalo e non preparerò mai più un dolce'. Nessuno ha osato anche solo sbirciare cosa c'è sotto la carta stagnola... la torta è tutta tua."

Taylor sorrise, si alzò sulle punte dei piedi e lo baciò sulla guancia. "Grazie."

"Prego." Shawn tornò in cucina; Shane e Robert si erano intrufolati nel suo regno e lui li mandò subito via.

"Che ti ha detto Shawn?" le chiese Eagle. Si era mantenuto a debita distanza mentre Taylor faceva il giro dei saluti.

Taylor gli avvolse un braccio alla vita. "Niente di che... Sai. hai degli amici decisamente fantastici."

"*Abbiamo*, vorrai dire," la corresse.

Il viso di Taylor si illuminò. "Già, *abbiamo*."

Era l'una di notte quando Eagle poté finalmente restare da solo con Taylor alla Silverstone. Era contento che lei avesse un buon rapporto con tutti, ma sentiva l'urgenza di averla tutta per sé. Dopo essere venuto a conoscenza di ciò che quel bastardo di Williams aveva fatto negli ultimi mesi, l'unica cosa a cui riusciva a pensare era stringerla forte.

Lui e Taylor avevano preso possesso di una delle stanze della Silverstone, di modo che nessuno dovesse scomodarsi a portarli a casa. Non avrebbe avuto problemi a chiedere un passaggio per sé e Taylor, se avesse avuto l'impressione che lei preferisse andarsene, ma gli era parsa ben felice di sdraiarsi su uno dei letti matrimoniali che avevano nel garage.

Appena lui si infilò sotto le coperte, Taylor gli si accoccolò al fianco, stringendosi forte a lui. Erano pelle contro pelle e il calore che dal corpo di Taylor si irradiava sul suo fianco lo faceva sentire bene.

Il fatto che non sarebbe stato accusato dell'omicidio di Williams lo rendeva sereno; ma se in quel momento, anziché a letto con Taylor, fosse stato in una cella, non avrebbe comunque provato alcun rimorso per ciò che aveva fatto. Non aveva mentito, quando aveva detto a Taylor che avrebbe ucciso chiunque avesse cercato di farle del male. Il solo pensiero della sua ragazza tra le grinfie di quello squilibrato bastava a renderlo tanto paranoico da non volerla mai più lasciare sola.

"Sto bene," disse Taylor a voce bassa, chiaramente consapevole del fatto che qualcosa lo impensierisse.

Eagle fece del suo meglio per rilassare il proprio corpo. Lei era sana, salva e tra le sue braccia.

"Ti amo," le disse.

"Ti amo anch'io."

Lei alzò gli occhi verso di lui e fermò lo sguardo sul taglio che gli solcava la fronte.

Eagle cercò subito di rassicurarla. "Guarirà. È un graffietto in confronto alle ferite che mi sono procurato in questi anni."

"Quando ti ho visto, nel bosco, eri letteralmente una maschera di sangue," gli disse Taylor con tono pacato.

"Le ferite alla testa sanguinano sempre molto. Mentre ti cercavo, per poter vedere, dovevo costantemente pulirmi gli occhi dal sangue."

Taylor annuì, poi gli portò una mano alla fronte e sfiorò i punti lungo il taglio, quasi come per accarezzarlo. "Ti lascerà una cicatrice."

"È probabile," concordò Eagle con una scrollata di spalle. "La cosa ti crea problemi?"

Taylor lo guardò con un'espressione che per lui restò indecifrabile. Poi si alzò su un gomito e lo scrutò dall'alto. "Mi dispiace che tu ti sia ferito per colpa mia, ma..."

"Non mi sono ferito per colpa tua," la interruppe Eagle, determinato a toglierle quell'idea dalla testa. "Mi sono ferito per colpa di Brett Williams, un fottuto depravato che voleva rapire la mia ragazza."

"Non mi hai lasciato finire," lo riprese Taylor con un piccolo sorriso.

"Stavi dicendo una sciocchezza," controbatté lui.

"Sei un prepotente."

"Già."

Il sorriso di Taylor si ingrandì e Eagle fu lieto di constatare che lei riusciva a essere tanto rilassata quando stavano insieme.

"A ogni modo... quello che stavo cercando di dire è che mi dispiace che tu ti sia ferito, ma in un certo senso sono anche contenta che sia successo."

Eagle non sapeva dove lei volesse andare a parare, ma non si offese. Era certo che Taylor avesse un valido argomento... lui doveva solo aspettare che glielo esponesse.

Con l'indice della mano libera, Taylor tornò a tracciare la lunghezza del taglio, senza toccarlo. "Ti rimarrà una cicatrice... sulla fronte, dove non potrai nasconderla." I loro sguardi si incontrarono e Eagle poté vedere le lacrime che le si stavano formando negli occhi. Aprì la bocca per dire qualcosa che la confortasse, per rassicurarla che non gli importava nulla del proprio aspetto, gli importava solo che lei lo amasse. Ma fu lei a parlare per prima.

"D'ora in poi sarò in grado di riconoscerti."

Quelle parole emozionarono Eagle tanto da fargli venire un nodo alla gola.

"Potrò riconoscerti appena ti vedo. Capirò subito che sei il *mio* uomo. Non dovrò aspettare che mi chiami Flower... non ci sarà bisogno che tu mi dia qualche indizio... sarò come una donna normale e saprò subito che sei mio."

"Cazzo," mormorò Eagle, incerto su come commentare il discorso.

"Mi rendo conto che può sembrarti bizzarro e... di certo non mi opporrò, se deciderai di ricorrere alla chirurgia plastica."

"Mai e poi mai, cazzo," disse Eagle risoluto. "Sfoggerò la mia cicatrice con orgoglio."

Taylor sorrise ancora e gli posò la testa sulla spalla. "Ricordi quando abbiamo parlato di figli e ti ho detto che non ne volevo?"

"Non hai detto così," la corresse Eagle. "Hai detto che pensavi di non poter essere una buona madre."

"Non ci credo che ricordi le mie esatte parole," disse lei con un filo di voce.

Allora fu Eagle a sorridere. "Mi ricordo di chiunque abbia conosciuto o visto in fotografia... Perché mai non dovrei ricordarmi di quello che dici."

"Giusta osservazione. Ma è frustrante: il fatto che tu possa rinfacciarmi di continuo quello che dico non è di buon auspicio per la nostra relazione."

"Capito," disse Eagle quasi ridacchiando. Chiaramente, Taylor non era davvero arrabbiata, ma solo vagamente stizzita. A Eagle faceva tenerezza quando era così. "Continua pure."

"Sì, insomma... ci ho pensato a lungo," gli confidò Taylor.

"E cos'hai deciso?" Eagle sentì il cuore che batteva più forte, ma non sapeva esattamente perché. Ancora una volta, ignorava cosa frullasse per la testa a Taylor, ma presagiva che ciò che lei stava per dire gli avrebbe cambiato la vita.

Lei alzò di nuovo il capo. "Che voglio dei figli. Ne voglio con te, almeno. Tu mi hai aiutata a capire che la colpa dei problemi che ho avuto crescendo è stata in parte mia. Avrei dovuto essere più aperta e sincera con gli amici e con i membri delle famiglie a cui sono stata affidata. Avrei dovuto cercare di comunicare di più e meglio. Ho scambiato la confusione che loro provavano dinanzi al mio disturbo per indifferenza e antipatia nei miei confronti. Se anche solo avessi parlato di più con loro e cercato di spiegare meglio come mi sentivo, forse le cose sarebbero andate diversamente."

Eagle rotolò sopra di lei, intrappolandola tra le braccia. "Ripetilo," le ordinò, visibilmente emozionato.

Taylor arrossì, poi alzò le spalle. "Beh... potrei immaginarmi come madre... se fossi tu il padre dei miei figli."

"Sì!" esclamò lui, forse con più entusiasmo di quanto non avesse voluto manifestare.

Lei sorrise.

"Vuoi sposarmi?" chiese lui di punto in bianco.

Taylor sbatté le palpebre, incredula. "Non te l'ho detto perché tu mi chiedessi di sposarti," protestò. "Volevo solo farti sapere che ci avevo riflettuto e che penso tu abbia detto cose sensate quando ne abbiamo parlato. Anche se i miei figli avranno la prosopagnosia, non li abbandonerò mai. Insegnerò loro cosa significa soffrire di questo disturbo e come conviverci serenamente."

"I *nostri* figli," la corresse Eagle, "anche se i *nostri* figli avessero la prosopagnosia."

Taylor si leccò le labbra e lo fissò.

"Non riesco a immaginare la mia vita senza di te," continuò lui, "e ne ho avuto la conferma mentre ascoltavo gli investigatori parlare di ciò che Williams aveva in serbo per te. Voglio stare con te ogni giorno della mia vita, per tutta la vita. Taylor Cardin, vuoi sposarmi? Vuoi avere dei bambini con me? Vuoi battermi a flipper e farmi stare sulle spine per il resto dei nostri giorni?"

"Sì." Taylor annuì. "Sì! Certo che voglio!"

Eagle chinò il capo e la baciò con lo stesso fervore con cui l'aveva baciata la prima volta. Non gli bastava, voleva mostrarle quanto la amava. "Non ho un profilattico," bisbigliò, consumato dal desiderio di possedere Taylor e metterle nel grembo il proprio seme. Ma lei aveva detto che aveva cambiato idea sull'avere figli, non che era pronta per restare incinta.

"Non m'importa," disse affannata, mentre apriva le gambe per accoglierlo.

"Non stai prendendo la pillola," le ricordò Eagle.

"Lo so."

Eagle si abbassò e la baciò. Ma voleva essere chiaro con lei, così rialzò la testa di pochi millimetri. "Se ora facciamo l'amore," le disse sfiorandole le labbra con le proprie, "devi sapere che sarò senza protezione... e non conosco il tuo ciclo di fertilità... Insomma, potrei metterti incinta."

Taylor gli posò una mano sulla guancia. "*Lo so,*" ripeté.

"Oh, cazzo," mugugnò Eagle, sempre più eccitato. Si fece leva su un braccio e guardò tra le gambe di Taylor, spalancate e distese ai suoi fianchi. Era già duro, più duro di quanto non fosse mai stato.

Se lo prese in mano e le strisciò intorno alla fessura la punta già umida dell'uccello.

Taylor gemette. "Per favore, Eagle... ne ho bisogno."

Non poteva negare nulla alla sua Flower. Lentamente, accertandosi che lei fosse pronta, Eagle entrò nel suo corpo accogliente.

Quando Eagle fu dentro per tutta la lunghezza della sua erezione, Taylor gli puntò le caviglie sulle natiche e alzò il bacino.

"Ferma così," la esortò lui con voce roca.

Aspettò un cenno di assenso da parte di Taylor, poi le mostrò l'amore, la stima e la gratitudine che provava per lei.

A ogni affondo, Eagle si chiedeva se potesse davvero metterla incinta lì, in quel momento.

Non aveva mai pensato molto ad avere figli, ma all'improvviso quell'idea si impossessò della sua mente. Voleva che i suoi figli assomigliassero a Taylor: una bambina con i suoi riccioli ribelli, un bambino con i suoi stupendi occhi marroni.

Già sopraffatto dall'emozione, Eagle si rese conto che sarebbe venuto a breve. Il pensiero del proprio sperma dentro a Taylor lo indurì ulteriormente. La sensazione della vagina umida e calda che si stringeva direttamente sulla pelle nuda del proprio membro era nuova e paradisiaca.

"Sto per venire," la avvertì, rimproverandosi di aver fatto poco o nulla perché Taylor arrivasse all'orgasmo insieme a lui.

"Dai, vieni," lo incoraggiò lei, stringendo intorno a lui i muscoli interni.

Fu tutto quello che gli ci voleva. Eagle lanciò un urlo primordiale che senza dubbio si poteva sentire in tutto lo stabile, poi eiaculò copiosamente nel ventre della sua ragazza.

Appena si riprese, Eagle drizzò la schiena e spostò il proprio peso sui talloni; senza uscire da Taylor, la issò su di sé, così che gli sedesse sulle cosce.

"Eagle!" esclamò lei, sorpresa da quel cambio di posizione.

"Tu non sei venuta," la informò lui, per quanto fosse certo che il particolare non le fosse sfuggito.

Taylor cercò di minimizzare. "Va bene così."

"No, non va bene," le disse Eagle. "Tu rilassati, lascia fare a me."

Lui le era ancora dentro, ma l'uccello gli si stava afflosciando. Taylor, invece, era più eccitata e umida di prima, cosa che Eagle attribuì allo sperma che lui le aveva lasciato dentro. Si augurò che uno dei suoi spermatozoi le raggiungesse l'utero; era ansioso di vedere Taylor insieme al loro bambino.

Le afferrò il fianco con una mano, mentre con il pollice dell'altra scese al clitoride; quando cominciò a giocarci, Taylor gemette.

"Ecco... così," la incitò, "lasciati andare... lascia che ti faccia stare bene."

Lei ansimava, con gli occhi chiusi e la bocca aperta. Era maledettamente bella e Eagle non si capacitava di aver trovato una donna del genere.

Non impiegò molto per portarla all'apice. Mentre si avvicinava all'orgasmo, Taylor cercò di stringere le gambe, ma non poteva; né Eagle alleggerì il tocco. "Vieni per me, Flower," la incoraggiò.

Nel giro di pochi secondi, lei tese i muscoli interni e raggiunse il climax. Eagle sentì gli umori di Taylor, frammisti al proprio sperma, colarle fuori dalla vagina e inumidirgli le cosce. Quella sensazione lo fece sentire ancora più appagato.

Taylor si dimenò tra le sue braccia, le tempie imperlate di sudore, Eagle finalmente le diede tregua. Tolse il pollice dal clitoride e la tirò a sé per il bacino, avendo cura di non estrarre l'uccello dalla vagina.

"Misericordia," mormorò lei, al che Eagle sorrise; poi, facendo ancora attenzione a restare in lei, la spostò delicatamente, in modo che si ritrovassero entrambi sdraiati sul letto.

"È ancora dentro," disse Taylor con un filo di voce.

"Già. Non avevo mai potuto tenerlo dentro. Dovevo sempre tirarlo fuori per occuparmi del profilattico. Ma adoro stare dentro di te."

"E io adoro quando sei dentro di me," ricambiò lei.

"Ci sposeremo presto, vero?" le chiese Eagle.

"Che mi dici dei tuoi genitori e di tuo fratello?" domandò lei, alzando lo sguardo dopo aver riaperto gli occhi.

"Saranno felici per me... ma, francamente, non sono una parte fondamentale della mia vita. La mia famiglia è qui."

"Allora, magari... possiamo sposarci qui? Al garage?" chiese Taylor con aria incerta.

"Sì," rispose subito Eagle. "Non mi viene in mente un posto migliore dove poter farti ufficialmente mia."

"Nessuno ha mai voluto farmi sua," commentò lei con un filo di voce.

"Io non solo ti voglio, ma ho *bisogno* di te," ribatté lui. "Inoltre... so di non essermi proposto in modo appropriato, con l'anello e tutto il resto... ma mi rifarò presto."

"Va bene... basta che non esageri, ok?"

Eagle fece un gran sorriso.

"Dico sul serio... come farei a scrivere al computer con un enorme anello sull'anulare? E poi, un gioiello troppo vistoso attirerebbe l'attenzione... e tu non vuoi che io venga derubata, mi sbaglio?"

"Dannazione, non ci avevo pensato..."

Taylor ridacchiò. Solo allora sentì l'uccello di Eagle scivolarle fuori dal corpo.

Entrambi lamentarono la perdita con un sospiro.

Eagle trovò una posizione più comoda per entrambi, con Taylor sdraiata di lato che gli dava le spalle. La abbracciò, tirandola a sé per il bacino. Le appoggiò l'uccello sulla parte bassa della schiena. Non ricordava di essere mai stato tanto felice in vita sua.

"Flower, ti prometto che amerò te e i nostri figli tanto che ti stancherai delle mie premure e attenzioni."

"Non mi stancherò mai... non ne ho mai ricevute abbastanza."

"Grazie per essere stata forte, per non aver lasciato che quel bastardo ti caricasse sulla sua macchina."

"Grazie a te per essere venuto a cercarmi."

"Sempre. Verrò sempre a cercarti," disse Eagle solennemente.

La tenne stretta a sé, ascoltandone il respiro rallentare e farsi pesante, finché il corpo della sua fidanzata non si rilassò completamente; si era addormentata. Eagle tirò un lungo, lento sospiro di sollievo. L'amore che provava per la donna che stringeva tra le braccia quasi lo spaventava. Nessuno gliela avrebbe più tolta. Taylor era sua, così come Eagle si sentiva di Taylor.

In quel momento, comprese finalmente perché Bull si fosse messo completamente in gioco per Skylar. Anche Eagle era disposto a fare *qualsiasi cosa* per Taylor. Davvero qualsiasi cosa.

Gli vennero in mente Smoke e Gramps. Voleva che anche loro trovassero qualcuno da amare. Avevano tutta la sua gratitudine per l'apprezzamento che mostravano nei confronti di Taylor e per aver cercato di proteggerla rischiando le loro stesse vite; ma Eagle desiderava che loro fossero felici come lo era lui in quel preciso momento. Da qualche parte, là fuori, c'erano donne in grado di completare le vite di Smoke e Gramps, così come Taylor era stata in grado di completare la sua... i suoi due amici non dovevano fare altro che trovarle.

Appena un mese più tardi, dopo il matrimonio e dopo che Eagle e Taylor ebbero annunciato che lei era in dolce attesa, i ragazzi della Silverstone decisero di partire in missione per risolvere la situazione in Africa, che tenevano d'occhio con ansia già da qualche tempo. Bull, Smoke e Gramps sapevano che per Eagle non sarebbe stato facile separarsi dalla moglie incinta, ma si trattava di una missione importante e richiedeva che la squadra fosse al completo.

Per quanto fosse felice per Eagle e Taylor, Smoke era impaziente di partire per l'Africa. Aveva seguito con attenzione le attività dell'organizzazione estremista Boko Haram.

Nel 2014, il gruppo aveva rapito duecentosettantasei studentesse di una scuola per ragazze e le aveva portate nella giungla di Sambisa, vicino alla città di Konduga, nella Nigeria nordorientale. Avevano imposto alle ragazze, che non erano di fede musulmana, di convertirsi all'Islam, obbligandone alcuni a sposarsi con i membri dell'organizzazione e deportandone altre in Ciad e Camerun. Le poche ragazze che erano riuscite a fuggire erano state catturate, riconsegnate ai loro aguzzini e frustate.

Tutta quella storia dava a Smoke il voltastomaco. Non sopportava l'idea che quelle ragazzine venissero oppresse in quel modo: avevano tutta la vita davanti e cercavano solo di migliorare la loro condizione, studiando e imparando quanto più potevano; ma erano stato prese con la forza e soggiogate da uomini che invece avrebbero dovuto incoraggiarle e premiarle.

Al pensiero che non si fosse più saputo di nulla di un centinaio tra le vittime di quel primo attacco, Smoke non si dava pace. Odiava immaginare quelle giovani donne costrette a vivere vite che non avevano scelto. Forse la Silverstone non avrebbe potuto salvarle... ma avrebbe potuto impedire che la stessa sorte toccasse ad altre innocenti.

I ragazzi erano stati informati che poche settimane prima Boko Haram aveva razziato un'altra scuola, ad Askira, una cittadina poco più a sud del luogo del primo rapimento. Settantadue ragazze, sequestrate e portate nel fitto della giungla nigeriana: molte meno delle vittime del primo attacco, ma, per quel che riguardava Smoke, erano settantadue di troppo.

Boko Haram si era indebolita negli anni che erano trascorsi dal primo rapimento di massa, ma era chiaro che poteva ancora contare su un largo seguito, se era stata ancora capace di sottrarre tante ragazze innocenti alle loro famiglie.

Durante quel secondo attacco, era stata rapita anche una donna americana. Di lei, come delle studentesse rapite, non si era saputo più nulla. All'inizio c'era stata la speranza che l'americana fosse riuscita a fuggire nella giungla, quando la scuola che stava visitando era stata attaccata dal commando di rapitori. Ma dopo un paio di giorni, aveva cominciato a farsi strada l'ipotesi che anche lei fosse stata portata via con le altre.

Smoke era pronto a partire. Voleva scovare Abubakar Shekau, il leader di Boko Haram, e toglierlo di mezzo. Il problema non era tanto che Shekau, sequestrando una cittadina americana, avesse passato il segno; ciò che era inaccettabile era piuttosto che avesse osato ancora rapire delle studentesse indifese. Era un essere spregevole e tutti e quattro i membri della Silverstone concordavano che fosse necessario fermarlo. Erano circolate più volte voci che lo davano per morto, ma poi ricompariva sempre in qualche video di propaganda, incitando alla violenza i suoi seguaci. Si riteneva che si servisse di diversi sosia a scopi protettivi, ma Smoke e gli altri non avevano dubbi sul fatto che l'avrebbero trovato ed eliminato.

Certo, nel frattempo speravano anche di ritrovare le ragazze scomparse, compresa Molly Smith, se era ancora viva.

La missione prometteva di essere meno rapida delle precedenti. Forse sarebbero stati via per diversi mesi. Cercare un individuo nella giungla africana non sembrava il compito più facile del mondo, nonostante i ragazzi avessero informazioni sulla posizione di Boko Haram. Smoke capiva bene la ragione per cui Bull e Eagle avevano posticipato la missione: non volevano separarsi dalle loro compagne; Smoke non poteva biasimarli.

Ma non si toglieva dalla testa l'immagine di Molly Smith. Era una ragazza piuttosto minuta, sul metro e sessanta; secondo Smoke, a occhio e croce, doveva pesare sui quarantacinque chili. Aveva una laurea e un master, entrambi presi alla Northwestern University, doveva essere sveglia e piena di risorse... o almeno così sperava Smoke. I genitori della ragazza erano rimasti uccisi in un assurdo disastro ferroviario mentre tornavano a casa dal lavoro.

In una fotografia recente, Molly aveva capelli neri, lunghi fino alle spalle, occhi castani che sembravano aver vissuto più dolore di quanto non se ne vedesse nello sguardo di una persona qualsiasi. Smoke non sopportava l'idea che quella ragazza fosse tenuta prigioniera.

Molly l'aveva colpito nel profondo. Smoke non sapeva perché, ma non riusciva a togliersela dalla testa. Non più tardi della notte prima, aveva persino avuto un incubo in cui c'era lei.

L'aveva sognata rinchiusa in una gabbia sospesa da qualche parte nella giungla africana, come per magia; nel sogno, ogni volta che Molly cercava di saltare giù dalla gabbia, sotto di lei apparivano leoni e tigri che le impedivano di scappare. Poi qualcuno era apparso dal nulla all'interno della gabbia e l'aveva spinta verso un'apertura tra le sbarre.

Cadendo dalla gabbia verso le bestie feroci e affamate, Molly aveva urlato e... a quel punto Smoke si era svegliato di soprassalto e non era più riuscito a prendere sonno.

Perciò quel mattino era arrivato al garage presto. Era nel bunker dell'Assistenza Silverstone che aspettava i suoi compagni di squadra per discutere insieme a loro alcuni dettagli del viaggio.

Bull, Eagle e Gramps arrivarono con comodo, uno a uno; Smoke voleva parlare subito della missione in Africa, ma riuscì a trattenersi. Per fortuna, dopo qualche chiacchiera, affrontarono l'argomento.

"Cosa vogliamo fare con il caso in Nigeria?" chiese Gramps. "Si tratta di una missione difficile e potenzialmente lunga; inoltre non c'è nessuna garanzia di trovare Shekau."

"Ci sono novità sulle ragazze scomparse?" chiese Eagle.

"Niente di sicuro," rispose Gramps.

"E su Molly Smith?" domandò Smoke.

Gramps scosse la testa.

"Io ci sto," dichiarò Smoke con prontezza.

"Anch'io," concordò Gramps.

"Il fatto che le tempistiche siano un'incognita non mi entusiasma," ammise Bull.

"Nemmeno a me," intervenne Eagle. "E se ci dessimo un limite di tempo?"

A Smoke non piacque affatto quell'idea. Per lui, abbandonare la missione sarebbe stato lo scenario peggiore, magari per poi scoprire che avevano mollato un giorno prima di ritrovare le ragazze rapite o da Shekau.

"Quanto?" chiese Gramps.

"Due mesi?" ipotizzò Bull.

Smoke tirò un sospiro di sollievo. Due mesi sarebbero bastati. "Io ci sto," ripeté senza perder tempo.

"Per me va bene," disse Gramps.

Eagle fece un profondo respiro, ma alla fine annuì. "Odio dover star lontano da Taylor tanto a lungo, ma d'altronde la lascerò in buone mani."

Da quando Bull e Eagle avevano trovato delle compagne, le cose erano leggermente cambiate per tutta la squadra. Con il matrimonio di Eagle e la prospettiva che questi sarebbe diventato padre, poi, tutti sapevano che altri cambiamenti erano in arrivo. Nessuno di loro voleva smettere di dare la caccia ai criminali più pericolosi del mondo, ma era chiaro che, almeno per Bull e Eagle, la posta in gioco si era alzata parecchio. Smoke ne era perfettamente consapevole, come lo era Gramps: non rimproveravano nulla agli amici; anzi, erano pronti a guardare loro le spalle con più fervore di prima.

"Parlerò con Willis all'FBI," concluse Gramps, "per capire che altre informazioni può darci e quali contatti può attivare per noi in Nigeria. Direi che possiamo partire fra una settimana. Obiezioni?"

Nessuno ne aveva. Smoke sarebbe partito anche quello stesso giorno, ma si accontentò di sapere che la missione sarebbe entrata in fase operativa a breve.

A un ostaggio, una settimana doveva sembrare un'eternità; ma non era molto, se si trattava di separarsi per mesi dalla propria amata. Smoke avrebbe pazientato... Sperava solo che le ragazzine che erano state rapite, e Molly Smith con loro, resistessero abbastanza da permettere alla Silverstone di trovarle.

———

Molly era fuori di sé dal terrore. Era in fondo a un pozzo sperduto in qualche remota parte dell'Africa, ma non aveva la più pallida di dove. Si era ritrovata nel posto sbagliato al momento sbagliato, che era un po' la storia della sua vita.

Da piccola la chiamavano Molly Iella, perché riusciva sempre a ficcarsi in situazioni assurde.

Poteva succedere che, alla mensa della scuola, a qualcuno cadesse il vassoio proprio mentre lei passava lì vicino.

O che l'autobus su cui era salita bucasse una ruota.

Una volta aveva detto a un ragazzo che le piaceva e il giorno dopo al poveretto era venuta la varicella.

La lista di episodi simili, accaduti durante la sua infanzia, era lunghissima. Ma la sfortuna non l'aveva abbandonata con l'arrivo della pubertà; anzi, da adolescente l'aveva presa ancora più di mira.

Interrogazioni a sorpresa, bici rubate... poi, quando era alle medie, i suoi genitori erano morti. Erano rimasti fino a tardi in centro a Chicago, dove lavoravano, visto che il giorno seguente avevano preso le ferie per accompagnare Molly a un musical che lei voleva da tempo vedere. Avevano preso l'ultimo treno per tornare a casa, in periferia, e c'era stato un deragliamento.

Le uniche due vittime erano state i suoi genitori.

In seguito, Molly si era trasferita dai nonni paterni, per i quali da allora provava molta gratitudine.

I nonni materni, d'altro canto, non avevano voluto più avere nulla a che fare con lei. Le avevano detto in faccia che portava sfortuna.

Se non fosse stato per i suoi adorati nonni, Molly non ce l'avrebbe mai fatta, durante i difficili anni delle superiori e del college. Era da poco tornata a vivere con loro, dopo una brutta esperienza di convivenza con un uomo che era diventato violento quando lei aveva cercato di lasciarlo. Visto che il suo ex continuava a perseguitarla, Molly aveva deciso di unirsi a un gruppo di scienziati che svolgevano ricerche in Africa.

Nonna aveva cercato di dissuaderla dall'idea, ma Molly aveva pensato che andando all'estero, fuori dal raggio d'azione di Preston, forse sarebbe riuscita a voltare pagina.

All'inizio, le cose erano andate bene in Africa, tanto che Molly aveva cominciato a pensare che la sua cattiva stella fosse finalmente tramontata.

Poi, un giorno, era andata a tenere un discorso in quella

scuola di Askira. Doveva parlare dell'importanza della scienza e della ricerca che stava svolgendo in Africa. Era stato un sollievo scoprire che in Nigeria, benché molte persone parlassero lo hausa, una lingua ciadica, la lingua ufficiale fosse l'inglese; per lei significava la possibilità di trasmettere conoscenza senza il bisogno di un interprete.

Mentre aspettava di parlare, seduta in fondo alla classe, un gruppo di uomini armati di pistole e machete avevano assaltato la scuola, irrompendo nelle classi e separando i maschi dalle femmine; avevano poi costretto tutte le ragazze a marciare verso dei camion parcheggiati a qualche chilometro dalla cittadina.

Nel panico generale, Molly aveva cercato di convincere i suoi rapitori a lasciarla andare, dicendo loro che era una ricercatrice americana, ma loro l'avevano portata via insieme alle ragazze. Avevano viaggiato in camion per ore, poi erano state fatte scendere e costrette a proseguire a piedi attraverso la giungla.

Raggiunto l'accampamento, le avevano stipate in anguste baracche, dove praticamente dovevano dormire l'una sull'altra. Le studentesse non avevano preso in simpatia Molly, anzi, l'avevano evitata, continuando a parlare nella loro lingua madre, così che lei non potesse capire. Molly non sapeva cosa stesse succedendo a quelle ragazze.

Non sapeva nemmeno quanto tempo esattamente fosse passato da quando era stata sequestrata, pensava almeno un paio di settimane. Aveva cercato di fuggire due volte; dopo la seconda, i rapitori l'avevano obbligata a scendere dentro un buco scavato nel suolo, attraverso una scaletta traballante. Con il suo metro e sessanta, non aveva alcuna possibilità di uscire da lì senza l'aiuto di qualcuno. Il buco sarà stato due metri e mezzo, ma per lei era comunque troppo profondo: senza scala, non sarebbe riuscita a risalire e per di più i suoi aguzzini quasi sempre la ignoravano.

Ogni due o tre giorni, qualcuno le gettava un pezzo di pane stantio, ma le loro attenzioni nei suoi confronti non andavano oltre quel gesto. Fortunatamente, scavando sul fondo della sua cella, Molly era riuscita a trovare acqua; non ce n'era molta, a dire il vero, ma era abbastanza per tenerla in vita. Immaginava che gli uomini che la tenevano prigioniera si chiedessero come mai non fosse già morta.

In effetti se lo chiedeva anche lei stessa. Forse il mondo sarebbe stato un posto migliore senza di lei. Da qualche parte aveva letto che, per alcuni, l'alternativa alla cattiva sorte è la morte.

Molly Iella.

Era un soprannome infantile... ma mentre giaceva in fondo a un buco nel mezzo della giungla africana, Molly non poteva fare a meno di pensare che le si addiceva ancora.

Seduta nella polvere, tenendosi cautamente distante dalla preziosa pozza d'acqua, Molly appoggiò la testa sulle ginocchia. Era più sporca e affamata di quanto non fosse mai stata; non aveva idea cosa ne sarebbe stato di lei.

Ipotizzava che prima o poi i rapitori l'avrebbero tirata fuori da quel buco, per cercare di ottenere un riscatto o per venderla a qualcuno. Per quanto ne sapeva lei, l'organizzazione aveva un disperato bisogno di soldi. Si trattava di una marmaglia di poveracci che non avevano un vero e proprio piano per le ragazze che avevano sequestrato. Ci doveva essere qualcuno a capo dell'organizzazione, ma Molly non sapeva chi.

Avrebbe cercato di fuggire ancora, se ne avesse avuto

l'opportunità. Forse avrebbe finito per smarrirsi nella giungla, ma era comunque una prospettiva migliore che restare alla mercé dei terroristi e morire di stenti in quel buco.

Alzò lo sguardo e riuscì a vedere qualche stella nel cielo della notte africana. Si chiese se, da qualche parte nel mondo, ci fosse qualcuno che stava fissando quelle stesse stelle. Quel pensiero la fece sentire un po' meno sola.

Molly non voleva morire. Non sapendo cosa le fosse successo, i nonni non si sarebbero dati pace per il resto dei loro giorni. Probabilmente, Preston si sarebbe fatto una risata, dicendo che lei se lo era meritato. Che andasse a farsi fottere. Sarebbe uscita da quel buco, in un modo o nell'altro, ma un po' di aiuto non lo avrebbe certo rifiutato.

Una stella cadente brillò nel cielo, al che Molly chiuse gli occhi ed espresse un desiderio. Nonna le aveva sempre detto che esprimere un desiderio quando vedeva una stella cadente le avrebbe portato fortuna.

"Desidero che qualcuno, non importa *chi,* mi trovi e mi faccia uscire di qui," bisbigliò.

Una parte di lei sapeva che si trattava di una speranza infondata. Lei non era nessuno. Una ricercatrice la cui famiglia non poteva certo assoldare un investigatore privato di livello internazionale... No, poteva contare solo su se stessa. Appena uscita da quel buco, sarebbe corsa a nascondersi nella giungla, poi avrebbe camminato per settimane, se fosse stato necessario.

C'era un'altra parte di lei, però, che pregava per un miracolo.

Rimise la testa sulle ginocchia e cominciò a singhiozzare. Il suo corpo era troppo disidratato per poter produrre lacrime. Molly sapeva bene che il tempo che aveva a disposizione stava per finire, ma si rifiutava di perdere le speranze.

Aveva espresso il suo desiderio: lo aveva lasciato libero di attraversare il mondo, era destinato a raggiungere la persona giusta. Molly non doveva fare altro che aspettare.

* * *

Libro 3, *Fidarsi di Molly,* Ora disponibili !

NOTE

CAPITOLO UNO

1. *Eagle* in inglese significa appunto "aquila". [N.d.T.]
2. In inglese, *flour* (farina) e *flower* (fiore) sono omofoni. [NdT]

CAPITOLO DUE

1. *Gramps*, parola derivata da *grandfather*, significa "nonnetto". [NdT]

CAPITOLO TRE

1. In inglese, *bull* significa "toro". [NdT]
2. Piatto diffuso in vari paesi dell'America latina. Consiste in un impasto ottenuto con farina di mais e farcito con carne, verdura o frutta. I *tamales* vengono poi tipicamente avvolti in foglie di pannocchia e cotti al vapore. [NdT]

CAPITOLO DIECI

1. Catena di supermercati americana. [NdT]

Meritare Lara
Meritare Maisy (1 Ottobre)
Meritare Ryleigh

<u>Delta Duo</u>

La forza di Gillian
La forza di Kinley
La forza di Aspen
La forza di Jayme
La forza di Riley
La forza di Devyn
La forza di Ember
La forza di Sierra

<u>Armi & Amori: verso il futuro</u>

Soccorrere Caite
Soccorrere Brenae
Soccorrere Sidney
Soccorrere Piper
Soccorrere Zoey
Soccorrere Avery
Soccorrere Kalee
Soccorrere Jane

<u>Mercenari di Montagna</u>

Difendere Allye
Difendere Chloe
Difendere Morgan
Difendere Harlow
Difendere Everly
Difendere Zara
Difendere Raven

<u>Ace Security</u>

Il riscatto di Grace
Il riscatto di Alexis
Il riscatto di Bailey
Il riscatto di Felicity
Il riscatto di Sarah

<u>Forze Speciali alle Hawaii</u>

Trovare Elodie
Trovare Lexie
Trovare Kenna
Trovare Monica
Trovare Carly
Trovare Ashlyn
Trovare Jodelle

<u>Delta Force Heroes</u>

Salvare Rayne
Salvare Emily
Salvare Harley
Il Matrimonio di Emily
Salvare Kassie
Salvare Bryn
Salvare Casey
Salvare Sadie
Salvare Wendy
Salvare Mary
Salvare Macie
Salvare Annie

<u>Armi e Amori</u>

Proteggere Caroline

Proteggere Alabama
Proteggere Fiona
Il Matrimonio di Caroline
Proteggere Summer
Proteggere Cheyenne
Proteggere Jessyka
Proteggere Julie
Proteggere Melody
Proteggere il Futuro
Proteggere Kiera
Proteggere i figli di Alabama
Proteggere Dakota

Una raccolta di storie brevi

Un momento nel tempo

BIOGRAFIA

L'autrice best seller del *New York Times*, *USA Today,* e *Wall Street Journal*, Susan Stoker ha un cuore grande come lo stato del Texas, dove vive, ma questa tipica ragazza americana ha trascorso gli ultimi quattordici anni vivendo nel Missouri, in California, in Colorado, e nell'Indiana. È sposata con un ex militare dell'esercito, che ora la segue in tutto il Paese.

Ha debuttato con la sua prima serie nel 2014, seguita dalla serie SEAL of Protection, che ha consolidato il suo amore per la scrittura, e la creazione di storie in cui i lettori possono perdersi.

Se ti è piaciuto questo libro, o qualsiasi libro, per favore considera di lasciare una recensione. Gli autori lo apprezzano più di quanto tu possa immaginare.

www.stokeraces.com

susan@stokeraces.com